Lea

Franziska Stalmann

UND MORGEN DAS GLÜCK

Franziska Stalmann

UND MORGEN DAS GLÜCK

Roman

DIANA

Von Franziska Stalmann sind im Diana Verlag erschienen:

Das Herz hat viele Zimmer

Helenas Männer

Und morgen das Glück

Der Verlag weist ausdrücklich darauf hin, dass im Text enthaltene externe Links vom Verlag nur bis zum Zeitpunkt der Buchveröffentlichung eingesehen werden konnten. Auf spätere Veränderungen hat der Verlag keinerlei Einfluss. Eine Haftung des Verlags ist daher ausgeschlossen.

MIX
Papier aus verantwortungsvollen Quellen
FSC® C014496
FSC www.fsc.org

Verlagsgruppe Random House FSC ®-N001967

Originalausgabe 09/2017

Neumarkter Straße 28, 81673 München
Redaktion: Lisa Scheiber
Umschlaggestaltung: t.mutzenbach design, München
Umschlagmotive: © Karramba Production, Nikiparonak/Shutterstock
Satz: Christine Roithner Verlagsservice, Breitenaich
Druck und Bindung: GGP Media GmbH, Pößneck
Printed in Germany

ISBN 978-3-453-35908-6

www.diana-verlag.de
Besuchen Sie uns auch auf www.herzenszeilen.de
Dieses Buch ist auch als E-Book lieferbar.

I

Albträume.

Am schrecklichsten sind die, in denen du aufwachst und glaubst, es sei vorbei, dabei bist du nur in einem neuen Albtraum gelandet, und so geht es immer weiter, bis du endlich wach wirst. Aber was machst du, wenn du von einem in den nächsten fällst und nicht daraus aufwachen kannst, weil du schon wach bist?

Mein Albtraum begann an einem Nachmittag Anfang April. Es war ein warmer April, die Sonne schien, die Obstbäume fingen schon an zu blühen, und auf der Wiese leuchteten die Narzissen.

Um Viertel nach sechs fing ich an mir Sorgen zu machen. Wir wollten ins Theater, und spätestens jetzt hätte Robert zu Hause sein müssen, damit wir es rechtzeitig schafften.

Ich rief ihn an. Er ging nicht ran, und auch seine Mailbox meldete sich nicht. Ich sah auf meinem Handy nach, ob eine Nachricht von ihm da war, und kontrollierte den Anrufbeantworter des Flurtelefons, obwohl es nicht blinkte.

Was soll sein, sagte ich mir. Er hat jemanden getroffen oder ist aufgehalten worden und ruft gar nicht erst an, sondern beeilt sich heimzukommen.

Es half nicht, mich zu belügen. Robert war nicht so. Er verspätete sich selten, und wenn, sagte er Bescheid. Immer.

Ich stand im Flur, starrte auf das Lämpchen des Telefons, das nicht blinkte, und wusste, dass etwas passiert war. Etwas Schlimmes. Etwas, das ihn davon abhielt, mich anzurufen.

Lass es nichts furchtbar Schlimmes sein, lieber Gott, dachte ich. Lass mich Robert nicht verlieren. Was immer es ist, ich will es annehmen, wenn er nur bei mir bleibt.

Ich setzte mich neben das Telefon und wartete. Ich war schon umgezogen. Ich strich über den schwarzen Samt meiner Hose, hin und her, hin und her. Meine weißgoldenen Armreife mit dem Schriftzug des Juweliers klimperten bei jeder Bewegung, und ihre Brillanten glitzerten im Licht der Flurlampe. Ich roch den Duft meines Parfüms.

Um sieben klingelte das Telefon. Ich griff so heftig danach, dass die Station auf den Boden fiel.

»Ja?«

»Hallo, Nina. Alex hier.«

Roberts Sohn.

»Alex! Weißt du, wo Robert ist? Ist was passiert?«

»Ja. Er hatte einen Autounfall und liegt auf der Intensivstation.«

»Wo? In welchem Krankenhaus?«

Er räusperte sich heftig.

»Hör mal, Nina. Wir haben beschlossen, dass nur die Familie zu ihm darf. Meine Mutter und ich. Er braucht jetzt Ruhe. Ich will auch nicht, dass meine Mutter sich wegen dir aufregt. Die ist sowieso völlig fertig.«

»Das geht nicht. Das könnt ihr nicht machen.«

»Doch. Wir sind seine nächsten Angehörigen. Du bist nicht mit ihm verwandt.«

»Alex! Ich verspreche, ich komme nur, wenn deine Mutter nicht da ist. Sag mir Bescheid, wann, ich halte mich daran.«

»Nein.«

»Aber das kannst du nicht tun!«

»Ich kann. Verlass dich drauf.«

»Sag mir wenigstens, wo er ist. In welchem Krankenhaus.«

»Das brauchst du nicht zu wissen. Und falls du doch auftauchst: Das Personal hat Anweisung, dich nicht reinzulassen. Von ganz oben. Dafür habe ich gesorgt. Also versuch's gar nicht erst. Bleib einfach zu Hause. Ich halte dich auf dem Laufenden.«

Er legte auf, bevor ich etwas sagen konnte, und hatte das Handy schon abgeschaltet, als ich wieder anrief.

Ich lief in Roberts Arbeitszimmer, machte den Laptop an und suchte die Krankenhäuser der Stadt heraus. Ich überging die für Augen, Frauen, Kinder, Knochen und Zähne, rief alle anderen an und ließ mich mit der Intensivstation verbinden. Ich sagte, mein Mann heiße Robert Nideck und habe einen Unfall gehabt, und die Nachbarin, die den Krankenwagen gerufen hatte, wisse nur, dass er auf eine Intensivstation gebracht werden sollte.

Ich hatte schon fast alle Krankenhäuser angerufen, als

endlich jemand sagte: »Ja, wir haben Herrn Nideck hier. Robert Nideck.«

»Oh, Gott sei Dank. Ich ...«

Die Stimme flüsterte etwas, und das Telefon wurde weitergegeben.

»Hören Sie?«, sagte eine andere Stimme.

Ich legte auf, bevor sie weitersprechen konnte. Sie wollte wahrscheinlich bloß sagen, dass ich nicht Frau Nideck sein konnte, weil Frau Nideck schon da war, aber das wusste ich selber.

Das Krankenhaus lag am Stadtrand, ein Hochhaus zwischen Wiesen, das mit seinen erleuchteten Fenstern wie ein Raumschiff wirkte, das hier gelandet war. Die Intensivstation war im obersten Stock, an einem breiten Gang mit weißem Licht, himmelblauem PVC und einer hässlichen Besuchersitzecke. Ein Mann in einem Arztkittel trat aus einem verglasten Raum mit Monitoren und Piepgeräuschen und sah mich fragend an.

»Ich bin Nina Feldmann«, sagte ich. »Ich muss unbedingt zu Herrn Nideck.«

Er nickte, als wüsste er schon alles.

»Wir können nur die nächsten Verwandten zu ihm lassen. Die entscheiden auch, wer ihn sonst noch sehen darf.«

»Ich bin seine Lebensgefährtin. Seit zehn Jahren.«

Er nickte wieder.

»Es tut mir leid. Aber wir sind gesetzlich verpflichtet ...«

»Können Sie mir wenigstens sagen, wie es ihm geht? Was mit ihm ist?«

»Ich darf Ihnen auch keine Auskunft geben. Fragen Sie bitte seinen Sohn, der informiert Sie doch bestimmt.«

»Ist er da?«

Er nickte. Eines der Geräte piepte drängend. Er zog die Glastür zu und lief zu einer Schwingtür, hinter der ich Betten und Vorhänge sehen konnte, bevor sie sich wieder schloss.

Ich ging zu der Sitzecke gegenüber dem gläsernen Raum und setzte mich auf einen der dunkelbraunen Hartschalensitze neben ein großes Etwas aus mattem Metall, das bis zur Decke reichte und dazu diente, die Nische gegen den Gang abzuschirmen. Es sollte vielleicht Kunst sein. Oder schön. Ich fand, es sah aus wie Gestalt gewordene Verzweiflung. Als ob es davon hier nicht schon genug gab.

Ich saß da, starrte auf das Muster des Bodenbelags und schrak hoch, als jemand »Nina!« sagte.

Alex. Seine dunklen Haare waren zerzaust, sein Gesicht angespannt und bleich, Hemd und Hose zerknittert. Das Jackett seines dunkelblauen Anzugs hing über seinen Schultern.

»Was machst du hier?«, fragte er.

»Was wohl? Ich warte auf dich. Ich muss mit dir reden. Ich will da rein. Ich will zu Robert.«

Er schüttelte den Kopf.

»Ich nehme Rücksicht auf deine Mutter, das verspreche ich dir. Sie kriegt mich bestimmt nicht zu sehen. Ich gehe erst zu Robert, wenn du mir sagst, dass es okay ist. Aber ich will zu ihm. Und du weißt ganz genau, dass er das auch will.«

Er hob das Kinn, sah über mich hinweg und wieder auf mich hinab. Der Ausdruck seiner Augen hatte sich verändert. Er war nicht mehr nur müde und traurig. Es lag auch Zufriedenheit darin und Triumph.

»Mein Vater hatte eine ausgedehnte Gehirnblutung. Er liegt im Koma. Sein Gehirn ist irreversibel geschädigt, sagen die Ärzte. Er kann nichts mehr wollen.«

»Aber er würde es wollen. Das weiß ich.«

»Es spielt keine Rolle mehr, was mein Vater will. Oder wollen würde. Es geht nur noch darum, was meine Mutter will. Und ich. Und falls du es immer noch nicht verstanden hast: Was du willst, meine liebe Nina, ist ab jetzt ganz und gar gleichgültig.«

Er bewegte sich langsam Richtung Fahrstuhl und zog im Gehen sein Jackett an. Auch in seinen Bewegungen lag Triumph.

Ich wartete, bis sich die Fahrstuhltür hinter ihm geschlossen hatte, dann ging ich zu dem gläsernen Raum mit den Monitoren und sah zur Schwingtür. Die beiden Schwestern und der Arzt musterten mich misstrauisch durch die Scheibe, aber ich machte mit einer Geste klar, dass ich stehen bleiben würde.

Von hier bis zur Tür waren es vier Meter, drinnen vielleicht noch mal vier bis zu Roberts Bett. Ich ging den Weg in Gedanken, blieb bei ihm stehen, nahm seine Hand und sah in sein Gesicht. Es war weich und friedlich. So wie er aussah, wenn er schlief.

Jemand berührte meine Schulter. Es war der Arzt, der den Glaskasten verlassen hatte.

»Alles in Ordnung, Frau Feldmann?«

Ich nickte.

»Gehen Sie doch nach Hause. Versuchen Sie ein bisschen zu schlafen.«

Er erinnerte mich an die Männer in Katastrophenfilmen, die Frauen fragen, ob alles in Ordnung ist, obwohl offensichtlich alles in schrecklicher Unordnung ist, und ihnen raten, ein bisschen zu schlafen, auch wenn gerade der allerschlechteste Zeitpunkt für ein kleines Nickerchen ist.

Aber ich machte es wie die Frauen in den Filmen und nickte brav.

Der Aufzug brachte mich nach unten, und ich ging durch das halbdunkle Erdgeschoss zum Ausgang. Hier war es fast wie in einer kleinen Stadt. Es gab eine Boutique, Zeitungen, einen Friseur, einen Supermarkt, eine Cafeteria, einen Geldautomaten. So spät nachts war alles still und geschlossen. Die hohen Absätze meiner pinkfarbenen Satinpumps mit den roten Sohlen klackten laut auf dem Steinboden.

Draußen wartete ein einsames Taxi, und sein Fahrer löschte hoffnungsvoll das gelbe Licht, als er mich kommen sah. Aber noch bevor ich den Wagen erreichte, hatte ich einen dieser erleuchteten Momente, in denen man sich genau die richtige Frage stellt und auch sofort die richtige Antwort weiß.

Warum fährst du nach Hause, dachte ich. Da erinnert dich alles an Robert, nur er ist nicht da. Bleib hier. Hier erinnert dich nichts an Robert, aber er ist da. Geh wieder rauf. Da oben liegen zehn Meter zwischen dir und ihm, höchstens, die kannst du in Gedanken leicht überwinden, und dann ist es beinahe so, als wärst du bei ihm. Und er wird spüren, dass du nahe bist. Ganz egal, was mit seinem Gehirn passiert ist, er wird es wissen, und es wird ihm guttun.

Ich machte kehrt und ging durch die Eingangshalle zurück. Hinter mir hupte ärgerlich der Taxifahrer. Oben setzte ich mich wieder neben den metallenen Raumteiler, sah auf die Schwingtür zur Intensivstation und stellte mir vor, ich würde an Roberts Bett sitzen, seine Hand halten und in sein Gesicht sehen.

Ich bin da, Liebster, dachte ich. Hab keine Angst und mache dir keine Sorgen. Ich bin bei dir.

Am anderen Morgen trank ich in der Cafeteria Kaffee, kaufte eine Zeitung, Zahnbürste und Zahncreme und ging wieder nach oben. Wenn ich mich auf meinem Sitz in der Warteecke zurücklehnte, verschwand ich fast hinter der Metallskulptur, fiel niemandem auf und konnte in Ruhe an Robert denken.

Gegen zwei kamen Alex und seine Mutter. Sie bemerkte mich nicht, aber er sah mich sofort, und ich spürte die Wut, die bei meinem Anblick in ihm aufstieg, wie eine heiße Welle. Ich ging hinunter, aß in der Cafeteria eine Pizza, trank ein Glas Wein dazu und lief über die frühlingshaften Wiesen, die das Krankenhaus umgaben, bis es fast Abend war und ich mich wieder auf meinem Sitz einrichtete.

Der Arzt verließ sein Glashaus mit den Monitoren, kam herüber und blieb vor mir stehen. Er war groß und dünn und hatte dunkles, schon grau meliertes Haar, obwohl er höchstens Anfang vierzig war.

»Frau Feldmann. Fahren Sie doch um Gottes willen nach Hause. Egal, wie lange Sie hier herumsitzen, wir lassen Sie nicht zu ihm.«

»Das sollen Sie ja auch gar nicht. Ich will nur in seiner Nähe sein, und hier ist er mir am nächsten. Es ist beinahe, als wäre ich bei ihm. Und er weiß, dass ich da bin. Er spürt es.«

»Glauben Sie?«, fragte er mit einem Anflug von Spott.

»Ich bin ganz sicher.«

Er zögerte und kehrte nicht in sein Glashaus zurück, sondern setzte sich neben mich.

»Kann ich Sie was fragen?«, sagte ich. »Es ist eine allgemeine, rein theoretische Frage, nicht auf eine bestimmte Person bezogen.«

Er lächelte und nickte.

»Wenn jemand eine ausgedehnte Gehirnblutung hatte und sein Gehirn irreversibel geschädigt ist: Kann er wieder wach werden? Zu sich kommen? Wieder leben, auch wenn er behindert ist?«

»Nein. Ausgeschlossen.«

»Und was macht man mit so jemandem?«

»Man kann ihn künstlich am Leben erhalten. Oder ihn sterben lassen, was erleichtert wird, wenn der Betreffende gemeinsam mit seiner Ehefrau irgendwann mal eine Patientenverfügung verfasst hat, in der er festlegt, dass er in einem solchen Fall sterben will. So bald wie möglich.«

»Und wie lange dauert es? Das Sterben, meine ich.«

»Schwer zu sagen. Können zwei, drei Tage sein. Oder auch zwei Wochen. Man fährt die Medikation runter, die Ernährung, die Sauerstoffzufuhr. Behutsam natürlich. Dann findet der Betreffende seinen eigenen Rhythmus. Und seinen eigenen Zeitpunkt zu sterben.«

»Ich bleibe noch«, sagte ich. »Zwei, drei Tage. Oder auch zwei Wochen. Ich störe Sie nicht. Ich sitze nur hier.«

Er nickte, überquerte den Gang und stieß die Schwingtür zur Station mit solcher Wucht auf, dass sie heftig zurückfederte. Wie einer, der wütend ist. Nicht auf jemand Bestimmten. Ganz allgemein. Auf Gott und die Welt.

Ich lehnte mich zurück und ging in Gedanken hinüber zu Robert. Ich nickte immer wieder ein und schreckte hoch, weil es kühl war und ich fror, denn ich trug über meinem Spitzenbustier nur die Samtjacke, mit der ich ins Theater hatte gehen wollen. Aber irgendwann schlief ich doch so tief und fest, dass ich, als ich wach wurde, nur langsam zu mir kam und erst begriff, wo ich war, als mein Blick auf die Skulptur der Verzweiflung neben mir fiel.

Jemand hatte eine Decke über mich gebreitet, meine Füße in den Seidenpumps sorgsam darin eingeschlagen und ein Kissen zwischen meinen Kopf und die Wand geschoben. Auf der großen runden Stationsuhr war es schon neun. Ich stand auf, nahm Decke und Kissen und ging hinüber zum Glaskasten. Die Schwester mit den roten Haaren öffnete die Tür.

»Guten Morgen«, sagte ich und reichte ihr Decke und Kissen. »Und vielen Dank.«

Sie zeigte auf einen der Einbauschränke auf der anderen Seite des Flurs.

»Tun Sie's da drüben rein. Da können Sie es auch wieder rausnehmen.«

Sie nahm einen Schlüssel vom Schreibtisch und gab ihn mir.

»Für die Personaltoilette. Und den Personalwaschraum. Im Schrank sind Handtücher, Duschgel, Creme, Föhn, Hygieneartikel. Werfen Sie benutzte Handtücher unbedingt in den Wäschekorb.«

Sie sah mich so streng und sachlich an, dass ich nur ganz vorsichtig Danke sagte.

Ich frühstückte, kaufte mir in der Boutique, in der es alles gab, was man anziehen konnte, Turnschuhe, Unterwäsche, Shirt und Strickjacke, duschte, cremte mir das Gesicht ein und wurde fast ein bisschen fröhlich. Vielleicht, weil ich wieder besser roch, nach medizinischer Waschlotion und Nivea, nicht mehr nach Parfümspuren und Angstschweiß.

Alex und seine Mutter kamen gegen elf und noch mal nach sieben, an diesem wie am nächsten Tag. Er starrte mich wütend an, wenn sie an mir vorbeigingen, sie hatte einen leidenden und vorwurfsvollen Ausdruck im Gesicht, sah kurz zu mir hin und schnell wieder weg, so als wäre mein Anblick unerträglich für sie.

Tu doch nicht so, du verfluchte Heuchlerin, dachte ich. Ihr wart schon getrennt, als er mich kennengelernt hat, ich bin nicht schuld daran. Du solltest mir dankbar sein. Er hätte mich so gern geheiratet, aber er wollte es dir nicht antun, sich scheiden zu lassen. Weil du aus einer gutbürgerlichen Familie kommst, in der Scheidung eine Schande ist. Angeblich. Weil du so religiös bist und an die Unauflöslichkeit der Ehe glaubst. Angeblich.

Und ich habe nichts gesagt und keinen Druck gemacht, weil ich ihn liebte und nicht quälen mochte und Heiraten mir nicht so wichtig war. Hätte ich doch darauf bestanden. Dann wäre ich jetzt drinnen bei ihm, und du müsstest mich fragen, ob du ihn besuchen darfst.

Ich fuhr mit dem Fahrstuhl hinunter, holte mir etwas zu trinken und lief so lange über die nach Frühling duftenden Wiesen, bis die beiden bestimmt gegangen waren.

Doch als ich am nächsten Abend wieder nach oben kam, saß Alex neben der Skulptur der Verzweiflung, lässig zurückgelehnt, in einem teuren englischen Regenmantel, ein Bein raumgreifend über das andere gelegt, das Gesicht finster.

»Das ist mein Platz«, sagte ich. »Geh da weg.«

Er sah mich erstaunt an und rückte weiter. Ich setzte mich.

»Du hast dich hier anscheinend häuslich eingerichtet. Wie lange soll das noch so gehen?«

Ich hob die Schultern.

»Pass mal auf, Nina. Du verschwindest jetzt und kommst nicht wieder. Sonst bin ich morgen bei der Klinikleitung, und die machen ihr Hausrecht geltend und schmeißen dich raus. Das tun die, so viel Einfluss habe ich. Mein Vater ist schließlich nicht irgendwer, und ich auch nicht. Und du belästigst meine Mutter in dieser schweren Zeit.«

»Was ist eigentlich mit dir los? Wir haben uns doch immer gut verstanden.«

»Gut verstanden? Du lieber Himmel. Meinem Vater war's wichtig, dass wir uns gut verstehen. Was blieb mir übrig?«

Ach so, dachte ich, das war mir gar nicht klar. Aber darüber denke ich ein andermal nach.

»Jetzt passt du mal auf. Ich will nur hier sitzen und in Roberts Nähe sein, solange er noch lebt, das ist alles. Lass mich in Ruhe, und es gibt keine Probleme. Wenn du mich rausschmeißen lässt, gehe ich zur Bildzeitung. Dass Robert im Koma auf der Intensivstation liegt, steht bestimmt schon in der Stadtausgabe. Vermutlich nur als kleine Notiz. Aber wenn ich ihnen erzähle, dass seine langjährige Lebensgefährtin nicht zu ihm darf, weil sein Sohn und seine Frau es verhindern, machen sie bestimmt einen hübschen Artikel daraus. Mit Fotos.«

Ich fand den Gedanken, dass Fotos von Robert in der Bildzeitung erschienen, grauenvoll. Und welche vom Krankenhaus, Bildunterschrift: »Im Klinikum Waldheide ringt Bauunternehmer und Immobilien-Tycoon Robert Nideck, 64, mit dem Tod«. Und von mir, wie ich neben der Gestalt gewordenen Verzweiflung sitze, Bildunterschrift: »Hier will Nina Feldmann, 48, ihrem sterbenden Geliebten ganz nahe sein«.

Nein. Es war eine leere Drohung. Die Bildzeitung würde ohne mich auskommen müssen.

Alex war blass geworden. Er fand den Gedanken offenbar noch viel grauenvoller als ich. Vielleicht stellte er sich auch vor, was seine Mutter dazu sagen würde.

»Das machst du nicht«, sagte er mit dünner Stimme.

»Und ob ich das mache«, antwortete ich, und es klang fest und sicher.

Er sah sich um Fassung ringend und nach Worten suchend um und ergriff die Flucht, mit wehendem Regenmantel und lauten Schritten, die durch den stillen Gang hallten.

Ich ging Zähne putzen, holte Decke und Kissen aus dem Flurschrank, machte es mir für die Nacht bequem und schob die Plastiktüte, die alle meine gegenwärtigen Besitztümer enthielt, zur Sicherheit unter den Sitz. Eigentlich hatte ich kein Talent zur Landstreicherin. Zur Bag Lady in einem öffentlichen Krankenhaus. Ich brauchte die Sicherheit einer Höhle um mich und ein warmes Zuhause.

Aber zu Hause ist, wo das Herz ist. Und mein Herz war da drin, hinter der Schwingtür. In Bett vier. Die Schwester mit den kurzen blonden Haaren hatte gesagt, er liege in Bett vier.

Ich war schon zweimal eingedöst und wieder wach geworden, als sich die Tür des Glaskastens öffnete und ein Arzt zu mir kam, nicht der große, dünne, sondern der andere, der kleine, kräftige mit dem kahl geschorenen Kopf.

»Kommen Sie rüber, Frau Feldmann«, sagte er. »Ist die letzte Gelegenheit. Sein Sohn geht morgen zur Klinikleitung und lässt Ihnen Hausverbot erteilen.«

»Tut er nicht.«

Er sah mich erstaunt an. »Wie haben Sie das geschafft?«

»Mit einer fiesen Drohung. Lassen Sie mich trotzdem rein?«

»Klar. Heute Nacht sowieso. Aber wenn Sie was gegen ihn in der Hand haben, dann können Sie jetzt doch eigentlich immer rein, oder?«

»Stimmt. Daran habe ich noch gar nicht gedacht.«

Er grinste.

Als Alex und seine Mutter am anderen Tag durch den Gang kamen, verließ ich gerade die Intensivstation. Sie warf den Kopf nach hinten, als sie mich sah, und zischte ihm etwas zu. Ich blickte ihm fest in die Augen und dachte: Bildzeitung. In ganz großen Buchstaben. Alex ist sonst nicht gut im Gedankenlesen, aber diesen verstand er sofort. Er fasste seine Mutter am Arm und zog sie hastig durch die Schwingtür.

Das war mittags. Ich hatte schon zwölf Stunden mit Robert gehabt, und ich bekam noch mal zwölf. Ich saß an seinem Bett, hielt seine Hand, streichelte sein Gesicht, erzählte ihm etwas, dicht an seinem Ohr, sagte Gedichte auf, die er mochte und sich nie merken konnte, und sang ihm Lieder vor, die uns etwas bedeuteten.

Er sah so gut und gesund aus. Als würde er gleich die Augen aufmachen und mich anlächeln. Sein Gesicht wirkte glatt und seine Haut bräunlich. Sie hatten ihn nicht mehr rasiert, er trug den kurzen grauen Bart, den er sich im Urlaub immer stehen ließ, und ohne das Piepsen der Geräte und das Stöhnen in dem mit Vorhängen abgetrennten Nachbarabteil hätte ich beinahe glauben können, wir seien in Ferien.

Gegen Mitternacht wurde er unruhig und öffnete die Augen. Ich hatte es mir die ganze Zeit gewünscht, aber nun wäre ich froh gewesen, er hätte es nicht getan. Er richtete den Blick auf mich, doch er sah mich nicht mehr, es war, als wäre ich gar nicht da. Als wären seine schönen blaugrauen Augen aus Glas und dahinter – nichts.

Er fing an schwer zu atmen, und ich holte die Schwester. Sie zog die Sauerstoffvorrichtung heran, führte sie aber nur in die Nähe seines Mundes.

»Das ist jetzt alles ganz in Ordnung so«, sagte sie. »Ganz normal. Und denken Sie dran, auch wenn es Ihnen anders vorkommt: Er leidet nicht. Bestimmt nicht.«

Es war gut, dass sie das sagte, denn er atmete sehr heftig, und seine Augen waren weit aufgerissen. Ich hielt seine Hand, streichelte sein Gesicht, sprach mit ihm und hoffte, dass sie recht hatte.

Nach einer Weile wurde er ruhiger und machte die Augen wieder zu, aber ich spürte, dass etwas anders war als vorher. Sein Atem wurde immer flacher, seine Hand in meiner immer weicher, und schließlich hörte er ganz auf zu atmen, und seine Hand hatte gar keine Spannung mehr. Auch sein Gesicht war jetzt ganz weich. Frei und erlöst. Es war klar, dass er gegangen war. Dass er nicht mehr hier war.

Ich blieb bei ihm sitzen, sah in sein Gesicht, hielt seine Hand und wollte bloß für immer so sitzen bleiben.

Doch irgendwann kam der Arzt. Es war der große, dünne mit dem früh ergrauten Haar.

»Gut. Er hat's geschafft. Sehr gut.«

Er schob die Hände in die Taschen seines Kittels, und sein Gesichtsausdruck veränderte sich.

»Es heißt manchmal, dass einer mit dem Sterben wartet,

bis jemand Bestimmtes da ist. Eine für den Sterbenden wichtige Person. Medizinisch gesehen ist das natürlich Unsinn, besonders bei Patienten, deren mentale Funktionen so reduziert sind wie bei Herrn Nideck. Aber mal unwissenschaftlich betrachtet: Es war überhaupt nicht abzusehen, dass er so bald sterben würde. Und kaum sind Sie eine Weile da, geht's ganz leicht.«

Er zog die Hände aus den Kitteltaschen, verschränkte sie auf dem Rücken und machte wieder sein dienstliches Gesicht.

»Sie sollten nach Hause fahren«, sagte er. »Sofort. Jetzt wird es unruhig. Er wird gleich weggebracht.«

»Wohin?«

»In den Aufbahrungsraum.«

»Ich gehe mit.«

»Die Angehörigen sind auf dem Weg. Sie wollten nachts lieber nicht geweckt werden. Unter diesen Umständen habe ich dann doch angerufen.«

»Ich will aber bei ihm bleiben.«

Er nahm Roberts Hand aus meiner, legte sie über die andere und zog die Decke über ihn, bis sie sein Gesicht bedeckte.

»Kommen Sie schon.«

Ich folgte ihm widerstrebend durch die Schwingtür und holte meine Tüte aus dem Flurschrank, während er ungeduldig neben mir stand und mich daran hinderte, den Schwestern im Glaskasten Auf Wiedersehen zu sagen. Ich durfte ihnen nur zuwinken.

Ich wandte mich zu ihm. »Vielen Dank.«

»Nichts zu danken. Aber auch gar nichts.«

Er wies mit dem Daumen über seine Schulter zur Schwingtür. »Er muss sich bedanken. Bei Ihnen.«

Ich ging noch mal zurück, um ihm den Schlüssel zur Personaltoilette zu geben, und er nahm ihn wortlos und scheuchte mich mit einer Handbewegung Richtung Fahrstuhl. Unten vor dem Eingang wartete wieder ein einsames Taxi, und wie vor ein paar Tagen hätte ich am liebsten kehrtgemacht, um bei Robert zu bleiben. Ein Range Rover näherte sich, und ich erkannte Alex' Nummernschild. Ich lief zum Taxi, setzte mich auf den Rücksitz und nannte dem Fahrer meine Adresse.

Noch bevor er anfuhr, fing ich an zu weinen. Als wir vor dem Haus hielten, dämmerte es. Ich war immer noch bis oben voller Tränen, zahlte schluchzend und gab dem Fahrer ein absurd hohes Trinkgeld, und er überreichte mir seine Visitenkarte und bestand darauf, die Tüte mit meinen Habseligkeiten zur Haustür zu tragen. Ich wühlte darin nach meiner Abendtasche, suchte den Schlüssel heraus und schloss auf, während mir die Tränen aus den Augen tropften.

Drinnen war alles wie immer: unsere Diele, die Robert im Scherz Halle nannte, weil sie so groß war, mit dem alten Perser, dem üppigen Barockspiegel, den Kristallleuchtern aus buntem Glas, den Bildern seines Lieblingsmalers, der geschwungenen Treppe nach oben. Auf dem Tisch unter dem Spiegel lag eine Nachricht der Putzfrau. Sie kam zweimal die Woche und hatte einen Schlüssel, falls wir nicht da waren.

Ich sah in den Spiegel und erkannte mich nicht. Das war eine Fremde mit verschwollenen Augen, strähnigem Haar, das mehr grau als blond war, und einem blassen, faltigen Gesicht. Die glatte, duftende Frau, die vor ein paar Tagen mit ihrem Mann ins Theater gehen wollte, aber ins Krankenhaus gefahren war, weil er einen Unfall gehabt hatte, war nicht mehr da. Es gab sie nicht mehr, denn ihr Mann war tot.

Ich will auch sterben, dachte ich. Das ist das Beste und Einfachste. Zwei Fliegen mit einer Klappe. Ich muss nicht ohne ihn leben. Und ich kann wieder bei ihm sein.

Ich sah zum Treppenabsatz im ersten Stock. Lächerlich. Auch die Entfernung vom Dachfenster zur Terrasse war viel zu gering. Von der nächsten Autobahnbrücke springen? Mich in den Wagen setzen und gegen einen Baum fahren? Zu riskant. Wenn es mich nicht umbrachte, musste ich danach immer noch ohne Robert leben, aber im Rollstuhl.

Die Pistole. Roberts Pistole. Er hatte mir gezeigt, wie man sie lud und entsicherte, damit ich mich im Notfall wehren konnte, wenn ich allein im Haus war. Ich ging in sein Arbeitszimmer, suchte den Schlüssel aus der obersten Schreibtischschublade und schloss die unterste auf. Der grüne Karton mit der Pistole lag darin und die senfgelbe Schachtel mit den Patronen.

Auf dem Schreibtisch standen die Fotos aus seinem Chefbüro, die er nach der Firmenübergabe an Alex hier aufgestellt hatte. Das große in der Mitte zeigte Julia und Sofie. Meine Tochter Julia und meine Enkelin Sofie.

Ich zog es zu mir heran. Die beiden saßen auf einer Bank unter Bäumen am Rheinufer. Es war im Juni aufgenommen, an Sofies fünftem Geburtstag. Neben ihr lehnte das Fahrrad, das Robert ihr gekauft hatte. Es war in Neonpink mit schillernden Regenbogeneffekten lackiert, hatte hässliche Aufkleber und viel überflüssige Technik. Julia und ich waren entsetzt gewesen und hatten von Umtausch gesprochen. Aber Robert hatte den Arm um Sofie gelegt: »Die Wünsche einer schönen Frau werden erfüllt. Und dabei bleibt es auch. Bei meiner Ehre und meinem Leben«, und Sofie hatte gestrahlt.

Ich sah auf die Gesichter von Julia und Sofie, und Tränen liefen wieder aus meinen Augen und bildeten einen kleinen See auf dem Glas.

Was bin ich für eine Idiotin, dachte ich. Autobahnbrücken, Pistolen. Ihr seid doch da. Verzeiht mir, ihr beiden. Es war wegen Robert, das versteht ihr vielleicht, aber es war nur ein ganz kurzer Moment, und es kommt nicht wieder vor.

Ich knallte die Schublade mit der Pistole zu, schloss sie ab, riss das Fenster auf und schleuderte den Schlüssel in die Büsche im Garten, irgendwohin, weit weg, wo ich ihn bestimmt nicht wiederfinden konnte.

Ich ging hinauf ins Schlafzimmer und weiter ins Bad. Eigentlich wollte ich duschen, aber ich war zu müde. Ich putzte mir nur die Zähne und schnupperte an Roberts Eau de Cologne und seinem Aftershave. Im Ankleidezimmer öffnete ich seine Schränke und schob mein Gesicht zwischen die Anzüge und Pullover. Ich legte mich auf seiner Seite ins Bett, zog die Decke über mich und drückte den Kopf in sein Kissen.

Ich dachte an den Arzt. Danke, dass Sie mich gezwungen haben, nach Hause zu fahren, dachte ich. Ich habe geglaubt, Robert wäre fort, aber hier ist er ja noch. Sein Geruch, seine Wärme. Wenn ich mich ein bisschen konzentriere, kann ich auch seine Stimme hören und sein Lachen. Ich brauchte bloß hier zu sein, dann bin ich bei ihm.

2

Als ich eingeschlafen war, hatte es angefangen hell zu werden. Als ich wieder aufwachte, lag die Abendsonne vor dem Fenster. Ich sah hinaus und wunderte mich, warum ich so lange geschlafen hatte. Und warum schlief ich auf Roberts Seite im Bett, und wo war Robert?

Es dauerte einen Moment, bis ich es begriff.

Robert war nicht da, weil er tot war. Er lag im Aufbahrungsraum des Krankenhauses, wo es kalt war und die Sonne nicht schien. Von wo ich ihn nicht wegholen konnte. Wo ich ihn nicht mal besuchen konnte.

Ich kroch zurück unter die Decke, um weiterzuschlafen und nicht daran denken zu müssen. Aber ich war schon zu wach und der Albtraum nicht mehr abzuschalten. Im Gegenteil. Im Dunkeln und mit geschlossenen Augen wurde er schlimmer.

Ich stand auf, zog Roberts Bademantel an und ging hinunter.

In der Küche lag die Lieferliste des Getränkemarkts neben zwei Probierflaschen eines neuen Fruchtsafts. Ich hatte keinen Durst. Ich sah in den Kühlschrank, der voll war. Ich hatte auch keinen Hunger.

Die Sonne schien noch ins Wohnzimmer. Arbeitszimmer, Esszimmer und das Kaminzimmer mit den Bücherregalen und dem Fernseher waren schon schattig. Ich öffnete eine der Schiebetüren, die auf die Terrasse führten. Die Narzissen auf der großen Obstbaumwiese hinten im Garten waren verblüht und fingen an braun zu werden, und die Blütenblätter der Obstbäume waren abgefallen und lagen wie Schnee auf dem Gras.

Das Telefon klingelte. Ich ließ es klingeln. Die Stimme nach dem Piepton war laut und aufgeregt: »Hallo, Frau Feldmann. Hier Karl-Heinz Jütmann von Feinkost Jütmann. Hab es gerade gelesen, in der Abendausgabe. Wir sind ganz – was soll ich sagen? Unser allerherzlichstes Beileid. Von meiner Frau und mir. Und wenn Sie was brauchen, einfach Bescheid sagen, ja? Ich bring's Ihnen dann vorbei.«

Ich drückte auf die Rücklauftaste. Es gab noch zwei Anrufe von heute Nachmittag, einen von Roberts Autohändler hier im Ort, den anderen von unserer Putzfrau. Sie wussten es aus den Fünf-Uhr-Nachrichten des Lokalsenders.

Ich machte den Fernseher an.

»Und nun Meldungen aus der Stadt«, sagte die Sprecherin mit der betonierten blonden Mähne und dem betonierten Gesichtsausdruck. »Robert Nideck ist tot. Der Architekt und Bauunternehmer, der wegen seines Engagements für soziales und bürgerfreundliches Bauen und Wohnen in der Stadt und über die Landesgrenzen hinaus bekannt war, starb in den frühen Morgenstunden im Alter von 64 Jahren auf der Intensivstation des Klinikums Waldheide an den Folgen eines Autounfalls. Er war Ehrenbürger der Stadt und Träger des Bundesverdienstkreuzes.«

Das Foto hinter ihr, das Robert mit dem Bundesverdienstkreuz zeigte, verschwand, und ein anderes kam, auf dem er mit Alex und seiner Frau bei der Beerdigung des Kardinals im letzten Herbst zu sehen war.

»Robert Nideck hinterlässt seine Frau Monika und seinen Sohn Alexander, der die Leitung des Familienunternehmens bereits vor vier Jahren übernommen hat. Die Trauerfeier in der Hofkirche, zu der auch der Bürgermeister erwartet wird, ist für kommenden Samstag angesetzt. Die Beerdigung findet zu einem späteren Zeitpunkt im engsten Familienkreis statt.«

Sie wechselte zur nächsten Nachricht. Ich drückte auf die Stummtaste.

Ich sah auf den Ring an meiner Hand. Er war aus Platin, hatte einen großen und viele kleine Brillanten, und in die Ringschiene war *Nina und Robert für immer* eingraviert. Und das Datum des Tages vor zehn Jahren, an dem wir gewusst hatten, dass es für immer war.

Er hinterlässt noch jemanden, dachte ich. Und ich will, dass ihr es alle wisst.

Ich rief bei der Anzeigenaufnahme der Zeitung an und sagte der jungen Frau mit der hellen Stimme, die sich meldete, ich wolle eine Todesanzeige aufgeben.

Sie schraubte ihren Stimmton auf Trauermaß hinunter.

»Dann brauche ich bitte den Namen des Verstorbenen. Hätten Sie gerne einen Sinnspruch in der oberen rechten Ecke? Oder ein Schmuckmotiv links?«

Ich sagte ihr, was ich gerne hätte, nannte meinen Namen und meine Adresse, und sie fragte: »Und die Größe?«

»Schön groß. Eine halbe Seite.«

»Eine halbe Zeitungsseite?«

»Ja.«

»Das … Das wären … Das wären dann 7360 Euro. Zuzüglich 1398,40 Euro Mehrwertsteuer. Also … Also insgesamt 8758 Euro. Und vierzig Cent.«

»Okay.«

»Äh – einen Moment bitte.«

Nach einer Weile meldete sich eine andere Frauenstimme, tiefer, älter: »Frau Feldmann? Sie haben ein Abonnentenkonto bei uns, nicht wahr? Mit Einzugsermächtigung. Ist es Ihnen recht, wenn wir den Betrag über dieses Konto abbuchen?«

»Ja, klar.«

Auf dem Bildschirm erschien wieder Roberts Gesicht. Es war die Tagesschau, und man sah ihn an einem Rednerpult, auf dem *Deutsche Architektenkonferenz* stand.

Das Telefon klingelte. Ich hielt mir die Ohren zu, doch Julias Stimme auf dem Anrufbeantworter war schrill und durchdringend: »Mama! Was ist mit Robert?«

Ich sprang auf und hob ab.

»Er ist heute Morgen …«

»Das weiß ich! Es kam ja gerade im Fernsehen. Warum hast du mir nichts gesagt?«

»Ich war die ganze Zeit im Krankenhaus. Seit seinem Unfall. Ich habe vor der Intensivstation gesessen. Ich durfte nicht rein, Monika und Alex wollten nicht, ich konnte doch nichts machen, ich bin nicht mit ihm verwandt, aber am letzten Tag habe ich's doch geschafft, auch in der letzten Nacht, ich war bei ihm, als er … Ich bin erst heute Morgen nach Hause gekommen und habe geschlafen und deswegen – tut mir leid, Julia, dass ich …«

»Mama? Bist du allein?«

»Ja. Nein, nicht wirklich. Er ist ja hier. Nicht wirklich, du weißt schon. Aber er ist hier. Überall.«

»Was ist mit der Beerdigung?«

»Da kann ich auch nicht hin. Ist sowieso nicht wichtig. Robert ist ja hier.«

»Mama! Du solltest jetzt nicht allein sein. Ich würde kommen, ich kann bloß überhaupt nicht. Ich habe solchen Stress im Haus. Eine Kollegin ist krank, eine Stelle ist nicht besetzt, und wir sind überbelegt.«

Sie leitet ein Frauenhaus. Sie hat immer Stress.

»Bitte komm du her. Sofort. Du kannst im Hotel wohnen, tagsüber bist du bei Sven und Sofie, und ich sehe zu, dass ich abends früh zu Hause bin.«

Sven ist Sofies Vater.

»Will ich gar nicht«, sagte ich. »Ich will bloß hier sein.«

Sie seufzte.

»Na gut. O Gott, ist das schrecklich. Ich kann's kaum ertragen. Und wie sage ich Sofie, dass Robert tot ist? Wie soll sie das aushalten? Sie ist erst sechs. Und er ist ihr Lieblings-Robert.«

Weil er nicht ihr richtiger Opa war, nannte Sofie ihn auch nicht so. Sie nannte ihn *mein Robert. Mein Lieblings-Robert.*

»Kannst du ihr nicht sagen, er ist im Himmel? Dass es ihm gut geht, dass er runterschaut und auf sie aufpasst?«

»Das wäre das Beste. Ich glaube bloß nicht, dass Sven da mitspielt. Du kennst ihn doch.«

Sven hatte Philosophie, Soziologie, Politologie und allerhand anderes studiert und strenge und realistische Ansichten über Gott und die Welt. Er brachte es fertig, Sofie zu erklären, dass Robert zu Staub zerfiel und nichts von ihm übrig blieb, außer ein paar Knochen und ein bisschen DNA.

»Ich weiß was«, sagte ich. »Sven kriegt die Harley Davidson, wenn er tut, was wir sagen. Aber er muss sich genau daran halten. Wenn Sofie auch nur den kleinsten Zweifel an der Sache mit dem Himmel hat und dass es Robert gut geht und er auf sie aufpasst, gibt's keine Harley. Oder ich nehme sie ihm wieder weg. Es ist nur eine Leihgabe.«

Julia lachte leise. »Okay. Ist schon gelaufen. Für eine Harley tut Sven alles. Und für Sofie wird's viel leichter. Gott, bin ich froh.«

»Ich auch.«

»Ruf mich an, Mama. Jeden Tag. Und geh dran, wenn ich anrufe, ja?«

»Mach ich.«

Ich verbrachte die Woche nach Roberts Tod auf seiner Seite des Bettes, in dem Sessel, in dem er immer saß, trug seinen Jogginganzug oder seinen Bademantel, hörte die Musik, die er liebte, betrachtete Fotos von ihm und wanderte durchs Haus. Er hatte es für uns gebaut, auf dem Grundstück eines halb verfallenen Bauernhofes, das er dem widerspenstigen Besitzer hartnäckig abgehandelt und teuer bezahlt hatte. Er hatte es liebevoll möbliert und ausgestattet und auch da nicht aufs Geld gesehen, und manchmal hatte ich protestiert.

»Bist du verrückt?«, hatte ich gesagt, als er von den farbigen Kristallleuchtern des angesagten Designers, die uns so gefielen, gleich sechs bestellte. »Da kostet jeder achttausend.«

»*So what, my dear*«, hatte er geantwortet. »Die sind so schön und klar und bunt wie unser Leben, und ich will überall einen hängen haben. Man soll nicht an der falschen Stelle sparen.«

Jetzt war ich froh, dass es die Leuchter gab. Ich schaltete sie an, wenn ich in ein Zimmer kam, ihre bunten Lichter sprühten durch den Raum, und ich wusste, Robert war da.

Das Telefon klingelte. Ich wartete auf den Piepton und darauf, dass Julia sagte: »Mama, ich bin's, geh dran«, aber es war bloß Frau Rabenstetter, die Wäschereibesitzerin, die ihr Beileid aussprach.

Aus unserem Vorort kondolierten alle, vom Tankstellenpächter bis zum Bürgermeister. Aus der Stadt, von Roberts Geschäftspartnern und seinen Freunden, rief keiner an.

Nur der alte Herr Rosenthal, der dreißig Jahre lang sein Friseur gewesen war. Er rief nicht an, er kam selber.

Am Sonntagnachmittag hielt ein Wagen vor dem Haus, Herr Rosenthal ließ sich von dem jungen Mann, der ihn fuhr, heraushelfen und über den Gartenweg geleiten. Ich hatte fettige Haare, trug seit drei Tagen Roberts Jogginganzug und hätte auch sonst keinen Besuch gewollt. Aber ich brachte es nicht fertig, ihn vor der Tür stehen zu lassen, und öffnete.

Er trat herein und setzte sich aufatmend auf einen der Stühle im Flur. Sein schwarzer Anzug war sorgfältig gebürstet, er trug eine bestickte schwarze Kippa auf dem dichten weißen Haar und gab mir noch mehr das Gefühl, schlampig und ungewaschen zu sein. Er legte die Hände auf seine Knie, holte noch einmal Luft und sah mich an.

»Der Herr Robert«, sagte er. »Er war tüchtig, fleißig, klug. Ein guter Geschäftsmann. Und er war ein guter Mensch. Ich weiß das, ich habe ihm so lange die Haare geschnitten, da lernt man jemanden kennen, da kann sich keiner verstecken. Ja, das war er. Liebevoll, wissen Sie, freundlich, ein großes Herz. Ein Geschenk für die Welt.«

Er stand mühsam wieder auf, verbeugte sich, als er an der Tür war, sagte: »Möge Gott Sie trösten, liebe Frau Feldmann«, und ließ sich zurück zum Wagen bringen.

Ich sah ihm nach und war schon getröstet.

Der junge Mann half ihm einzusteigen, zögerte, blickte zu mir und kam herübergelaufen.

»Wir hätten nicht einfach so kommen sollen. Entschuldigen Sie bitte. Aber mein Großvater wollte es unbedingt.

Er hatte Ihren Mann so gern. Und der Besuch bei Trauernden ist in unserer Religion wichtig. Es ist eine Mitzwe, ein Gebot, wissen Sie?«

»Ich bin sehr froh, dass er da war. Vielen Dank. Es tut mir nur leid – ich meine, wie ich aussehe. Es hat ihn hoffentlich nicht …«

Er lächelte.

»O nein, das macht nichts. Das ist okay. Das muss so sein. Es hat ihm bestimmt gefallen. Während der Trauerzeit soll man sich nicht pflegen und nichts Frisches anziehen. Also dann. Alles Gute.«

Er lief mit großen, jungenhaften Schritten wieder zum Auto. Er trug Jeans und Pullover, und auf seiner Kippa war eine Art Sonne aufgestickt.

»Wie lange dauert die Trauerzeit?«, rief ich hinter ihm her.

»Sieben Tage«, rief er zurück, bevor er die Wagentür zuschlug. Der alte Mann winkte mir zu, als sie davonfuhren.

Noch zwei Tage, dachte ich. So lange darf ich noch ungewaschen in Roberts dreckigem Jogginganzug rumlaufen. Und nun brauche ich mich deswegen auch nicht mehr zu schämen. Es ist okay. Es muss so sein.

Danke, Herr Rosenthal.

Ich ging ins Kaminzimmer und machte den Fernseher an. Der Besitzer des Lokalsenders, der mit Robert befreundet war, hatte die Trauerfeier in voller Länge übertragen lassen, und ich hatte sie gespeichert.

Viele wichtige Leute aus Wirtschaft und Politik waren

da, sogar der Ministerpräsident, es gab ein großes Foto von Robert, der Sarg verschwand fast unter einem riesigen Bukett seiner Lieblingsblumen, in mannshohen Messingleuchtern brannten armdicke Kerzen. Schön. Aber am meisten gefiel mir die Rede des Bürgermeisters. Er hatte sich gut mit Robert verstanden und war immer zu unserem Sommerfest gekommen, allein, damit er mit Frauen flirten konnte, die jünger und hübscher waren als seine Frau, die heute in der ersten Reihe saß, neben Alex und seiner Mutter.

Der Bürgermeister war ein guter Redner, die Trauerrede für Robert war eine seiner besten und bewegendsten, und ich hörte sie mir immer wieder an. Er sagte das Gleiche wie der alte Herr Rosenthal, nur mit mehr Worten, mehr Drama und vor allem mit dem Witz, der bei ihm auch zu ernsten Angelegenheiten passte, und über den alle lachen mussten, selbst wenn sie eben noch die Tränen weggewischt hatten.

Die Kamera schwenkte über die Gesichter. In der ersten Reihe saßen die Prominenten, erst dahinter die Freunde und Geschäftspartner. Nur Roberts bester Freund Gerhard hatte es mit seiner Frau Anita in die erste Reihe geschafft, wenn sie auch ganz am Rand saßen. Anita war elegant wie immer mit einem schwarzen Seidenmantel und einem breitkrempigen Hut, unter dem jede andere Frau, und besonders ich, einfach nur blöd ausgesehen hätte.

Und was ist mit mir, dachte ich. Natürlich ist Alex jetzt wichtiger, er ist schließlich sein Sohn, und so eine Trauerfeier mit Ministerpräsident und Bürgermeister will man auch nicht verpassen, klar. Aber ich war die letzten zehn Jahre seine Frau, und ihr wisst, wie er mich geliebt hat, niemand weiß das besser als ihr, seine Freunde. Und dass er gewollt hätte, dass ihr euch um mich kümmert. Ihr könntet mich wenigstens mal anrufen. Heimlich, zur Not. Ich sag's schon nicht weiter.

Gerhard rief zwei Tage später an, als hätte er auch die Trauerzeit abwarten wollen. Ich hatte gerade geduscht, meine Haare geföhnt und einen frischen Jogginganzug von Robert angezogen.

»Gerhard hier. Hallo, Nina.«

»Hallo, Gerhard. Schön, dass du …«

»Ja, ja. Ich – äh – ich habe mal eine Frage. Hast du ein Testament?«

»Ein Testament? Von Robert? Nein. Das ist doch sicher bei dir, oder?«

Gerhard ist Anwalt.

»Ist es nicht. Sonst würde ich nicht fragen. Es muss bei euch sein. Schau mal nach. Wäre wichtig. Alex hat mich deswegen angesprochen. Du solltest das Testament bald vorlegen, sonst tritt er das Erbe an. Man kann es natürlich nachreichen, aber das wird dann unnötig umständlich.«

»Alex tritt das Erbe an? Was soll das heißen? Er hat doch schon alles geerbt.«

»Ja, sicher. Die Firma, die Immobilien. Den Großteil des Besitzes. Aber es gibt ja noch Roberts Privatvermögen. Und das Haus, in dem ihr wohnt. Die Versorgungs- und Vermögensregelung mit Monika hat Robert bei der Trennung erledigt, da sind alle Ansprüche abgegolten, Monika ist raus, auch wenn die Ehe formal fortbestand. Also ist Alex Alleinerbe, denn du …«

Er ließ das Ende des Satzes in der Luft hängen: Denn du bist nicht mit ihm verheiratet, nicht mit ihm verwandt, du warst alles, solange er lebte, du bist nichts mehr, seit er tot ist.

»Ich sehe nach. Ich rufe dich an.«

Robert war systematisch und ordentlich. Es gab nur eine Schublade mit wichtigen Papieren, einen Aktenordner für Dokumente und einen Ordner im Laptop für wichtige Unterlagen, wo ich suchen konnte. Ich fand nichts. Kein Testament. Keinen Entwurf. Nicht mal Notizen. Robert machte für alles, was wichtig war, Entwürfe und Notizen, und hob auch die auf.

Vielleicht hatte er es falsch abgeheftet oder gespeichert, oder es war zwischen andere Papiere gerutscht.

Ich durchsuchte das Arbeitszimmer, den Laptop, seine Aktentasche, die Schubladen seines Nachttisches, die Kartons im Keller, in denen er alte Akten und Unterlagen aufhob. Ich suchte so lange, bis ich mir eingestand, was ich schon die ganze Zeit ahnte. Es gab kein Testament.

Ich rief Gerhard an. Seine Sekretärin hob ab.

»Tut mir leid, Frau Feldmann. Herr Dr. Althoff ist zu Tisch. Danach hat er Termine außer Haus. Den ganzen Nachmittag. Und morgen auch. Er ist erst Montag wieder erreichbar.«

Klingt beinahe so, als ob du nicht mit mir reden willst, dachte ich. Aber ich rede mit dir, und zwar sofort.

Ich zog Roberts Jogginganzug wieder aus und zum ersten Mal seit sieben Tagen etwas an, womit man das Haus verlassen konnte. Etwas Ansprechendes in Schwarz, geeignet für das italienische Einsternerestaurant in der Nähe der Kanzlei, wo Gerhard immer zu Mittag aß. Robert und ich hatten uns dort oft mit ihm getroffen, wenn wir in der Stadt waren.

Der Oberkellner begrüßte mich mit einer der ebenso eleganten wie würdevollen Verbeugungen, wie sie nur Italiener zustande bringen.

»Frau Feldmann. Es ist uns eine Freude, Sie zu sehen. Mein Beileid.«

Er führte mich ohne weitere Fragen zu Gerhards verstecktem Lieblingstisch im ruhigen Nebenraum. Gerhard blickte hoch und verschluckte sich fast an seinen Spaghetti Vongole, als er mich sah. Ich setzte mich auf den Stuhl, den der Kellner unter mich schob, wies die Speisekarte zurück, die er mir hinhielt, und bestellte einen Cappuccino.

»Tut mir leid, dass ich dich beim Essen störe, Gerhard. Aber es ist eilig.«

Er hatte runtergeschluckt und räusperte sich heftig.

»Hallo, Nina. Mein Beileid«, sagte er mit einem Blick auf mein schwarzes Kostüm.

»Es gibt kein Testament«, sagte ich, »jedenfalls nicht bei uns im Haus. Ich habe überall gesucht. Wenn du es nicht hast und Alex auch nicht, wo kann es dann sein? Habt ihr nie darüber geredet?«

»Schon. Aber …«

»Was?«

»Ich habe ihn mal daran erinnert. Als das Haus fertig war und ihr eingezogen seid. Hör auf, hat er gesagt, rede nicht davon. Es fängt gerade richtig mit uns an, ich will mich jetzt nicht damit beschäftigen, dass es endet.«

»Das heißt doch nicht, dass er keines gemacht hat.«

Er sah auf die Spaghetti, seufzte und schob den Teller beiseite.

»Ich glaube – na ja, ich bin kein Psychologe, aber … Er war so glücklich mit dir. Er hat dich so geliebt. Er hat so gern mit dir gelebt. Er wollte nicht daran denken, dass es ein Ende hat. Dass er irgendwann gehen muss. Sehr wahrscheinlich vor dir. Also hat er's verdrängt. Kein Testament, kein Sterben. So ungefähr, weißt du? Wie gesagt, ich bin kein Psychologe.«

Nein, bist du nicht, dachte ich. Eben. Robert war nicht so. Er hat sich nie vor etwas gedrückt.

»Es ist die einzige Erklärung«, sagte Gerhard, als er mein zweifelndes Gesicht sah. »Ein Testament ist kein gewöhnliches Dokument, denn es regelt den eigenen Tod. Da verhalten sich Menschen oft anders als sonst. Und sie legen es manchmal an den ungewöhnlichsten Stellen ab. Hast du wirklich überall nachgesehen? In der Schreibtischschublade? Im Nachttisch? Im Küchenschrank? Such noch mal.«

»Mach ich«, sagte ich, obwohl ich sicher war, dass Robert sein Testament nicht in den Nachttisch legen würde. Oder in den Küchenschrank.

Der Kellner nahm den Teller mit den Spaghetti weg und brachte Crème Caramel, eine für Gerhard, eine für mich. Ich wollte sagen, dass ich sie nicht bestellt hatte, aber er reichte mir die Serviette.

»Ein Gruß aus der Küche. Bitte.«

Ich aß Crème Caramel so gerne. Sonst.

»Und er war außerdem sicher, dass Alex dir überlassen würde, was ihm noch gehörte, das Haus und sein Privatvermögen«, fuhr Gerhard fort. »Ob mit oder ohne Testament.«

»Das tut Alex doch auch. Natürlich. Er braucht's nicht, er hat ja schon alles. Ich rede mit ihm. Ich rufe ihn an.«

Gerhard seufzte schon wieder, betrachtete prüfend den Dessertlöffel und rieb ihn mit seiner Serviette ab.

»Dann solltest du allmählich etwas leiser auftreten, Nina. Leiste dir nicht noch so eine Nummer wie die auf der Intensivstation: Hier sitze ich, ich kann nicht anders. Oder das mit der Bildzeitung. Und dann diese Todesanzeige.«

»Was ist damit?«

»Die war dreimal so groß wie die von Alex. Ziemlich peinlich.«

»Robert hätte sie gefallen. Und mir war's wichtig.«

»Tu lieber, was Alex gefällt, wenn du etwas von ihm willst.«

»Okay. Du hast recht. Mache ich.«

Er wies mit dem Löffel auf die Crème Caramel vor mir. »Und iss was. Du bist schrecklich dünn geworden.«

Die goldenen Buchstaben von *Nideck Bauen und Wohnen* an der Fassade des Firmengebäudes glänzten im Frühlingslicht, und die Birken, die Robert auf dem Vorplatz hatte pflanzen lassen, trugen frisches Grün.

Drinnen war alles wie immer, nur dass ich der Mitarbeiterin hinter dem Empfangstresen nicht mehr einfach zuwinken und zum Fahrstuhl weitergehen konnte, sondern stehen bleiben und meinen Namen nennen musste.

»Ich bin Nina Feldmann. Ich habe einen Termin bei Herrn Nideck.«

Sie sah mich streng an. Das Telefon klingelte. Sie hob ab, meldete sich und lauschte konzentriert.

Ich ging zu den Fahrstühlen.

»Halt«, rief sie hinter mir her. »Sie können nicht einfach …«

»Doch, kann ich«, rief ich zurück.

Das ist genau das, was du nicht tun sollst, dachte ich, während der Fahrstuhl mich nach oben brachte. Wovor Gerhard dich gewarnt hat. Tritt leise auf, Nina.

Die Sekretärin oben kannte mich noch und lächelte mir zu.

»Guten Morgen, Frau Feldmann. Herr Nideck telefoniert noch. Er ist gleich bei Ihnen. Nehmen Sie doch Platz. Möchten Sie Kaffee?«

»Gerne.«

»Und mein allerherzlichstes Beileid«, fügte sie hinzu, als sie die Tasse neben mich stellte, so leise, als hätte sie Angst, jemand könne sie hören.

Auch hier war alles wie immer. Wie es bei Robert

gewesen war. Ich dachte daran, wie ich auf ihn gewartet hatte, wie er die breite Tür aus Palisanderholz aufgerissen und mich in die Arme genommen und über meine Schulter hinweg seiner Sekretärin zugenickt hatte, was hieß: keine Störung mehr.

Die Tür hatte sich leise geöffnet, und Alex kam auf mich zu.

»Hallo, Nina.«

Im Krankenhaus war er blass, angestrengt und wütend gewesen. Jetzt war sein Gesicht rosig, das Haar frisch geschnitten, er trug ein fein gestreiftes Hemd und einen teuren italienischen Anzug und wirkte entspannt und zufrieden. Beinahe fröhlich.

Er küsste mich auf die Wangen, ließ mich vorangehen, Platz nehmen, setzte sich und lächelte: »Und? Was kann ich für dich tun?«

»Es ist wegen des Testaments. Dass es keines gibt. Gerhard hat vielleicht schon mit dir gesprochen. Er sagt, Robert wollte, dass ich das Haus und sein Privatvermögen erbe. Er sagt, Robert war ganz sicher, dass du es mir überlassen würdest, auch wenn er kein Testament …«

»Woher weißt du das? Hat mein Vater dir das gesagt? Hat er es Gerhard gesagt?«

»Nein. Wir haben nie darüber geredet. Aber es ist doch klar, dass er es wollte.«

Er lehnte sich zurück, ließ den Blick durch den Raum und die großen Fensterscheiben über die Stadt schweifen und sah wieder mich an.

»Wenn er es gewollt hätte, hätte er es gesagt. Mein Vater

ließ nichts offen oder im Ungefähren. Wenn er also nichts gesagt hat, nicht zu dir und auch nicht zu Gerhard, dann war es nicht seine Absicht, dass du erbst.«

»Heißt das, du – du willst mir gar nichts geben?«

»Er hat dir teuren Schmuck geschenkt, der gehört dir. Und die ganzen Edelklamotten natürlich. Meinetwegen kannst du auch den Zweitwagen behalten und die Inneneinrichtung. Ist ja eine Menge wert. Aber darüber hinaus gibt's nichts. Gar nichts.«

»Auch das Haus nicht? Du willst mir das Haus wegnehmen?«

»Man kann jemandem nichts wegnehmen, was ihm nicht gehört. Das Haus gehörte meinem Vater. Jetzt gehört es mir. Und du ziehst aus. Bald.«

»Ist das dein Ernst?«

»Und ob das mein Ernst ist.«

Ich wusste nicht, was ich sagen sollte, und er sah mir zufrieden dabei zu.

Nach einer Weile stand er auf.

»Wenn du mich bitte entschuldigen willst«, sagte er so übertrieben höflich, dass es wie Spott klang. »Ich habe eine Besprechung. Solltest du noch Fragen haben, melde dich einfach. Ansonsten hörst du von mir.«

Er hielt mir die Tür auf, und ich ging an ihm und der Sekretärin vorbei und wartete nicht auf den Fahrstuhl, sondern lief die Treppe hinunter, durch die Halle, hinaus und immer weiter, bis das Firmengebäude ein Stück hinter mir lag und ich an der Straße stand.

Ein Wagen kam heran, mit überhöhter Geschwindigkeit, und für einen Moment dachte ich daran einfach weiterzulaufen, damit ich meine Ruhe hätte. Aber selbst wenn der Fahrer neunzig fuhr statt fünfzig, es würde nur mit viel Blut, kaputten Knochen und im Rollstuhl enden, und es hieß auch nicht, dass ich im Haus bleiben konnte, sondern dass ich mir einen Platz in einer Behinderteneinrichtung suchen musste.

Ich sah hinauf in den Himmel. Er war frühlingsblau mit ein paar trägen weißen Wolken. Sofie war einigermaßen zufrieden damit, dass Robert nun im Himmel war, hatte Julia mir erzählt, wenn sie auch nicht verstand, dass Gott nicht besser auf ihn geachtet hatte, damit er gar nicht erst dort landete. Aber sie liebte die Vorstellung, dass Robert von oben auf sie aufpasste, und das machte Gottes Nachlässigkeit wieder wett.

Wie ist das nur möglich, dachte ich. Warum hast du das getan? Ich verstehe dich nicht. Wieso hast du nicht dafür gesorgt, dass ich gut weiterleben kann nach deinem Tod?

Ich setzte mich auf eine der Bänke, die Robert vor der Firma hatte aufstellen lassen, und rief Gerhard an.

Diesmal war er selber dran, so schnell, als hätte er auf meinen Anruf gewartet.

»Hallo, Gerhard, hier ist Nina. Ich war gerade bei Alex. Er will mir nichts geben. Überhaupt nichts. Sogar das Haus will er mir wegnehmen. Das kann er doch nicht machen, oder?«

Er seufzte. Er seufzte neuerdings dauernd, wenn er mit mir sprach.

»Tut mir leid, Nina, dazu kann ich dir gar nichts sagen.

Ich bin jetzt Alex' Anwalt, so wie ich Roberts Anwalt war, und darf dich nicht beraten. Interessenkollision, verstehst du? Ich kann dir einen kompetenten Kollegen empfehlen und dafür sorgen, dass du sofort einen Termin kriegst.«

»Da seid ihr aber schnell gewesen, Alex und du«, sagte ich. »Alles schon geklärt und arrangiert. Respekt. Und alles gegen Roberts Willen. Er würde hassen, was ihr da mit mir macht. Er ist Alex' Vater. Und dein bester Freund. Aber das ist euch ja auch egal. Er ist tot. Er zählt nicht mehr.«

Gerhard stöhnte gequält auf.

»Willst du nun die Nummer von dem Kollegen?«, fragte er mit mühsam beherrschter Stimme.

»Ja, verdammt. Was bleibt mir übrig?«

Ich rief dort an und bekam einen Termin für den nächsten Tag.

Der Kollege war ein gut aussehender Mann mit welligem grauem Haar und sorgfältig manikürten Händen. Er betrachtete sie, während ich ihm sagte, worum es ging, und blickte dann erstaunt hoch.

»Deswegen hat Dr. Althoff Sie zu mir geschickt?«

Ich nickte.

»Das hätte er Ihnen auch selber sagen können. In einem Satz: Sie haben keine Chance. Selbst wenn Sie zwanzig Jahre mit ihm zusammengelebt und Ihren Lebensgefährten vor seinem Tod aufopfernd gepflegt hätten. Unser Erbrecht stammt aus dem 19. Jahrhundert. Damals war unverheiratetes Zusammenleben unmoralisch und wurde juristisch geächtet. Nur wer verwandt oder verheiratet ist, erbt. Sie haben keine Rechte und keinerlei Ansprüche.«

»Aber ich stehe da und habe nichts. Es muss doch irgendeine …«

»Sprechen Sie noch mal mit dem Sohn. Was haben Sie vor der Beziehung zu Herrn Nideck gemacht? Waren Sie berufstätig?«

»Ja. Ich war Journalistin.«

»Haben Sie nach Beginn der Beziehung weitergearbeitet?«

»Anfangs schon. Aber dann hat er in der Firma kürzergetreten und seinen Sohn immer mehr hereingenommen und gefragt, ob ich nicht aufhören will zu arbeiten. Er meinte, er hätte keine Lust, rumzusitzen und darauf zu warten, dass ich einen Artikel fertig schreibe. Mir war das sehr recht. Ich hatte mehr als genug gearbeitet. Und ich brauchte ja kein Geld mehr zu verdienen. Er hatte doch so viel. Also habe ich aufgehört.«

»Ah ja. Man könnte also sagen, dass Sie Ihren Beruf auf Ansinnen des Vaters aufgegeben haben und den Sohn um eine finanzielle Übergangsregelung bitten, bis Sie beruflich wieder Fuß gefasst haben. Das sollte eigentlich drin sein. Er ist ja wahrhaftig kein armer Mann. Im Gegenteil.«

Er besah wieder seine Hände.

»Aber anscheinend sehr sparsam. Tja. Reiche Leute haben ihr Geld vom Behalten.«

Er ging mir auf die Nerven mit seinen Betrachtungen. Ich stand auf.

»Vielen Dank. Schicken Sie mir die Rechnung?«

Er vollführte eine Geste der Großzügigkeit und Herablassung.

»Ach, nein. Das läuft auf Kulanz zwischen Kollegen. Dafür tut mir Herr Althoff demnächst einen Gefallen. Ich verstehe nur immer noch nicht, warum er Sie nicht selber informiert hat. Das ist juristisches Grundwissen, dafür braucht man nicht spezialisiert zu sein.«

Weil er ein Feigling ist, dachte ich. Ein Vorteilsnehmer und Kriegsgewinnler. Er hat sich schnell auf die richtige Seite geschlagen. Und nun hatte er Angst, mir zu sagen, dass ich jetzt auf der falschen stehe und bald kein Haus mehr habe und kein Geld und auf der Straße sitze.

3

Ich landete im nächsten Albtraum, und diesmal war der Aufprall heftiger. Wenn du schon in einem Albtraum steckst, hoffst du, dass es besser wird, aber du rechnest nicht damit, dass es noch schlimmer kommt. Du schlägst also ziemlich hart auf.

Ich konnte nicht mal weinen. Ich streunte in dumpfer Verzweiflung durchs Haus, das mir keinen Trost mehr gab, weil ich wusste, dass ich es verlieren würde, wenn kein Wunder geschah, und versuchte darüber nachzudenken, was ich tun konnte.

Bildzeitung? Vergiss es, dachte ich. Das schreckt Alex nicht mehr, denn jetzt ist es nur noch die billige Geschichte von der gierigen Geliebten, die dem Sohn des toten, reichen Mannes Geld abpressen will. Und Robert würde es auch nicht wollen.

Der Bürgermeister? Wir hatten uns gut verstanden, wenn er als Gast zu unseren Sommerfesten kam, er würde mich empfangen und mir teilnehmend zuhören, denn er war ein freundlicher Mann, doch dann würde er sagen: Tut mir leid, Frau Feldmann, aber da kann ich mich nicht einmischen, das ist eine reine Privatsache. Und er hätte recht.

Ich streunte weiter und blieb an der gläsernen Schiebetür zur Terrasse stehen. Draußen blühten die Fliederbüsche, die Robert gepflanzt hatte. Wenn ich die Tür öffnete, würde der Duft den Raum füllen. Ich tat es lieber nicht. Er würde schrecklich wehtun.

Am späten Nachmittag rief der Leiter der kleinen Bankfiliale im Ort an.

»Fastner hier, Consort-Bank. Hallo, Frau Feldmann. Könnten Sie noch kurz bei uns hereinschauen?«

»Jetzt? Sie haben doch schon geschlossen.«

»Es geht nur um eine Kleinigkeit, aber die sollte heute noch erledigt werden.«

Er erwartete mich am Hintereingang, der zum Parkplatz lag, und geleitete mich in sein Büro. Neben seinem Schreibtisch stand eine Blattpflanze, riesengroß und gut gepflegt, mit glänzenden grünen Blättern. Ich hatte gedacht, es gäbe in Bankfilialen keine Blattpflanzen mehr. Aber vielleicht liebte er Blattpflanzen. Diese sah aus, als würde sie geliebt.

Er zögerte einen Moment, dann gab er sich einen Ruck.

»Herr Nideck junior hat mich vorhin angerufen. Er kommt morgen vorbei und übernimmt die Konten seines Vaters. Und trifft neue Regelungen. Nun existiert ja ein Konto, für das Sie und Herr Nideck senior beide zeichnungsberechtigt sind, über das aber jeder der beiden Zeichnungsberechtigten auch alleine verfügen kann.«

Es war mein Konto, von dem ich für den Haushalt einkaufte und vor allem für mich, und das Robert immer großzügig auffüllte. Aufgefüllt hatte.

»Das heißt, heute könnten Sie noch … Ab morgen ist es – äh – unsicher. Verstehen Sie, was ich meine?«

»O ja. Wie viel ist darauf?«

»Rund fünftausend Euro. Wenn Sie also ein eigenes Konto eröffnen und den Betrag darauf überweisen wollen, bevor …«

Ich nickte heftig.

Er stand auf.

»Dann darf ich Sie bitten, das morgen während der Öffnungszeiten bei einer meiner Kolleginnen zu tun. Gleich um neun am besten. Und wir sind uns einig, dass wir uns heute nicht getroffen und nicht gesprochen haben, nicht wahr?«

»Ganz und gar. Wir haben uns zuletzt Weihnachten gesehen, oder?«

»Genau. Daran kann ich mich auch noch gut erinnern.«

Er gab mir die Hand. »Ich wünsche Ihnen alles Gute, Frau Feldmann.«

»Danke. Vielen Dank.«

Als ich am anderen Morgen von der Bank kam, parkte Alex' Porsche am Straßenrand, und er saß auf der Stufe vor der Haustür.

Er sprang auf und lächelte mich an. »Hallo, Nina. Tut mir leid, dass ich dich so überfalle. Aber ich war gerade in der Gegend und dachte, ich komme mal vorbei. Ich wollte …«

Ich war so erleichtert wegen seiner Freundlichkeit, dass ich stolperte und beinahe gefallen wäre.

»… mich umsehen und die Modalitäten mit dir besprechen.«

»Was meinst du mit Modalitäten?«

»Na, wann du ausziehst, zum Beispiel.«

Ach so.

Ich schloss auf, er ging an mir vorbei, blieb in der Diele stehen und fügte hinzu: »Nur ein kurzer Rundgang. Kleine Bestandsaufnahme, weißt du.«

Er wollte alles sehen, auch den Dachboden und den Keller und sogar die Garage. Das Tor war verschlossen.

»Schlüssel?«, fragte er.

Drinnen stand die Harley Davidson, mit der ich Sofies Vater Sven bestechen wollte, damit er sie nicht darüber aufklärte, dass Robert womöglich doch nicht im Himmel war und auf sie aufpasste.

»Keine Ahnung«, sagte ich. »Robert hat einen. An seinem Schlüsselbund. Es gibt sicher noch irgendwo einen Ersatzschlüssel, aber ich weiß nicht, wo der ist. Ich benutze die Garage nie. Ich parke immer draußen.«

»Ärgerlich. Na gut. Demnächst.«

Er schob die Hände in die Hosentaschen und wippte auf den Zehen.

»Dann lass uns kurz über Termine und Modalitäten reden. Du kannst, wie gesagt, alles mitnehmen, auch Küchen- und Badeinrichtungen. Das muss sowieso neu gemacht werden. Auszug und Übergabe zu Beginn des nächsten Quartals. Wir haben jetzt Mitte Mai, also spätestens am dreißigsten Juni.«

Ich holte tief Luft. Es fiel mir schwer zu betteln, aber ich musste es wenigstens versuchen.

»Alex, ich bitte dich. Gib mir das Haus und genug Geld, dass ich leben kann. Bitte.«

Er sah mich mit kaltem Blick an und bewegte kurz den Kopf hin und her.

»Auszug spätestens am dreißigsten Juni. Okay? Alles klar?«

Ich senkte den Blick, um ihm nicht mehr ins Gesicht sehen zu müssen, und sah auf seine Schuhe. Robert hatte auch solche getragen. Sie waren rahmengenäht und kosteten mindestens neunhundert Euro. Ich hätte am liebsten darauf gekotzt. Aber ich hatte nichts im Magen.

»Okay«, sagte ich. »Mir ist nur nicht alles klar. Warum machst du das? Du hast Millionen, du kannst dir hundert Häuser bauen. Aber du nimmst mir Roberts Haus weg und lässt mir keinen Cent.«

Er lächelte.

»Sei nicht so gierig, Nina. Hast du in den letzten zehn Jahren noch nicht genug gekriegt? Er hat dich doch nur so überschüttet. Jetzt nimm den Kram, den er dir gekauft hat, such dir eine Wohnung und geh wieder arbeiten. Ich meine, richtig arbeiten. Dich nicht nur aushalten lassen. Die fetten Jahre sind vorbei.«

Er zog eine Visitenkarte aus der Brusttasche seines Jacketts, schrieb etwas auf ihre Rückseite und gab sie mir.

»Eine Wohnung brauchst du dir natürlich nicht zu suchen. Ich habe ja genug. Ruf die Nummer an. Der Mitarbeiter zeigt dir, was wir haben. Was für dich in Betracht kommt. Klein, einfach, billig.«

Er wandte sich, immer noch lächelnd, um und ging langsam zu seinem Wagen. Selbst seine Bewegungen waren satt und selbstzufrieden. Ich wartete, bis er an mir vorbeigefahren und das Motorengeräusch des Porsche verklungen war, holte den Garagenschlüssel und öffnete das Tor.

Da stand sie, die Harley. Robert hatte seinen Helm auf den Beifahrersitz gelegt, Handschuhe und Nierengurt daneben. Er war in diesem Jahr erst ein Mal mit ihr gefahren, an einem warmen Tag Anfang April.

Sie musste schnell verschwinden. Es gab viele, die sie gerne nach Köln gefahren hätten. Die Lehrlinge in der Autowerkstatt. Die von Roberts Freunden, die kein Motorrad hatten. Aber ich brauchte jemanden, der Alex nicht kannte, nie treffen und es ihm bestimmt nicht erzählen würde.

Ich rief Herrn Rosenthal an.

»Liebe Frau Feldmann. Wie geht es Ihnen?«

Noch beschissener als sowieso schon, dachte ich, aber ich sagte: »Besser«, weil ich den alten Mann nicht beunruhigen wollte.

»Was kann ich für Sie tun?«

»Ich wollte fragen, ob Ihr Enkel mir vielleicht helfen kann.«

»Aber natürlich. Selbstverständlich. Er meldet sich gleich bei Ihnen«, sagte er und legte auf, bevor ich noch etwas sagen konnte.

Das Telefon klingelte fünf Minuten später.

»Benjamin Rosenthal. Hallo, Frau Feldmann. Mein Großvater sagt, Sie brauchen Hilfe?«

»Könnten Sie mir einen Gefallen tun?«

»Klar doch.«

»Würden Sie eine Harley Davidson für mich nach Köln fahren?«

»Das nennen Sie einen Gefallen?«

»Ich zahle natürlich, und für die Rückreise …«

Er lachte. »Sie brauchen gar nichts zu zahlen. Das ist ein Geschenk, kein Gefallen. Wann soll's losgehen?«

»So bald wie möglich.«

»Heute?«

»Das wäre toll. Kommen Sie abends, wenn es dunkel ist. Damit Sie keiner sieht. Es ist nämlich nicht ganz legal. Aber unbedingt nötig.«

Ich erklärte ihm das mit Alex, dem die Harley jetzt gehörte, und das mit Sofie und ihrem Vater Sven, und dass Robert im Himmel bleiben konnte, wenn Sven die Harley bekam.

»Cool«, sagte er. »Ist klar. Machen wir. Ich komme gegen neun. Total unauffällig. Topsecret.«

Er war Punkt neun da und ganz in Schwarz gekleidet. Nur sein Gesicht leuchtete vor Begeisterung.

»Hallo, Frau Feldmann. Keiner hat mich gesehen. Mein Wagen parkt an der S-Bahn-Station. Da hole ich ihn morgen wieder ab. Topsecret. Total unauffällig.«

Wir gingen in die Garage, er musterte die Harley stumm und überwältigt und zeigte auf den Helm. »Der ist auch schön. Spitzenklasse.«

Ich dachte an Robert, wie er von der Maschine stieg, den Helm abnahm, auf den Beifahrersitz legte, sich umdrehte, die Stufen zum Haus heraufkam, mich sah und lächelte, und der Schmerz überflutete mich wie schwarzer Schlamm.

»Wollen Sie ihn behalten? Er hat meinem Mann gehört. Ich wäre froh, wenn Sie ihn haben«, sagte ich und fing an zu weinen.

Er legte den Arm um mich und hielt mich fest, und ich drückte mich an ihn und spürte, wie meine Tränen über seine glatte Lederjacke liefen. Als mir einfiel, an wen ich mich klammerte, machte ich mich schnell los.

»Entschuldigen Sie bitte. Es tut mir leid. Ich wollte nicht …«

»Ist total okay, Frau Feldmann.«

»Es ist nur – mein Mann fehlt mir so schrecklich.«

»Ja, klar. Verstehe ich doch.«

Er konnte es gar nicht verstehen. Er war so jung. So unbefangen und unverletzt. Ich gab ihm die Schlüssel und den Zettel mit Julias Adresse und Telefonnummer.

»Klingeln Sie einfach. Meine Tochter weiß, dass Sie irgendwann nachts kommen. Und grüßen Sie Sofie von mir. Die freut sich auch auf die Maschine. Sie durfte manchmal mitfahren, ganz langsam natürlich, nur die Straße rauf und runter, wissen Sie?«

Er setzte den Helm auf und schob die Harley die Auffahrt hinunter zu dem Feldweg, der an unserem Garten vorbei zur Hauptstraße führte. Er winkte noch mal, bevor er im Dunkeln verschwand, und ich fing wieder an zu weinen.

Der Mitarbeiter von *Nideck Bauen und Wohnen*, der mir die Wohnungen zeigte, die für mich in Betracht kamen, hieß Achmed Mohammed, hatte schöne dunkle Augen, kurze dunkle Haare und die Figur eines Schwergewichtsboxers.

Die erste Wohnung lag im Erdgeschoss eines in die Jahre gekommenen Sechzigerjahrebaus an einer Stadtautobahn. Ich stand in dem kleinen Wohnzimmer und sah auf die vorbeifahrenden Autos.

»Das Schlafzimmer liegt zum Hinterhof. Der ist ganz ruhig und grün«, sagte Herr Mohammed. »Und das Haus wird demnächst renoviert.«

»Und die Straße da? Wird die auch renoviert?«

»Nein. Aber wahrscheinlich irgendwann unter die Erde gelegt. Die Wohnung ist sehr zentral. Nur drei Minuten zur U-Bahn.«

Ich seufzte.

»Dann zeige ich Ihnen mal die nächste.«

Die nächste war eine Eckwohnung, die nach Norden lag und selbst an diesem sonnigen Maitag so dunkel und kalt war wie ein Grab.

»Sie hat eine Terrasse«, sagte Herr Mohammed. »Sehen Sie.«

Ich trat hinaus. Die Terrasse war so groß wie ein Badetuch, und über mir ragten die vielen Stockwerke der umgebenden Häuserblocks auf.

»Hier kann man immerhin was erkennen. Da drinnen braucht man ja Scheinwerfer.«

»Eine gute Wohnraumbeleuchtung ist immer zu empfehlen«, sagte er ernsthaft.

So ging es weiter. Auf Herrn Mohammeds Liste standen nur dunkle, enge, kalte Wohnungen an lauten Straßen, in einsamen Trabantenstädten oder gegenüber von Fabrikanlagen und grauen Häuserwänden. Die letzte lag dicht an einem Gleis, auf dem alle paar Minuten ein Zug vorbeiraste. Damit man nicht so viel davon hörte, gab es eine leichengrüne Lärmschutzwand, auf die jemand Graffiti mit Teufelsfratzen und Zombiegesichtern gesprüht hatte, die man von jedem Zimmer aus sah.

»Das Gleis sollte eigentlich stillgelegt werden«, sagte Herr Mohammed. »Dann wäre es hier richtig ruhig. Deswegen wurde gebaut. Aber jetzt …«

»Jetzt wäre es hier richtig schön, um Selbstmord zu begehen.«

Er zuckte zusammen und sah mich besorgt an.

Er war so freundlich, sah mich die ganze Zeit so besorgt an und wirkte wie ein guter Vater auf mich, auch weil er so groß war, dass ich wie ein kleines Mädchen zu ihm aufsehen musste. Am liebsten hätte ich wie ein kleines Mädchen seine Hand genommen, um mit ihm nach Hause zu gehen.

Er faltete seine Liste zusammen.

»Das war jetzt alles, Frau Feldmann.«

»Vielleicht bin ich undankbar. Ich brauche ja wirklich dringend was. Aber ich kann in keine von diesen Wohnungen ziehen. Die bringen mich um.«

»Ich verstehe Sie. Im Moment haben wir nur leider nichts anderes.«

Wir wussten beide, dass es nicht stimmte.

»Es tut mir wirklich sehr leid. Auch, dass ich so gar nichts für Sie tun kann.«

Weil der oberste Chef verfügt hat, dass du Frau Feldmann nur die Wohnungen des Grauens zeigen darfst, dachte ich.

»Ich weiß«, sagte ich. »Vielen Dank für Ihre Freundlichkeit.«

Er fuhr mich nach Hause und kam noch mit zur Haustür. Ich gab ihm die Hand, und er hielt sie länger fest als nötig und sah mich mit seinen schönen dunklen Augen an. Ich wusste, er würde mich in die Arme nehmen, wenn ich näher kam, und ich wäre wieder geborgen. Bei einem großen, starken Mann.

Es ging nicht. Vielleicht konnte ich irgendwann wieder einen anderen Mann als Robert haben. Vielleicht in hundert Jahren. Oder in zehn. Aber nicht jetzt. Robert war erst seit drei Wochen tot.

Ich ließ seine Hand los und schloss schnell die Tür auf.

Die Sonne war hinter den Wolken verschwunden. Draußen war es noch hell, hier drinnen schon schattig. Ich drückte auf den Lichtschalter in der Diele, setzte mich auf die Treppe, sah hinauf zu den farbigen Kristallleuchtern, die in dem weiten Raum bunte Lichtsplitter versprühten, und wusste, Robert war da.

Was mache ich nun, dachte ich. Du hast kein Testament gemacht, Robert, warum auch immer, und dein Sohn gibt mir kein Geld, nimmt mir unser Haus weg und bietet mir lauter schauderhafte Behausungen an. Dabei hast du so viele schöne Wohnungen gebaut. Du hast sogar Preise und Orden dafür gekriegt.

Das Telefon klingelte. Ich musste drangehen, weil ich heute Morgen ein paar Leute aus meinem alten Leben als Journalistin angerufen und Nachrichten bei ihnen hinterlassen hatte.

»Silke Schiff hier. Hallo, Nina.«

Sie hatte noch dieselbe dunkle, dynamische Stimme wie vor neun Jahren. Und sie hörte immer noch am liebsten sich selbst reden.

»Du willst mich sprechen? Okay. Heute Abend. Achtzehn Uhr dreißig in einem Bistro am Landgrafenplatz. Eine Viertelstunde vom Verlagshaus entfernt. Das Ding heißt auch so. Bistro. Steht groß dran. Okay?«

»Ja. Gerne. Danke. Bis dann.«

Vor neun Jahren war sie Redakteurin für Medizin, Psychologie und Gesundheit gewesen, inzwischen hatte sie es zur stellvertretenden Chefredakteurin der größten deutschen Frauenzeitung gebracht. Etwas Besseres als ein kleines Abendessen mit ihr konnte mir nicht passieren.

Das Bistro war ziemlich voll, aber sie hatte einen Tisch in einer Nische ganz für sich allein. Sie erhob sich kurz von der Bank, küsste mich auf die Wange, wies auf den Platz gegenüber und sah mich genau an, während ich mich setzte. »Gut siehst du aus.«

»Du auch«, sagte ich mechanisch.

Du nicht, hätte ich sagen müssen, wenn ich ehrlich gewesen wäre. Sie hatte früher Formen gehabt und war jetzt überschlank, ihr Gesicht war unnatürlich glatt und ihr schönes dunkles Haar in einem hässlichen Blond gefärbt.

Ein Kellner brachte Weißwein und Mineralwasser.

»Der Meeresfrüchtesalat kommt gleich, Frau Schiff.«

»Das nehme ich hier immer«, sagte sie. »Und du?«

Ich war nicht zum Essen da und wollte jetzt keine Speisekarte studieren.

»Klingt gut. Nehme ich auch.«

Sie trank einen Schluck Wein und lehnte sich zurück.

»Und? Wie kommt's, dass ich dich so plötzlich wiedersehe?«

Ihre Direktheit hatte ich schon immer gemocht. Auch dass es sie nicht störte, wenn man genauso direkt war.

»Ich brauche Arbeit, Silke. Aufträge.«

Sie lachte so laut, dass die anderen Gäste zu uns herüberschauten.

»Du? Dein Millionär ist doch gerade gestorben. Oder …« Sie unterbrach sich und starrte mich an.

»Oder willst du mir sagen, der hat dir nichts vererbt?«

Ich nickte.

»Nicht mal eine oder zwei von den Milliönchen?«

Ich schüttelte den Kopf.

»Es gibt kein Testament. Und sein Sohn will mir nichts geben.«

»Kannst du nichts dagegen tun?«

»Nein. Veraltetes Erbrecht, sagt der Anwalt. Lebensgefährten haben keine Ansprüche und kriegen gar nichts.«

Sie zog laut die Luft ein. »Auweia.«

Der Kellner brachte den Wein für mich und die beiden

Salatteller, und ich ließ sie erst in Ruhe essen, denn sie schien sehr hungrig zu sein.

»Ich war neun Jahre raus aus dem Job«, sagte ich, als sie fertig war. »Ich weiß, ihr habt nicht auf mich gewartet. Trotzdem. Ich …«

Sie legte die Gabel auf den Teller und machte eine Handbewegung, die mich zum Schweigen brachte.

»Willst du es kurz und bündig?«

Ich nickte.

»Du hast keine Chance. Um die Printmedien steht es schlecht, das hast du vielleicht mitgekriegt. Die Textredakteure werden überall entlassen, die Beiträge kommen von freien Autoren, weil die billiger sind. Aber die entlassenen Textredakteure sind jetzt auch alle freie Autoren, und außerdem gibt es jede Menge junge Leute, die für wenig Geld viel schreiben, weil sie noch was werden wollen. Da ist kein Platz mehr für dich, Nina. Ich kenne und schätze dich, aber ich würde dir auch nichts geben. Ich bin überversorgt mit Textlieferanten, die schon da sind. Die nicht die letzten zehn Jahre im Luxus gelebt haben.«

Ich starrte auf den Salatteller. Die rosa Krabben, der graue Tintenfisch, die gelben Muscheln, die Tentakel der Babytintenfische, etwas Graubraunes, das vermutlich Thunfisch war. Ich wusste, wenn ich etwas davon aß, würde ich kotzen.

Sie trank den Wein aus und winkte dem Kellner mit dem leeren Glas, damit er ihr ein neues brachte.

»Versuch's ruhig noch bei den anderen, wenn du dir

Abfuhren holen willst. Vielleicht hast du auch Glück. Vielleicht verliebt sich irgendein leitender Redakteur in dich, so wie damals dein Millionär. Du bist immer noch sehr hübsch. Aber da müsstest du schon verdammt viel Glück haben. Sie wollen einen ja nicht nur sehr hübsch, sie wollen einen auch sehr jung.«

Ich stellte den Teller beiseite, und sie suchte sich hastig die Krabben heraus, bevor sie dem Kellner winkte, damit er ihn abräumte. Sie schob den Finger in den Rockbund und seufzte.

»Ich wünschte, wir würden irgendwas wie ›Haus und Garten‹ machen oder ›Dein Baby und Du‹. Wenn du so viel Mode im Heft hast wie wir, musst du auch danach aussehen.«

»Dein Job ist sicher toll, oder? Und wie geht es dir sonst?«

Sie fing an zu erzählen, von ihrer Arbeit und der Altbauwohnung, die sie sich gekauft hatte, und es war trotz allem schön, mit ihr zusammen zu sein. Doch dann kam ein Mann an unseren Tisch, sagte: »Guten Abend, darf ich mich setzen?«, und zog den freien Stuhl unter dem Tisch hervor. Er war, wie viele hier, etwa Mitte dreißig und wirkte wie ein aufstrebender Jungmanager.

»Dürfen Sie nicht«, sagte ich.

»Lass ihn«, sagte Silke. »Ist doch nett, wenn wir ein bisschen Gesellschaft haben.«

»Kennt ihr euch?«, fragte ich.

»Nein. Wir lernen uns gerade kennen.«

Der Mann grinste, und die beiden fingen an, sich in einem lässigen, witzelnden Ton zu unterhalten.

Ich stand auf.

»Vielen Dank, Silke. Auch dass du so schnell Zeit hattest. Ich muss weg. Ich zahle am Tresen.«

»Brauchst du nicht. Mache ich schon. Alles Gute. Ich wünsche dir Glück. Bis bald mal. Ciao.«

Ich ging. An der Tür drehte ich mich noch mal um. Der Mann war zu Silke auf die Bank gerutscht, sie sprachen, die Gesichter nah beieinander, als würden sie sich schon lange kennen. In Silkes falscher Fröhlichkeit und ihrem lauten Lachen konnte man schon den Überdruss und das Angeekeltsein ahnen, die am anderen Morgen folgen würden.

Mein Mann war tot, ich hatte keinen tollen Job und keine Eigentumswohnung, aber einen Moment lang war ich richtig dankbar für mein Leben.

Danke, Silke.

Ich sprach auch mit allen anderen, die ich aus meinem Leben als Journalistin kannte, und sie sagten alle dasselbe wie Silke: keine Chance. Ich durchsuchte die Zeitungen, den Internetstellenmarkt und die Jobbörse beim Arbeitsamt. Es gab nicht viele Angebote, aber ich bewarb mich auf alles, selbst beim Magazin des Deutschen Gärtnerhandwerks und der Zeitschrift des Verbandes der Deutschen Blindenhunde. Doch alle wollten nur Berufsanfänger, die praktisch nichts kosteten und außerdem exzellente Kenntnisse in Layoutprogrammen hatten.

Wenn du nichts verdienst, kriegst du keine Wohnung. Ich versuchte es trotzdem, bot eine erhöhte Mietkaution und eine Bürgschaft meiner Bank. Aber die Makler waren fassungslos oder lachten mich aus, und als einer am Telefon einen Wutanfall bekam, weil ich ihm seine Zeit stahl, ließ ich es lieber.

Ich rief Roberts Freunde an. Einige gingen nicht ans Telefon und reagierten nicht auf meine Nachrichten auf dem Anrufbeantworter. Die anderen waren peinlich berührt, wenn ich fragte, ob sie eine Wohnung für mich wüssten, und beendeten rasch das Gespräch. Mir war es auch peinlich, aber sie hatten Geld und gute Verbindungen, und ich fand, dass ich mir Empfindlichkeit nicht leisten konnte.

Nur Marion Lemkau sprach mit mir. Seit dem Tod ihres Mannes lebte sie allein in ihrer großen Villa hinter hohen Mauern im teuren Teil der Stadt. Robert hatte sie immer zu unseren Festen eingeladen, obwohl sie wenig sagte und wenig trank und ging, wenn es lebhaft wurde.

»Nein, ich weiß keine Wohnung für dich«, beantwortete sie kühl meine Frage. »Und ich gebe dir auch kein Geld, falls du daran gedacht haben solltest.«

Ich wollte protestieren, aber sie sprach schon weiter.

»Du hast selber Schuld, meine Liebe. Einen Mann wie Robert heiratet man. Als Allererstes. So ein Goldfisch kann schnell wieder weg sein. Zumindest kriegt man ein Kind, das Unterhalt bekommt und erbt. Das tut jede kluge Frau. Bloß du nicht. Du hast gedacht, Liebe allein genügt, nicht? Du wolltest dir die Finger nicht schmutzig machen und über Geld und Sicherheit und deinen Vorteil nachdenken. Dafür warst du dir zu fein.«

Ich schwieg. Sie hatte recht, aber ich konnte es nicht zugeben.

»Jetzt sieh zu, wie du da wieder rauskommst. Du bist intelligent, hübsch und jung genug, um noch mal anzufangen. Hast du mir nicht erzählt, dass du mit knapp zwanzig deine Tochter gekriegt und dich und sie so gut wie alleine durchgebracht hast, weil der Erzeuger sich davongemacht hat?«

Ich murmelte Zustimmung.

»Im Vergleich dazu ist das jetzt ein Spaziergang. Du hast kein kleines Kind mehr und jede Menge Erfahrung. Und Geld. Ich habe gehört, du kriegst die Einrichtung. Da sind einige schöne Stücke dabei. Was ist mit Handtaschen? Hast du Handtaschen?«

»Ja, klar.«

»Marken?«

»Nichts Besonders. Zwei von Hèrmes. Robert fand die so schön.«

»Sonst keine? Na gut. Hèrmes. Wenigstens etwas. Die Dinger sind eine sichere Bank. Was ist mit Schmuck? Irgendwas Vernünftiges? Platin? Diamanten?«

»Ein Platinring. Der hat einen großen Brillanten. Aber den gebe ich nicht her. Den hat Robert mir geschenkt, als …«

»Und sonst?«

»Ein paar Sachen in Weißgold. Auch mit Brillanten. Aber ganz kleinen.«

»Das bringt nicht viel. Du lieber Himmel. Zehn Jahre mit einem Millionär und bloß zwei Taschen und ein bisschen Weißgoldschmuck.«

»Ich mache mir nicht so viel daraus. Natürlich gefällt es mir, aber …«

»Ich weiß. Er hat's mir mal erzählt. Das fand er ja auch so toll an dir. Sie will anscheinend wirklich nur mich, hat er gesagt.«

»Stimmt. Ich habe mich in den Mann verliebt, nicht in sein Geld. So was gibt's, auch wenn das in deinen Kreisen anscheinend nicht üblich ist. Aber ich bin keine Heilige. Ich war sehr froh, dass er so viel Geld hatte. Das Leben als freie Autorin ist verdammt unsicher, selbst wenn man gut im Geschäft ist. Ich war erleichtert, dass ich nicht mehr arbeiten musste. Dass ich bei ihm in Sicherheit war. Dass ich mir wegen Geld nie wieder Gedanken zu machen brauchte. Ich konnte doch nicht ahnen, dass es kein Testament gibt. Dass er mich einfach unversorgt sitzen lässt.«

»Das verstehe ich auch nicht. Das ist gar nicht Roberts Art. Komisch. Hast du wirklich überall nachgesehen?«

»Ja, verdammt.«

»Na gut. Dann pass mal auf. Ich gebe dir die Telefonnummern von zwei guten Leuten. Der einen gehört ein Secondhandladen der Luxusklasse, der andere ist der Antiquitätenhändler meines Vertrauens. Ich werde ihnen sagen, sie sollen nett zu dir sein und gute Preise machen, weil du in Gelddingen ein bisschen beschränkt bist.«

Die beiden waren sehr nett zu mir. Die Inhaberin des Secondhandladens, der unauffällig in einem Hinterhof lag, betrachtete zufrieden die beiden Taschen, die ich ihr brachte, fragte, ob ich noch mehr davon hätte, sagte, sie würde sie gar nicht erst in Kommission nehmen, sondern gleich kaufen, und schrieb einen Scheck über viertausend Euro aus.

Der Antiquitätenhändler war ein gut gekleideter, übergewichtiger Mann Anfang vierzig, der auf leisen Sohlen durchs Haus ging, sich Notizen machte und schließlich tief seufzte.

»Tja, Frau Feldmann. Es sind wirklich schöne Stücke, da hat Frau Lemkau recht. Nur leider sind Antiquitäten zurzeit generell nicht leicht zu verkaufen, und was Sie hier haben – Barock, Biedermeier, viktorianisch, Georgian Style –, ist im Moment so gut wie gar nicht gefragt. Ich nehme es, ich habe einen großen Kundenkreis, ich finde Interessenten, aber ich kann Ihnen nicht viel dafür geben.«

Er überreichte mir die Liste mit seinen Preisvorschlägen.

»Nur ein Stück ist wirklich interessant«, sagte er und zeigte durch die offene Tür des Gästezimmers auf die kleine Art-déco-Kommode mit den bunten Emailleeinlagen. »Dreitausend? Das ist ein sehr guter Preis.«

Ich zögerte.

»Dreieinhalb?«

»Ich kann nicht. Mein Mann hat sie für meine Enkelin gekauft, und sie wäre todtraurig, wenn …«

»Sie haben eine Enkelin? Sie sehen so jung aus.«

»Ich war auch sehr jung, als ich meine Tochter bekam.«

Er sah wieder auf die Kommode.

»Schade. Ein schönes Stück. Ich hätte sie für mich gewollt. Passen Sie gut auf sie auf.«

Ich brachte ihn zur Tür und machte sie schnell hinter ihm zu, bevor mir die Tränen über die Wangen liefen.

Die kleine bunte Kommode hatte Robert für Sofie gekauft, damit sie einen eigenen Platz für ihre Sachen hatte. Ich konnte mich gut an den Tag erinnern, als er sie mitbrachte und Sofie half, sie einzuräumen. Sie hatten lange oben gesessen, und man hatte hören können, wie sie ernsthaft besprachen, in welche der Schubladen und der vielen kleinen Fächer was hineingehörte.

Als ich mit dem Weinen fertig war, war die Liste in meiner Hand voller Tränenflecken, doch ich konnte die Endsumme noch erkennen. Achttausend. Ich hatte auch das Auto verkaufen wollen, aber es war unverkäuflich, weil etwas mit der Vorderachse nicht in Ordnung war. Immerhin konnte ich noch lange damit fahren.

Ich rechnete das Geld auf dem Konto dazu und das für die Taschen. Ich besaß achtzehntausend Euro und ein bisschen guten Schmuck. Ich musste sofort eine Wohnung finden. Selbst wenn ich im Haus hätte bleiben können, ich konnte es mir nicht mehr leisten. Allein die Heizkosten würden mich ruinieren.

Ich schrieb eine E-Mail an Alex. Offiziell, geschäftsmäßig, sachlich. Ich schrieb, dass keine der Wohnungen, die mir sein Mitarbeiter gezeigt hatte, für mich geeignet gewesen sei. Dass ich versucht hätte, auf dem freien Wohnungsmarkt eine zu finden, als Arbeitslose aber keine Chance hätte. Dass ich also im Haus bleiben müsse, so ungern ich ihm Schwierigkeiten bereitete. Wenn ich eine

Wohnung gefunden hätte, würde ich ihm sofort Bescheid geben. Mit freundlichen Grüßen, Nina.

Mir war klar, dass er mich hinauswerfen konnte. Zwangsräumung nannte man das wohl. Es war auch klar, dass er es nicht tun würde. Ich brauchte bloß abzuwarten, was ihm stattdessen einfiel, um mich loszuwerden.

Ich wartete nicht lange. Als ich am anderen Tag von der Bank kam, parkte Anitas blauer Sportwagen vor der Tür. Anita war Gerhards Frau. Gerhard war Alex' Anwalt. Anita war sein Bote.

Sie stand neben dem Wagen, betrachtete das Haus und drehte sich erst um, als ich schon ausgestiegen und bei ihr war.

»Ach, hallo, Nina«, sagte sie in einem Ton, als hätte sie nicht erwartet, mich hier zu treffen. »Ich dachte, ich komme mal vorbei.«

»Hallo.«

»Wollen wir nicht reingehen?«

Nein, dachte ich. Noch ist es mein Haus, noch bestimme ich, wer reinkommt und wer nicht.

»Wollen wir nicht«, sagte ich. »Was kann ich für dich tun?«

Sie war so überrascht, dass sie nach Worten suchen musste.

»Ich – äh – ich habe gehört, du brauchst eine Wohnung.«

Ich nickte.

»Ich hätte eine für dich. Isabel hat gerade ihren Bachelor

in BWL gemacht und geht zum Masterstudium nach London.«

Isabel war ihre Tochter.

»Ihre Stadtwohnung ist frei. Der Mietvertrag läuft auf mich, du könntest sofort rein. Und sie übernehmen, sobald du beruflich Fuß gefasst hast. Ich habe den Verwalter gefragt, das ginge in Ordnung. Wir können gleich rüber, sie anschauen. Ich fahre. Ich bringe dich dann wieder zurück.«

Alles war perfekt organisiert.

Ich nickte wieder, und sie öffnete die Beifahrertür des blauen Wagens für mich.

Auf der Autobahn schwiegen wir. Als wir in die Stadt kamen, sagte sie: »Da sind wir schon. Ich meine, im Viertel. Es war mal ein Arbeiterviertel. Glasscherbenviertel, weißt du? Ist immer noch alles sehr einfach hier. Überhaupt nicht gentrifiziert. Ganz ursprünglich. Hier ist das Fußballstadion. Und das Gefängnis und eine große Brauerei. Eben alles, was man so braucht.«

Sie versuchte über den schrägen Witz zu lachen, aber es gelang ihr nicht.

Wir fuhren durch eine laute Straße mit hässlichen Häusern, türkischen Billigläden und grellbunten Discountern.

»Es gibt so viele hübsche Ecken hier«, sagte sie schwärmerisch. »Richtig pittoresk. Isabel fand's bezaubernd. Ihre Freunde waren fasziniert. Mal ganz was anderes, weißt du?«

Klar, dachte ich. Echt spannend. Das Glasscherbenviertel als Abenteuerland für die reichen Kinder aus den Edelvillen. Oder als Ablegestelle für die, die der Nobelvorort wieder ausspuckt, weil sie zu dämlich waren. Wie ich.

Sie bog in eine Straße, an der ein Sackgassenschild stand.

»Da sind wir schon. Da ist ein Getränkemarkt, der ins Haus liefert. Und ein Friseur. Der ist gar nicht schlecht. Und billig. Isabel war immer mal da. Nur zum Föhnen natürlich. Als Notbehelf, wenn es schnell gehen musste.«

Die Straße endete an einem Platz mit drei großen alten Mietshäusern und einem verwilderten Grundstück mit Bäumen und Sträuchern.

»*We proudly present*«, sagte Anita und wies auf die Häuser. »Am Grund 11-15. Hübsche Adresse, nicht? Die Wohnung ist in Nummer 13. Hast du nicht mal gesagt, die dreizehn wäre deine Glückszahl?«

So was Blödes hatte ich nie gesagt.

Die Häuser hatten die graubraune Farbe nicht renovierter Altbauten, ihre Fensterrahmen hätten gestrichen werden müssen und ihre Haustüren auch. Anita schloss auf. Angestoßene Bodenfliesen, ramponierte Metallbriefkästen, ein verschnörkeltes eisernes Treppengeländer, abgetretene hölzerne Treppenstufen. Der Geruch nach Bohnerwachs und Keller.

Die Wohnung lag im Dachgeschoss.

»Ich finde es gut, dass kein Aufzug da ist«, sagte Anita, während wir hinaufstiegen. »Das würde das schöne Treppenhaus zerstören. Und es hält fit.«

An der Tür stand noch *Isabel Althoff*, die Wohnung war schon leer. Es gab ein großes und ein kleines Zimmer nach vorne, eine Wohnküche und ein Bad nach hinten. Einen kleinen Küchenbalkon, den eben die ersten Strahlen der Nachmittagssonne erreichten.

Anita breitete die Arme aus.

»Hübsch, nicht? Und billig. Fast sechzig Quadratmeter, vierhundert Euro kalt, sechshundert warm. Was sagst du? Ist das ein gutes Angebot?«

»Doch. Ja. Gibt es einen Haken?«

»Natürlich nicht. Du kriegst es schriftlich, dass ich dir die Wohnung gegen die Zahlung der Miete überlasse, und die Zustimmung des Vermieters, dass du meinen Mietvertrag übernimmst, sobald du feste Einkünfte nachweisen kannst. Das regelt Gerhard für dich. Ach ja, und Alex übernimmt die Umzugskosten.«

Sie hatten wirklich an alles gedacht.

»Du müsstest allerdings gleich Miete zahlen. Ab dem ersten Juni. Wann willst du umziehen?«

»Bald.«

»Wann genau?«

»Weiß ich noch nicht. Das sage ich Alex dann selber.«

Wir fuhren zurück. Sie hielt vor dem Haus, nahm einen Umschlag aus der Ablage zwischen uns und gab ihn mir.

»Die Schlüssel. Alles Schriftliche kriegst du von Gerhard. Er schickt es heute noch raus. Gut. Das wär's dann.«

Als sie den Wagen wieder anlassen wollte, sagte ich: »Moment noch, Anita.«

Sie hielt inne, ließ aber die Hand am Zündschlüssel, als wolle sie sagen: Mach schnell.

»Warum nimmt Alex mir alles weg? Er könnte mir genug Geld für ein gutes Leben lassen und würde es gar nicht merken. Und das Haus. Es interessiert ihn eigentlich gar nicht. Warum?«

Sie holte eine Zigarettenschachtel aus ihrer Tasche, zündete sich eine Zigarette an, zog heftig daran und atmete den Rauch durch das offene Fenster aus.

»Als du damals – vor zehn Jahren, oder wann war das genau? – mit Robert aufgetaucht bist, warst du ein schrecklicher Störfaktor. Für alle. Du warst so hübsch, so frisch, so unbefangen. So viel jünger als wir. Die Männer fanden dich toll, die Frauen waren eifersüchtig. Für den armen Alex warst du eine Katastrophe. Du hast Robert verändert, seine weiche Seite rausgeholt. Weil er dich so liebte, wurde er nett. Früher war er anders, weißt du. Ein harter Typ, Erfolgsmensch, Karrieremacher. Kein guter Vater für Alex. Und dann kamst du, und Alex musste mit ansehen, wie liebevoll sein Vater sein konnte. Zu dir, deiner Tochter, deiner Enkelin. Als wären sie seine Tochter und seine Enkelin. Und alle mussten dich so toll finden, wie er dich fand. Gegen dich durfte keiner was sagen. Da konnte er immer noch ziemlich ätzend werden.«

»Aber so ist Robert nicht. Ich meine, so war er nicht. Wie kannst du so über ihn reden? Ich dachte, du wärst …«

»Du hast doch keine Ahnung. Was weißt du schon von ihm? Er kam aus ganz kleinen Verhältnissen. Sein Vater war Finanzbeamter, allerunterste Kategorie, und Robert sollte auch zum Finanzamt. Aber er hat Abitur gemacht, mit Begabtenförderung, und Architektur studiert. Das Studium hat er sich auf dem Bau verdient. Er hat Monika geheiratet, und sein Schwiegervater hat ihm Geld geliehen, damit er die Firma gründen konnte. Ich sage nicht, dass er Monika deswegen geheiratet hat, und ihr Vater hat sein Geld doppelt und dreifach wiedergekriegt, aber die Ehe mit einer Tochter aus wohlhabendem Haus kam ihm natürlich sehr gelegen. Er hat Karriere gemacht und sich seinen Traum erfüllt, mit Bauen die Welt zu verändern. Und jede Menge Geld damit zu verdienen. Das war das Wichtigste. Alles andere hat nur die zweite Rolle gespielt, auch Monika und Alex. Bis du gekommen bist und das Wichtigste für ihn wurdest. Klar, dass wir von dir nicht begeistert waren. Vor allem Alex nicht …«

»Und warum wart ihr alle so scheißfreundlich zu mir?«

»Bei Robert musste man tun, was er wollte, sonst war man weg vom Fenster. Also haben wir uns angepasst. Alex vor allem. Mit Robert wollte es sich niemand verderben. Besonders Alex nicht. Nun ist Robert tot, und du kriegst die Rechnung. Besonders von Alex.«

»Aber ich habe nichts damit zu tun. Ich habe nicht mal geahnt, wie das für Alex war. Es ist so verdammt unfair.«

Sie betrachtete den Zigarettenstummel zwischen ihren Fingern und warf ihn aus dem Fenster.

»Stimmt. Nur, was ist schon fair?« Sie drehte den Zündschlüssel. »Alles klar? Ich fahre dann.«

Ich stieg aus, und sie ließ den Motor aufheulen und fuhr so dicht an mir vorbei, dass die Reifen fast meine Zehen berührten.

Ich ging hinein, drückte auf den Lichtschalter in der Diele und sah hinauf zu den farbigen Kristallleuchtern, die ihre bunten Lichtsplitter im Raum verteilten.

So bist du nicht, Robert, dachte ich, es stimmt nicht, was sie sagt, ich habe dich doch gekannt. Du bist ein guter Mensch, das hat auch Herr Rosenthal gesagt.

Oder? Gibt es Menschen, die nur gut sind?

Ich setzte mich an seinen Schreibtisch und sah auf die Fotos in den Silberrahmen, die Robert aus seinem Chefbüro mitgebracht hatte. Zwei davon zeigten ihn und Alex. Auf dem einen waren sie am Tag der Firmenübergabe vor dem Haupteingang unter den großen, goldglänzenden Buchstaben von *Nideck Bauen und Wohnen* zu sehen. Sie hatten einander die Arme um die Schultern gelegt, lächelten und streckten die Daumen hoch.

Auf dem anderen war Alex ungefähr zehn, sie standen auf einem Bootssteg und hielten einen toten Fisch, der fast so groß war wie Alex. Sie waren oft zusammen angeln gegangen, hatte Robert mir erzählt, und diese Vater-Sohn-Zeit war immer sehr schön gewesen.

Ich sah auf ihre Gesichter. Roberts war entspannt und glücklich, sein Lachen breit. In Alex' Gesicht unter dem dichten, dunklen Haar lagen Anstrengung, das Bemühen, es gut zu machen, und etwas wie Verzweiflung. Als ob er schon ahnte, dass er es nie gut genug machen würde. Ein Kind, das die Zeit mit seinem Vater genießt, sah anders aus.

O Gott, dachte ich. Ich glaube, ich verstehe, was Anita meint. Aber ich kann doch nichts dafür, verdammt noch mal.

Ich drehte das Bild um und stapelte die anderen darauf. Ich musste sowieso zusammenräumen. Einpacken. Ausziehen. Verdammt, verdammt.

Ich zog das Bild unter dem Stapel hervor und warf es an die Wand. Das Glas zerbrach in viele kleine Stücke, die durch den Raum flogen. Ich zerriss das Foto von Robert und Alex und dem großen Fisch und warf es in den Papierkorb, und danach kroch ich lange auf dem Boden herum und sammelte all die Splitter ein, während draußen die Sonne unterging.

4

Tut mir leid, Frau Feldmann«, sagte die Frau am Telefon. »Aber so ganz ohne …«

»Ich habe eine Tochter. Ich war alleinerziehend. Ich bin verantwortungsbewusst und krisenfest. Und Haushalt kann ich sowieso. Den habe ich zwanzig Jahre lang neben Kind und Beruf gemacht.«

»Aber so ganz ohne …«

»Soll ich nicht einfach mal vorbeikommen? Dann lernen Sie mich kennen und …«

»An sich gern. Sie sind mir ja schon am Telefon sympathisch. Aber ich kann meine Kinder und mein Haus niemandem anvertrauen, der gar keine Zeugnisse und Referenzen hat. Das müssen Sie verstehen.«

Ich ließ von ihr ab, und sie verabschiedete sich erleichtert und wünschte mir alles Gute. Sie war die Zwanzigste auf meiner Liste von Leuten, die eine Haushaltshilfe suchten, und sie sagten alle dasselbe: nicht ohne Zeugnisse und Referenzen. Ich rief die Einundzwanzigste an.

»Hier ist Nina Feldmann. Ich habe Ihnen meine Bewerbung geschickt für die Stelle der Haushälterin.«

»Eine Tochter, langjährige Erfahrung im Haushalt, nicht wahr? Sollen wir das nicht persönlich besprechen?«

»Ja, gerne. Wollen Sie keine …«

»Wann können Sie kommen? Sofort wäre mir am liebsten.«

Sie wohnte in einem aufwendig renovierten Altbau mit Garten, stand schon wartend in der offenen Haustür, als ich am Straßenrand hielt, und kam mir lächelnd entgegen.

»Schön, dass Sie gleich Zeit haben.«

Es gab das große Haus und einen großen Garten, eine Schwiegermutter, die im Dachgeschoss wohnte, einen verhuschten Eindruck machte und »ein bisschen pflegebedürftig« war, und drei Kinder zwischen sechs und vierzehn. Im Moment machte sie alles selbst, weil ihre letzte Hilfe gekündigt hatte, aber sie wollte schnell zurück in die Firma ihres Mannes, wo sie dringend gebraucht wurde.

»Ich soll Ihre Schwiegermutter und die Kinder versorgen, kochen, putzen, die Wäsche machen, einkaufen und mich um den Garten kümmern?«

Sie nickte so begeistert, als wäre es ein besonders gutes Angebot.

»Und das Gehalt?«

»Eintausendsiebenhundert.«

»Netto?«

»Brutto. Wir können Sie auch freiberuflich beschäftigen. Ohne Vertrag und schriftliche Abmachung. Dann bekämen Sie ein Honorar, und es bliebe Ihnen überlassen …«

Ob ich Steuern zahle oder nicht, dachte ich.

Nun verstand ich, warum sie nicht nach Zeugnissen und Referenzen fragte. Sie hatte einen Sklavenjob zu vergeben, und dafür brauchte man keine Zeugnisse und Referenzen.

Aber sie war die Erste, die mich wollte.

»Über die Bezahlung müssen wir noch mal sprechen. Und über die Fahrtkosten.«

»Kein Problem. Kommen Sie.«

Wir gingen in den Keller, und sie öffnete die Tür zu einem schmalen Raum mit einem Bett, einem Kleiderschrank, einer Ablage, auf der ein winziger Fernseher stand, und einem Klappfenster, das zu einem Luftschacht ging.

»Hübsch, nicht? Wir nennen es das Schlafwagenabteil. Und hier ist das Bad.«

Das Bad war noch schmaler und am ehesten für kleinwüchsige Schlangenmenschen geeignet.

»Sie leben einfach bei uns. Das wäre doch ideal. Dann sind Sie immer da. Und wir ziehen nur einen kleinen Betrag für die Unterbringung ab.«

Auch noch Miete zahlen für die Sklavenhütte, dachte ich.

Ich schüttelte den Kopf. »Nein. Ich brauche mehr Geld. Und ich muss zu Hause wohnen.«

Sie zuckte nur mit den Schultern und brachte mich zur Tür.

Als ich auf der Straße stand und die Autotür öffnete, hörte ich sie durch das offene Küchenfenster telefonieren. Sie hatte eine kräftige Stimme und gehörte zu den Menschen, die so laut ins Handy sprechen, als wollten sie die

Entfernung doch lieber ohne die Hilfsmittel der modernen Elektronik überwinden.

»Dann nehmen wir eben die Polin. Die wohnt hier und ist immer da. Da sparen wir abends den Babysitter … Was? Dann lernt sie eben Deutsch, Dieter.«

Dieter war ihr Mann.

»Die Kinder können es ihr beibringen. Und deine Mutter war Lehrerin. Dann tut die auch mal was und sitzt nicht nur nutzlos rum.«

Ich schlug laut die Autotür zu und startete mit viel Gas. Sie streckte den Kopf aus dem Küchenfenster und starrte erschrocken hinter mir her.

Zu Hause sah ich in den Briefkasten und nach den Mails. Ich hatte Arbeitsproben und Themenvorschläge an alle Zeitungen geschickt, die irgendwie infrage kamen. Anfangs gab es ein paar Ablehnungen, aber die meisten antworteten gar nicht. Jetzt war lange nichts gekommen, und ich wusste, es kam auch nichts mehr.

Ich war nicht hungrig, doch ich ging in die Küche und kochte. Seit Roberts Tod hatte ich keinen Hunger mehr, und wenn ich trotzdem aß, wurde mir schlecht. Also hatte ich es gelassen mit dem Essen, es war mir sowieso egal. Aber ich wurde so dünn, dass die Frauen im Ort mich erschrocken ansahen und sagten, ich sähe furchtbar elend aus, und ich begriff, dass ich zunehmen musste, wenn ich Arbeit finden wollte, denn keiner stellte jemanden ein, der nach Aids und Welthungerhilfe aussah.

Ich machte Spaghetti mit Sahnesoße, kaute sorgfältig und schluckte behutsam, damit mein Magen nicht auf falsche

Ideen kam und alles wieder ausspuckte. Als es klingelte, schob ich erleichtert den Teller weg und ging öffnen.

Draußen stand ein hagerer Mann mit einem grauen Schnurrbart und vielen Falten, der gelbliche Zähne hatte und nach Aschenbecher roch.

»Werner Zielinski«, sagte er. »Haushaltsauflösungen, Gebrauchtmöbel, Antiquitäten.«

»Kommen Sie rein.«

Er blieb in der Diele stehen, sah sich um, nickte anerkennend in Richtung des Barockspiegels und seiner Konsole und zeigte beifällig auf den großen alten Perser.

»Ich verkaufe nur, was ich nicht mitnehmen kann«, sagte ich. »Ich zeige es Ihnen.«

Aber das hielt ihn nicht davon ab, auch alles andere gierig zu mustern und mit Blicken und Gesten zu zeigen, dass es ihm gefiel, bis es mir reichte.

»Hören Sie auf, Herr Zielinski. Mein Mann ist tot, und ich muss von hier weg, aber das ist immer noch mein Zuhause und kein verdammter Flohmarkt, wo alles zu haben ist. Ich zeige Ihnen, was ich verkaufe, und die anderen Sachen sind tabu, ist das klar?«

Ab jetzt ging es schneller, und als wir wieder in der Diele standen, zählte er auf: »Zwei große Sofas, diverse Beistelltische, diverse Lampen, ein Couchtisch, vier Glasvitrinen, ein Esstisch mit zwölf Stühlen, ein Breitwandfernseher, ein Kingsize-Bett, diverse Teppiche, Gartenmöbel, Terrassenmöbel. Fünfzehnhundert.«

»Fünftausend.«

Er sah mich an, als wäre ich verrückt, und tat dann

so, als ob er mit sich rang. »Nur für Sie: achtzehnhundert.«

»Fünftausend.«

»Achtzehnhundert. Letztes Gebot.«

Ich ging zur Haustür und öffnete sie.

»Zweitausend«, sagte er. »Allerletztes Gebot.«

»Vergessen Sie's. Sie verstehen doch was davon. Sie wissen, in welchen Geschäften wir die Sachen gekauft haben und was sie wert sind. Es gibt jede Menge Gebrauchtmöbelhändler, die froh wären, den ganzen Kram für fünftausend zu kriegen.«

»Vier?«

Ich sagte nichts.

Er gab mir die Hand. »Gekauft. Fünftausend.«

»Aber gleich und in bar.«

»Klar doch. Was denken Sie denn?«, sagte er beleidigt.

Er blätterte zehn lila Scheine auf die Spiegelkonsole, ließ mich quittieren und winkte den beiden Möbelpackern, die draußen am Laster lehnten. Ich verkroch mich in Roberts Arbeitszimmer an seinen Schreibtisch, legte den Kopf auf die Platte und sog den tröstlichen Duft des Leders ein, mit dem sie bezogen war.

Hinter mir räusperte sich jemand. Ich drehte mich um. Herr Zielinski stand im Türrahmen. »Wir wären dann fertig. Wollen Sie sehen, was wir mitgenommen haben?«

Ich schüttelte den Kopf.

Er zögerte.

»Falls Sie einen Job suchen, ich hätte einen. Ich habe noch einen Laster laufen, auch mit zwei Packern. Da brauche ich jemanden, der die Ansagen macht. Die Aktionen leitet. Einen Vormann. Das wäre was für Sie. Sie blicken durch und sind ein starker Verhandler. Ich zahle auch gut.«

Ich drehte mich wieder weg.

Er kam leise näher und legte seine Visitenkarte auf den Schreibtisch.

»Sie können sich's ja noch überlegen. Also dann.«

Die Haustür fiel ins Schloss. Das Motorengeräusch des Lasters dröhnte auf und entfernte sich.

Ich sah auf die lila Scheine. Ich besaß jetzt dreiundzwanzigtausend Euro. Einen Haufen teure Klamotten und edle Schuhe. Ein Auto, mit dessen Vorderachse etwas nicht in Ordnung war. Ein bisschen Weißgoldschmuck. Einen Platinring mit einem großen Brillanten. Das war alles. Das Startkapital für mein neues Leben. Der Start sollte schnell sein, für einen langsamen reichte es nicht.

Ich ging wieder in die Küche, betrachtete die Spaghetti und fragte meinen Magen, was er davon hielt. Er zog sich zusammen. Ich löffelte einen Becher Erdbeersahnejoghurt, weil er Erdbeersahnejoghurt immer gerne aß, zog den Laptop heran und sah den Online-Stellenmarkt durch.

Es gab neunhundertachtzig Anzeigen. Ich überging die unter *Journalismus und redaktionelle Tätigkeiten*, weil sie mich da nicht wollten, und die unter *Hauswirtschaft*, weil sie mich da nicht nahmen, sortierte Ingenieurwesen, Forstwirtschaft, Biotechnologie und alles aus, wovon ich keine Ahnung hatte, und durchsuchte die restlichen hundertsiebzig nach etwas, was ich konnte. Vielleicht. Teilweise. Einigermaßen. Oder mit Erfolg so tun, als ob.

Die Praxis für plastische Chirurgie lag im zehnten Stock des Ärztehauses und war in Weiß und Seegrün gehalten. Man sah aus allen Fenstern ins Blau des Himmels und kam sich vor wie auf einem Schiff auf hoher See.

Ich saß auf einem seegrünen Stuhl vor dem Büro der Praxismanagerin und strengte mich an, genau die gepflegte Erscheinung mit guten Umgangsformen, Kommunikationsstärke, Zuverlässigkeit und Einfühlungsvermögen zu sein, die sie für den Empfang suchten.

Die Tür öffnete sich, die Praxismanagerin winkte mich herein und reichte mir die Hand.

»Fiedler. Nehmen Sie Platz.«

Ich setzte mich und sah sie so zuverlässig und einfühlsam an, wie ich nur konnte.

Sie seufzte.

»Tja, Frau Feldmann. Nicht dass ich Ihre Vorzüge nicht sehe. Aber unsere Idealbewerberin ist MTA oder Krankenschwester und absolut versiert an Empfang, Telefon, PC und am Patienten.«

»In der Anzeige steht doch, dass Berufsausbildung und Erfahrung nur wünschenswert und nicht so wichtig sind.«

»Aber wenn wir beides haben können? Und was ist mit Ihren MS-Office-Kenntnissen?« Sie klopfte vorwurfsvoll mit dem Zeigefinger auf mein Bewerbungsblatt. »Die sind von 2007. Das ist Steinzeit. Wir arbeiten mit der 2013er Version.«

»Ich habe die Auffrischungskurse schon belegt. In drei Wochen bin ich auf dem Laufenden.«

Eine Ärztin mit üppigem dunkelrotem Haar kam herein und lehnte sich gegen den Aktenschrank neben dem Schreibtisch.

»Fachfremd, PC-Kenntnisse nicht aktuell, die letzten zehn Jahren Hausfrau«, sagte Frau Fiedler. »Das hat keinen Sinn, so leid es mir tut.«

Ich lehnte mich vor.

»Lassen Sie es mich versuchen. Bitte. Probearbeit ohne Bezahlung und feste Laufzeit. Ich kann organisieren, texten, telefonieren, Akten verwalten, Briefe schreiben. Ich kann alles, was Sie wollen. Ich war zwanzig Jahre lang freie Journalistin und habe meine Tochter allein großgezogen. Man muss gut sein, um das zu schaffen, und ich bin gut!«

Sie zuckte erschrocken zurück.

»Entschuldigung. Ich …«

»Ich verstehe Sie ja«, sagte sie. »Aber Sie müssen uns auch verstehen.«

»Natürlich.« Ich stand auf und nickte ihr und der Ärztin zu. »Danke, dass Sie sich die Zeit genommen haben.«

Auf dem Flur war viel Betrieb, und als ich merkte, dass mich alle so anstarrten wie eben Frau Fiedler, flüchtete ich in eine Toilette, wusch mein rotes, feuchtes Gesicht, zog den Blazer aus und wedelte mit den Armen, damit meine Achselhöhlen trockneten.

Gestern hatte ich mich in einem Architekturbüro beworben, wo sie auch eine Empfangsmitarbeiterin suchten.

»Die letzten zehn Jahre Hausfrau? Nur Hausfrau?«, hatte der geschäftsführende Architekt gefragt. »Sie haben Ihren Beruf aufgegeben? Sie waren doch erfolgreich als Journalistin, wenn ich das richtig verstehe.«

»Mein Mann – mein Lebensgefährte verdiente mehr als genug für uns beide, und …«

»Und?«

»Er ist vor zwei Monaten gestorben.«

Er sah an mir hinunter und wieder hinauf. Ich folgte seinem Blick. Die Uhr, die Tasche, der Hosenanzug, die Bluse. Meine Ohrclips drückten, denn ich trug sie selten. Sie waren von dem französischen Juwelier mit dem italienischen Namen. Alles zusammen kostete mehr als zwei der Monatsgehälter, die man hier am Empfang verdiente. Gut, dass er meine Unterwäsche nicht sehen konnte.

Er hob fragend die Augenbrauen.

»Mein Lebensgefährte war sehr reich. Er ist tödlich verunglückt, es gibt kein Testament, und von seinem Sohn bekomme ich nichts. In meinen alten Beruf kann ich nicht zurück, da hat sich zu viel verändert. Bitte versuchen Sie es mit mir. Ich kann's, ich bin gut.«

Der ablehnende Ausdruck in seinem Gesicht schlug in Verachtung um. Vielleicht glaubte er, ich erzählte ihm eine sentimentale Lügengeschichte, damit ich die Stelle bekam.

Und wenn ich dir sage, dass Robert Nideck mein Lebensgefährte war, überlegte ich. Du hast ihn natürlich bewundert, wie ihr alle. Nimmst du mich dann? Aber wie soll ich es beweisen? Ich habe immer noch sein Foto im Portemonnaie, weil ich es einfach nicht schaffe, es rauszunehmen. Nur was heißt das schon?

»Es ist wirklich so«, sagte ich beschwörend. »Ich lüge Sie nicht an.«

Er hatte mir mein Bewerbungsblatt in die Hand gedrückt, mich zur Tür gebracht und sie mit Nachdruck hinter mir geschlossen.

»Scheiße, scheiße«, sagte ich zur Fliesenwand der Toilette. Eine Frau mit einem Gipsverband auf der Nase kam herein, sah mich entsetzt an und verschwand schnell in einer Kabine. Sie hielt mich für verrückt, so wie ich dastand, fluchte und mit den Armen wedelte, damit meine Achseln trockneten.

Ich verließ die Toilette und ging zum Ausgang. Als ich auf den Knopf drückte, der die Glastür öffnete, rief jemand meinen Namen.

Ich drehte mich um. Es war Frau Fiedler.

»Da sind Sie ja noch. Ich versuche die ganze Zeit, Sie zu erreichen.«

Sie sah mich ärgerlich an.

»Also gut. Wir versuchen es. Frau Dr. Karski sieht ein gewisses – äh – Potenzial in Ihnen. Bis Ihre PC-Kenntnisse – äh – aktualisiert sind und wir Sie am Empfang einsetzen können, bekommen Sie einen speziellen – äh – Aufgabenbereich.«

»Frau Dr. Karski?«

»Sie war doch vorhin in meinem Büro.«

O Gott. Frau Dr. Karski. Ich hatte sie gegoogelt. Dr. Ellen Karski, plastische Chirurgin, europaweit bekannt und sehr gefragt. Ihr gehörte das alles hier. Sie war der Boss. Und sie sah ein gewisses – äh – Potenzial in mir. O Gott.

»Morgen um halb acht, Frau Feldmann. Pünktlich. Dann zeige ich Ihnen Ihr – äh – Büro.«

Sie drehte sich abrupt um und ging auf hart aufschlagenden Absätzen davon. Ich schwebte zum Ausgang und die Treppen hinunter. Kein Aufzug. Mir war nach Schweben.

Zu Hause blühte der Holunder und duftete betäubend. Robert hatte ihn überall gepflanzt, weil er seinen Geruch liebte, am Zaun, im Vorgarten, an den Rändern der kleinen Straße. Ich stieg aus dem Wagen, versuchte nicht zu atmen, lief zum Haus, schloss auf und schlug die Tür hinter mir zu.

Drinnen war es still und halbdunkel und roch nach gar nichts. Ich drückte auf den Lichtschalter und sah zur Decke. Die Glühbirnen im Leuchter wurden langsam heller, seine Kristalle leuchteten auf, ihre farbigen Lichtsplitter fingen an, über Decke und Wände zu wandern. Robert war da.

Ich kriege die Stelle, sagte ich. Die als Empfangsmitarbeiterin in der Praxis für plastische Chirurgie, du weißt schon. Gott, bin ich froh. Ich habe nicht mehr geglaubt, dass mich noch jemand will.

Ich hab's gewusst, sagte er. Man muss nur dranbleiben, und du bist eine, die dranbleibt.

Jetzt können wir umziehen, sagte ich. Jetzt verdiene ich das Geld für die Miete und muss es nicht vom Konto nehmen.

Er antwortete nicht.

Mein Büro war ein besenkammerähnlicher Raum mit einem schmalen Fenster, wo ich die Post öffnete und einscannte und die Produkte des Kosmetikinstituts, das zur Praxis gehörte, versandfertig machte. Und ich kümmerte mich ein bisschen um die Patienten, die sich vor dem Liften und Lasern besonders fürchteten. Wenn ich Frau Dr. Karskis Erwartungen erfüllte, würden sie mich übernehmen, hatte Frau Fiedler gesagt, und am Ende des Satzes eines ihrer Ähs in der Luft hängen lassen, um anzuzeigen, dass sie damit alles andere als glücklich war.

Ich war für uns beide glücklich, schmückte mein Büro mit einer Topfpflanze und dem großen gläsernen Briefbeschwerer mit den vielen Blümchen darin, den Robert mir zum Frühlingsanfang geschenkt hatte, und nahm Frau Dr. Karskis Erwartungen in Angriff.

Ich kam morgens als Erste und ging abends als Letzte. Die vielen Bestellungen für das Kosmetikinstitut erledigte ich noch am selben Tag, druckte Rechnungen aus, packte Päckchen, brachte sie zum Tisch neben dem Eingang, wo der Paketbote sie abholte, und verließ die Praxis erst gegen halb zehn, wenn die Frauen vom Putzdienst kamen.

Ich dachte, ich wäre allein dort, doch eines Abends stieß ich mit Frau Dr. Karski zusammen, als ich einen Stapel Pakete durch die Eingangshalle trug. Sie fielen mit lautem Gepolter zu Boden.

»Entschuldigen Sie«, sagte ich. »Ich wusste nicht, dass Sie hier sind. Es stört Sie hoffentlich nicht, wenn ich …«

Sie schüttelte ihr schönes rotes Haar, dessen Grau geschickt überfärbt war. Ihr leuchtend roter Lippenstift passte perfekt zum Rot der Haare. »Kein Problem, Frau Feldmann. Ich schätze motivierte Mitarbeiter ohne Nine-to-five-Mentalität. Und wenn auf Sie auch niemand wartet …«

Sie half mir, die Päckchen aufzuheben.

»Kommen Sie doch auf ein Glas Wein zu mir ins Büro, wenn Sie fertig sind. Der Sonnenuntergang ist sehenswert hier oben.«

Ihr Büro war sehr groß und mit schönen englischen Antiquitäten möbliert. Durch die breite Fensterfront sah man den Himmel über der Stadt und an einem Juniabend wie diesem bis zu den Bergen. Die Sonne hing als rosa Ball noch ein Stück über ihren Spitzen.

»Was möchten Sie? Weißwein? Champagner? Gin Tonic? Oder ganz was anderes? Ich habe so ziemlich alles da.«

»Weißwein, bitte.«

Sie brachte die Gläser, setzte sich auf die andere Seite des grünen Ledersofas, trank einen Schluck und schlug die Beine übereinander.

»Und? Wie gefällt's Ihnen bei uns?«

»Sehr, sehr gut. Aber die Frage ist doch, wie ich …«

»Sie gefallen uns auch«, sagte sie lächelnd. »Besonders mir. Aber sogar meine Praxismanagerin sagt, dass Sie einen guten Job machen, und die ist nicht geneigt, Sie zu loben. Wir übernehmen Sie gerne als Empfangsmitarbeiterin. Ich finde allerdings, Sie wären damit unterfordert. Sie können ja viel mehr.«

Sie holte ein Blatt Papier von ihrem Schreibtisch. Es war mein Bewerbungsbogen.

»Englisch fließend, auch Wissenschaftsenglisch«, las sie ab. »Italienisch und Französisch gut. Zwanzig Jahre Erfahrung als Journalistin, Themenbereiche Medizin, Psychologie, Gesundheit. Alleinerziehende Mutter einer Tochter.

Sehr gut in Organisation und Kommunikation. Reiseerfahrung. Und so weiter.«

Sie lehnte sich zurück und sah mich an.

»So jemanden wie Sie suche ich schon länger. Wollen Sie meine persönliche Assistentin werden? Sie würden mein berufliches Leben organisieren, ein bisschen auch mein privates, und mich auf Reisen begleiten. Es ist eine zeitintensive und anspruchsvolle Aufgabe. Sie wird natürlich entsprechend bezahlt.«

O Gott, dachte ich. O mein Gott.

»Und? Wollen Sie?«

»Natürlich. Gerne. Mit Freuden. Aber wie …«

Sie stand auf.

»Über alles andere reden wir morgen. Jetzt trinken wir einen Schluck Champagner und sehen uns den Sonnenuntergang an.«

Ich hörte, wie sie den Weinkühlschrank öffnete. Flaschen klirrten. Draußen war die Sonne zu einem großen, rötlichen Ball geworden, der sich dem Horizont näherte.

Sie brachte Gläser und eine Flasche in einem Kühler und schenkte ein.

»Auf unsere Zusammenarbeit«, sagte sie und hob ihr Glas.

Wir saßen still da und sahen zu, wie die Sonne die Berggipfel berührte und der Himmel sich purpurrot färbte.

Sie goss nach. »Und jetzt hören wir auf mit Frau Dr. Karski und Frau Feldmann und nennen uns beim Vornamen. Ich bin Ellen.«

»Nina.«

Sie nahm mir das Glas weg, beugte sich vor und küsste mich. Sie hatte volle, weiche Lippen und eine gute Art zu küssen. Ich hatte noch nie jemanden geküsst, der Lippenstift trug, aber selbst ihr Lippenstift schmeckte gut.

Ich erwiderte ihren Kuss und verlor mich darin. Wir sanken aufs Sofa, und ich spürte ihre Brüste an meinen, warm und weich. Erst als sie mein Shirt hochschob und ich ihre Hand am Busen fühlte, machte etwas klick in mir. Meine Alarmfunktion. Klick-klick-klick. Aufhören, aufhören, aufhören.

Ich löste mich von ihr. Ein paar meiner Haare hatten sich in ihrer Perlenkette verfangen, und ich musste sie ausreißen, um hochzukommen.

»Was ist?«, fragte sie.

»Ich … Ich weiß nicht. Es geht nicht mehr.«

Was für eine blöde Antwort, dachte ich.

»Gerade ging es doch noch sehr gut.«

»Ja. Aber …«

Die Tür wurde aufgerissen, das Deckenlicht flammte auf, und eine Putzkraft im blauen Kittelanzug sah uns erstaunt an.

»Raus!«, sagte Ellen Karski, ohne die Stimme zu heben. Das Licht erlosch, und das Zimmer lag wieder in dem Schatten, den der Sonnenuntergang hinterlassen hatte. Ich konnte ihr Gesicht nicht erkennen, nur ihre Perlenkette schimmerte im rötlichen Zwielicht.

»Sie küssen gut. Sie haben auch hier Fähigkeiten, die Sie nutzen sollten.«

Sie lag wie eine Königin auf diesem verdammten Sofa, und ich saß wie eine Idiotin zu ihren Füßen und wusste nicht, was ich sagen sollte.

»Und?«, fragte sie schließlich.

»Können wir morgen weiterreden? Im Moment fällt mir einfach nichts ein.«

Sie lachte ein leises, amüsiertes Lachen. »Mal sehen. Ich hätte Ihnen doch mehr Flexibilität zugetraut. Immerhin sind Sie ehrlich.«

Ich stand auf, suchte im Halbdunkel meinen Weg zur Tür und schlüpfte leise hinaus. Im Flur sahen mich die Putzkräfte erschrocken an, und als ich in meinem Büro in den Spiegel neben der Tür blickte, begriff ich warum. Mein Mund war von ihrem Lippenstift verschmiert, und ich sah aus wie ein Clown.

Zu Hause ging ich ins Bett und schlief gleich ein, aber ich wurde früh wach und sah zu, wie es draußen hell wurde. Weil ich das große Bett im Schlafzimmer an Herrn Zielinski verkauft hatte, lag ich im Gästezimmer. Robert hatte es für Sofie eingerichtet, die Gardinen waren rosa mit eingestickten goldenen Kronen, die Tapete hellblau mit Blumen und Bären, und an die Decke hatte er Sonne, Mond und Sterne malen lassen. Die Sonne über mir lächelte, und der Mond hatte ein Grinsen im runden Gesicht.

Es gab auch eine Sternschnuppe an der Decke, damit Sofie sich jeden Morgen etwas wünschen konnte.

Ich starrte hinauf.

Wünschen hilft hier nicht, dachte ich. Es ist ein Handel – Geld gegen Liebe, Job gegen Sex. Unter erschwerten

Bedingungen, denn der Chef ist eine Frau. Ich habe mich noch nie auf so einen Handel eingelassen. Ich habe auch noch nie mit einer Frau geschlafen. Aber es gibt für alles ein erstes Mal. Wann, wenn nicht jetzt? Es ist viel Geld und ein toller Job. Und die Frau ist auch toll. Ich kann jetzt bloß mit niemandem ins Bett, egal, ob Mann oder Frau. Robert ist noch keine sechs Wochen tot. Aber vielleicht sollte ich mich nicht so anstellen. Vielleicht ist die Treue zu einem toten Mann nicht alles und in Notfällen bloß sentimental und übertrieben.

Ich spürte in meinem Körper nach, was er davon hielt. Vielleicht war er ja bereit dazu. Wenn nur das Herz dagegen war und Kopf und Körper mitmachten, sollte es gehen. Doch er wurde ganz steif und fühlte sich kalt und trocken an. Ich wusste, was das hieß: nur über meine Leiche.

Ich sah hinauf zur Sternschnuppe.

Ich wünsche mir doch was, dachte ich. Ich wünsche mir, dass sie großzügig ist und mir den Job am Empfang trotzdem gibt.

Aber als ich früh am Morgen in der Küche stand und Kaffee trank, hielt draußen ein Taxi. Der Fahrer stieg aus und kam zur Haustür, eine Topfpflanze im Arm. Es war die aus meinem Büro, eine Kamelie, die weiß blühte, und er sah aus, als ginge er zu einer Trauerfeier.

Ich öffnete, bevor er klingeln konnte.

Er gab mir die Pflanze und einen weißen Umschlag. »Von Frau Fiedler, Praxis Karski.«

Ich stellte die Kamelie auf den Flurtisch und öffnete den Umschlag. Er enthielt einen Briefbogen mit dem Aufdruck *Praxis für ästhetische und plastische Chirurgie, PD Dr. Ellen Karski, M.D.* und ein paar knappe Zeilen: »Sehr geehrte Frau Feldmann, hiermit beenden wir die mit Ihnen vereinbarte Probearbeitszeit mit sofortiger Wirkung. Eine Vergütung erfolgt gemäß unserer Vereinbarung nicht. Mit freundlichen Grüßen, i.A. Beate Fiedler«.

Sie hatte schon alles entschieden. Wer nicht gleich mitspielte, flog. Keine halben Sachen. Wahrscheinlich musste man so sein, wenn man es so weit bringen wollte wie sie.

Na gut, dachte ich. Abhaken, durchatmen, weitermachen. Wie Robert immer gesagt hat.

Robert. Der kristallene Briefbeschwerer mit den Millefiori-Blümchen stand noch auf dem Schreibtisch im Besenkammerbüro. Sein letztes Geschenk, drei Wochen vor seinem Tod. Ich musste ihn unbedingt wiederhaben. Sofort.

Ich rief Frau Fiedler an.

»Fiedler?«

»Hier ist Nina Feldmann. Ich …«

»War der Fahrer noch nicht da?«

»Doch. Aber auf meinem Schreibtisch …«

»Das ist nicht mehr Ihr Schreibtisch.«

»… steht noch ein Briefbeschwerer, der ist meiner, und den will ich holen. Gleich.«

»Ich schicke einen Fahrer. Sonst noch was?«

»Ich habe zwei Wochen bei Ihnen gearbeitet. Frau Dr. Karski sagt, sogar Sie fanden mich gut. Können Sie mir eine Bestätigung geben? Ich will mich ja weiterbewerben.«

Sie seufzte zufrieden.

»Ach, Frau Feldmann. So eine Bestätigung bringt nichts, schon gar nicht, wenn man Sie nach zwei Wochen Probezeit rausschmeißt. Sie brauchen sich ohnehin nicht mehr zu bewerben, jedenfalls nicht im gehobeneren Bereich, egal wo. Da sind Ausbildung, Berufserfahrung und einschlägige Kenntnisse immer Voraussetzung, da haben Sie keine Chance.«

»Aber Sie wollten mich übernehmen.«

»Doch nur, wenn Sie Frau Dr. Karskis Erwartungen erfüllt hätten. Haben Sie das immer noch nicht verstanden? Sie müssen Ihre Ansprüche runterschrauben. Wer sind Sie schon? Sie waren mal Journalistin, dann Hausfrau, und jetzt sind Sie nichts und nicht mehr die Jüngste. Obwohl Sie wirklich gut aussehen, keine Frage. Das ist vermutlich Ihr einziges Kapital. Vielleicht finden Sie ja noch einen Arbeitgeber, dessen Erwartungen Sie erfüllen. Dafür müssen Sie aber erheblich anpassungsfähiger werden. Ansonsten gibt's nur Jobs für Ungelernte: in Drogeriemärkten, Discountern, Billigläden, Straßencafés. Oder Warenverräumung und Putzdienst. Da sollten Sie sich allerdings ranhalten, da ist ja schon halb Osteuropa unterwegs.«

Ihre Stimme war satt vor Spott und Schadenfreude.

»Vielen Dank für die Beratung«, sagte ich herablassend, als wäre sie eine Verkäuferin und ich die Kundin. »Sie haben mir sehr geholfen.«

Bevor ich auflegte, hörte ich, wie sie scharf und wütend die Luft einzog. Immerhin etwas.

5

Ich wachte auf und wusste nicht, wo ich war. Keine Blumen und Bären an den Wänden, keine Vorhänge mit goldenen Kronen und über mir nicht mehr Sonne, Mond und Sterne. Der Putz von Wänden und Decke war weiß überstrichen, und die Morgensonne schien blendend hell herein.

Das Telefon klingelte. Ich tastete nach dem Nachttisch, doch es gab keinen Nachttisch mehr. Es klingelte weiter, schrill und fordernd, ich kam hoch und stolperte nach nebenan, wo das Licht auch so grell war, dass ich kaum etwas erkennen konnte, und fand es schließlich zwischen zwei Umzugskartons.

»Alex hier. Wo bist du? Wir haben jetzt Übergabe.«

»Ich habe dir eine Nachricht hinterlassen. An der Haustür. Die Schlüssel sind beim Nachbarn.«

»Ich weiß. Ich kann lesen. Wieso bist du nicht da?«

»Weil ich nicht will. Warum soll ich dir etwas übergeben, was dir sowieso gehört?«

Er schwieg, als dächte er darüber nach.

»Wo sind seine Schuhe?«, fragte er dann.

»Seine Schuhe?«

»Ja. Die sind doch etwas – äh – Persönliches. Die haben doch – äh – emotionalen Wert für mich.«

Seit wann denn das, dachte ich. Oder ist dir eingefallen, dass Robert einen Schuhtick hatte und jede Menge sündteure Schuhe und dass ihr dieselbe Schuhgröße habt?

»Persönliche Sachen habe ich dagelassen«, sagte ich. »Uhren, Fotos, Briefe. Auf seinem Schreibtisch. Ich dachte, den willst du vielleicht auch. Seine Hemden und Jogginganzüge habe ich mitgenommen.«

»Was machst du mit den Hemden? Die sind maßgeschneidert.«

Sie hatten auch dieselbe Hemdengröße.

»Ich trage sie als Nachthemden. Alles andere kannst du dir bei der Kleiderkammer der Arbeiterwohlfahrt abholen. Hauptstraße 11, gleich neben dem Rathaus. Es ist bestimmt noch da. Ich hab's gestern hingebracht.«

Er schnalzte ärgerlich mit der Zunge. Es würde nicht gut aussehen, wenn Alexander Nideck, Baulöwe und Millionär, seinen angeberischen Edelrover vor dem Rathaus parkte und die Kleiderkammer der Arbeiterwohlfahrt plünderte.

»Wieso hast du die Kücheneinrichtung nicht verkauft?«, fragte er. »Die ist viel wert. Ich dachte, du brauchst Geld. Da kommt sowieso was Neues rein.«

»Ich reiße nichts raus, was Robert eingerichtet hat. Das überlasse ich dir. Das kannst du ja richtig gut. Wenn du so weitermachst, ist bald alles kaputt, was ihm wichtig war.«

Er schwieg wieder so, als dächte er darüber nach, aber

vermutlich suchte er nur in seinen Notizen nach dem nächsten Punkt.

»Wo ist die Harley?«

»In der Garage.«

»Wenn sie da wäre, würde ich nicht fragen. Wo ist sie?«

»Keine Ahnung. Woher soll ich das wissen? Du hast Roberts Schlüsselbund mit dem Garagenschlüssel daran. Den hatte er dabei, als er – als er verunglückt ist. Ich habe keinen. Ich habe die Garage nie benutzt.«

»Du willst mir doch nicht erzählen, dass du nicht weißt, wo …«

»Doch. Ich hatte in letzter Zeit andere Sorgen als dieses blöde Motorrad. Ich habe es zuletzt Anfang April gesehen, als Robert seine erste Tour gemacht hat.«

»Und?«

»Nichts und. Vielleicht hat er es zur Inspektion gebracht. Das hat er im Frühjahr oft getan. Oder es verliehen. Frag mal seine Freunde.«

»Na gut. Aber wenn irgendwas nicht sauber ist mit der Harley und wo sie geblieben ist, dann hörst du wieder von mir. Dann kriegst du richtig Ärger, Nina.«

»Immer gerne«, sagte ich und legte auf.

Ich war gestern schon gegangen, weil ich das Haus nicht verlassen wollte, während er neben mir stand und besitzergreifend mit den Schlüsseln klapperte. Für ganz früh hatte ich den Umzugswagen bestellt, die Packer trugen Möbel und Kartons hinaus, und Avelina, unsere Putzfrau, wischte, saugte, putzte Fenster. Ich wusste nicht, was Alex mit dem Haus vorhatte, wahrscheinlich kamen als Nächstes die Handwerker, aber wenn ich ging, sollte es schön sein. Keine Abbruchbude, kein Umbauprojekt. Unser geliebtes Haus, Roberts und meines.

Avelina seufzte und schluchzte bei der Arbeit und blieb zwischendurch stehen, um »*Ó deus, ó meu deus*« oder »*Meu querido bom Senhor Roberto*« auszurufen, und während sie seinen Schreibtisch so verbissen mit Möbelpolitur bearbeitete, als wolle sie ihn damit ins Leben zurückholen, weinte sie so sehr, dass sie die Tränen immer wieder von der frisch polierten Fläche wischen musste.

Ich bezahlte sie, indem ich ihr einen von Herrn Zielinskis lila Scheinen gab, aber sie hob abwehrend die Hände.

»Fünfhundert? Zu viel, zu viel. Brauchen Sie. *Não, não, Senhora Nina.*«

»Zum Abschied, Avelina. Senhor Roberto will's auch.«

Sie fing wieder an zu weinen, küsste mich auf die Wangen und verließ schnell das Haus. Ich sah ihr nach, eine kleine, schwarz gekleidete Gestalt, die sich mit einem großen weißen Taschentuch die Nase putzte. Robert hatte sie immer nach Hause gebracht, im Mercedes, und sie hatte es genossen, in dem großen Wagen zu sitzen und von ihm gefahren zu werden.

Du weinst jetzt nicht auch, Nina, dachte ich.

Ich war noch mal durchs Haus gegangen, hatte auf der Terrasse gestanden und in den Garten geschaut, wo die Rosen anfingen zu blühen, die Haustür abgeschlossen, den Zettel mit der Nachricht für Alex daran geklebt, den Umschlag mit den Schlüsseln in den Briefkasten der Nachbarin geworfen und war gefahren.

Ich stand auf und duschte in dem kleinen, weiß gefliesten Bad. In der Küche fand ich noch Pappbecher vom Umzug und einen Schluck lauwarmen Kaffee in der Thermoskanne. Auf der Arbeitsplatte war ein großer Brandfleck, so als hätte jemand einen heißen Topf vom Herd genommen und dort abgestellt.

Anita hatte gesagt, ich könne Bad und Küche ablösen, wenn ich beruflich Fuß gefasst hätte. Es war alles billig und stark benutzt, und als wir in der Küche gestanden und auf den Brandfleck gestarrt hatten, hatte sie sich geräuspert: »Na ja. Ich denke, wir lassen es einfach drin. Ablösefrei.«

Die Kücheneinrichtung in unserem Haus war aus italienischem Walnussholz. Ich hatte nur den Tisch und die Stühle mitgenommen. Auf dem abgenutzten Dielenboden zwischen den grob verputzten, flüchtig überstrichenen Wänden wirkten sie in ihrer edlen Schönheit fremd und seltsam. Anitas Tochter hatte einen Flickenteppich dagelassen, der sich auflöste, und auf dem Balkon verstaubte Kästen mit leeren Bier- und Mineralwasserflaschen. Vielleicht dachte sie, ich könne alte Läufer und das Flaschenpfand jetzt gut brauchen.

Ich stopfte den Teppich in einen blauen Sack, um ihn in den Müll zu werfen, und rannte die Treppe hinunter. Im ersten Stock streifte ich eine alte Frau, die ihre Wohnungstür aufschloss.

Sie fuhr herum. Sie hatte schwarz gefärbtes Haar und ein stark geschminktes Gesicht mit nachgezogenen Augenbrauen und Rougebäckchen, trug einen seidenen Hosenanzug, eine Kette aus riesengroßen Perlen, die erstaunlich echt wirkten, und eine Tasche, deren Krokodilleder auch so tat, als wäre es echt.

»Was fällt Ihnen ein? Nehmen Sie Rücksicht. Sie können es sich noch leisten, sich die Knochen zu brechen, ich nicht.«

Ihre Direktheit brachte mich zum Lachen.

»Stimmt. Tut mir leid.«

Sie fand meine Heiterkeit offensichtlich unangebracht und sah mich so vernichtend an, dass ich die restlichen Stufen vorsichtig hinunterging und noch auf den Fliesen des Hausflurs behutsam auftrat.

Draußen schien die Sonne auf den kleinen Platz. Die Wildnis auf dem leeren Grundstück gegenüber war üppig grün, Gräser wucherten, Disteln und Mohn blühten. Auf einer Baumspitze saß eine Amsel und sang durchdringend und hingebungsvoll. Ein rotes Eichhörnchen huschte an einem Baumstamm hinauf.

Es gab keinen Zaun, nur ein Schild mit der Aufschrift: »Eltern haften für ihre Kinder – der Eigentümer haftet NICHT«. Ein Trampelpfad führte hindurch. An seinem Ende kam ich auf einem Kiesweg zwischen Häusern hindurch zu der lauten Straße mit den vielen Geschäften. Am Eingang zur U-Bahn lag ein Coffeeshop, auf dessen Leuchtschild unter einer dampfenden Kaffeetasse *Heaven's Coffee* stand.

Ich ging hinein und holte mir am Tresen Kaffee und ein Croissant. Die Tageszeitung lag nicht aus, dafür gab es zwei Stadtteilzeitungen. Ich blätterte sie durch und hielt mich an Frau Fiedlers Ermahnung: Jobs für Ungelernte, nichts Anspruchsvolles. Erst mal Geld verdienen, egal wie.

Warenverräumung im Biomarkt. Man sollte Teamgeist mitbringen und Sinn für Ordnung. Ich hatte jede Menge Teamgeist und viel Sinn für Ordnung, aber es war nur ein Sechs-Stunden-Job. Kassiererin im Discounter, ein Minijob. Putzfrau in einer Rechtsanwaltskanzlei, nur zehn Stunden. Verkäuferin in einer Boutique, hochwertige Designerware, gepflegtes Äußeres und angenehmes Auftreten sind Voraussetzung. Ganztags. Boutique Le Style, Hochbergstraße 117.

Ich ging zum Tresen und fragte den jungen Mann dahinter, wo die Hochbergstraße war.

»Gleich um die Ecke. Die nächste rechts«, sagte er.

Ich zögerte und sah an mir herunter.

»Ist was?«, fragte er.

»Ich will mich da bewerben. In einer Boutique.«

Er sah mich anerkennend an. »Sie sehen echt gut aus. Ich würde Sie sofort nehmen.«

Danke, dachte ich.

Die Boutique war ein Eckgeschäft mit zwei großen Schaufenstern und einer überschlanken, blondierten Inhaberin irgendwo in den Fünfzigern. Sie wechselte von höflich zu neugierig, als ich sagte, ich sei wegen der Stelle da, und musterte mich ungeniert.

»Ich bin gestern erst umgezogen«, sagte ich. »Ich habe noch nicht ausgepackt.«

»Kein Problem. Ich sehe schon. Kommen Sie morgen zum Probearbeiten.«

Sie gab mir ihre Visitenkarte. »Um zehn. Aber pünktlich.«

Ich steckte die Karte ein und ging noch schnell einkaufen, nur das Nötigste, einen Mülleimer, Toilettenpapier, etwas zu essen, aber ich trug schwer daran und war froh, als ich das verwilderte Grundstück erreichte und den kleinen Platz mit den drei Häusern. Meine Wohnung lag im mittleren. Es war das größte und prächtigste mit seinem verzierten Giebel und den steinernen Balkonen, deren Balustraden ebenso bröckelig und renovierungsbedürftig waren wie alles andere. Neben dem hohen, hölzernen Haustor lag ein Laden, an dessen Schaufenstern in goldenen Buchstaben *Galerie Mathis* stand.

Mühsam schleppte ich meine Einkäufe die Treppen hinauf. Als ich oben war, klingelte es. Es war der Elektriker, der, einen kleinen Werkzeugkasten in der kräftigen Hand, gemächlich heraufstapfte. Ich zeigte ihm die Kartons, in denen die farbigen Leuchter lagen.

»Sechs Kristallleuchter«, sagte ich. »In jedes Zimmer einen. Auch ins Bad und in die Küche. Und zwei in den Flur.«

Er hob einen heraus und sah sich entsetzt um.

»In jedes Zimmer einen und zwei in den Flur? In dieser …«

Er hatte vermutlich »winzigen Bruchbude« sagen wollen, aber nur seine Gesichtszüge entgleisten, sein Taktgefühl tat es nicht.

Weil mein Mann wieder da ist, wenn ich sie anschalte, dachte ich, aber das kann ich dir doch nicht erzählen.

»Sind Sie sicher?«

»Absolut.«

Er machte sich an die Arbeit, mit lauten Seufzern und gemurmelten Bemerkungen, kam schließlich in die Küche, sagte: »Ich wäre dann fertig. Hängt alles, funktioniert alles«, und wollte auf den Schalter drücken, aber ich war schon bei ihm und hielt seine Hand fest.

»Nicht nötig. Es funktioniert bestimmt. Ich probiere es später aus.«

Er schüttelte den Kopf, hielt mir stumm den Montagezettel zur Unterschrift hin, riss die Wohnungstür auf und polterte die Treppe hinunter.

Ich drehte mich um und drückte auf den Lichtschalter. Die farbigen Kristalle leuchteten auf, und die bunten Lichtsplitter fingen an, über Wände und Decke zu wandern, umso bunter und bewegter, weil es zwei Leuchter waren in dem hohen, schmalen Flur.

Aber Robert war nicht da. Ich spürte seine Gegenwart nicht, wie sonst, wenn ich in die Lichter blickte. Ich starrte konzentriert hinauf. Nichts. Ich wartete, doch er kam nicht.

Ich ging in die anderen Zimmer, drückte auf die Schalter und sah zur Decke. Nichts. Kribbelnde Panik befiel mich. Ich durchsuchte die Kartons nach Roberts Sachen und verteilte sie in der Wohnung. Seine Brille, das Buch, das er zuletzt gelesen hatte, die Uhr und die Lampe von seinem Schreibtisch. Ich versprühte sein Aftershave, dessen Duft mir schon immer das Gefühl gegeben hatte, er stünde neben mir.

Es half nicht. Es brachte seine Gegenwart nicht zurück, nur die Erinnerung an ihn und das Wissen, dass er nicht mehr da war. Es war, als ob ich jetzt erst richtig begriff, dass er tot war. Tot, tot, tot.

Ich riss die Fenster auf und wedelte mit den Händen,

um den Geruch wieder zu vertreiben, aber es war ein teures Aftershave, das nicht leicht verflog. Ich flüchtete auf den Küchenbalkon, doch der Luftzug trug den Geruch mit hinaus. Ich machte die Balkontür hinter mir zu, setzte mich auf einen der verstaubten Mineralwasserkästen, lehnte den Kopf an das Balkongitter und starrte hinunter in den Hof.

Roberts Gegenwart war im Haus geblieben. Da, wo sie hingehörte. Man konnte den Geist eines geliebten Toten nicht einfach mitnehmen wie einen Koffer oder ein Möbelstück. Natürlich nicht. Jetzt fand ich es natürlich. Aber woher hätte ich es vorher wissen sollen? Ich hatte keine Erfahrung mit den Geistern geliebter Toten.

Verdammt, dachte ich. Hätte ich geahnt, dass er nicht mitkommt, ich wäre nie gegangen. Niemand hätte mich je aus dem Haus rausgekriegt, auch du nicht, Alex. Ich hasse dich. Du kommst auf meine To-kill-Liste. Auf den zweiten Platz. Auf dem ersten bleibt der verfluchte Motorradfahrer, der so schräg in die Kurve fuhr, dass Robert auswich und am Baum landete und sterben musste. Ich bringe euch um. In meinen Gedanken und Wünschen. Jeden Tag von Neuem.

Es wurde dunkler, Wind kam auf, in der Ferne donnerte es, und drinnen in der Wohnung ließ der Wind die geöffneten Fenster gegen die Rahmen schlagen.

Ich hob den Kopf. Blut tropfte auf den Steinboden des Balkons. Weil ich innen so wund war, dachte ich einen verwirrten Moment lang, mein Herz blute, und sah an mir hinunter, aber mein Shirt war trocken.

Ich ging hinein und sah in den Badezimmerspiegel. Wo

ich die Stirn an das Balkongitter gedrückt hatte, war eine blutende Wunde. Ich presste ein Handtuch dagegen, suchte in den Kartons nach der Hausapotheke, klebte ein weißes Wundpflaster auf meine Stirn und sah aus, als wäre Krieg und ich mittendrin.

Die Inhaberin der Boutique Le Style hieß Angela Breuer. Sie bot mir zehn Euro Stundenlohn und war pessimistisch. Ungelernte ohne Verkaufserfahrung hatten sie bisher immer enttäuscht, und sie konnte sich kaum vorstellen, dass es bei mir anders sein würde.

»Aber na gut«, seufzte sie. »Wir werden ja sehen.«

Das werden wir, dachte ich, darauf kannst du wetten.

In den nächsten Tagen wurde sie immer fröhlicher, und schließlich platzte es aus ihr heraus: »Also wirklich, Frau Feldmann! Ich bin positiv überrascht. Sie machen das gut. Sie sind service- und umsatzorientiert, stilvoll und höflich. Sie schaffen genau die Wohlfühlatmosphäre, die notwendig ist, damit der Kunde gerne kauft.«

Siehst du, dachte ich.

»Für die Probezeit bleiben wir bei zehn Euro, ja? Danach reden wir noch mal. Gute Arbeit muss gutes Geld bringen. Und eine Dauerstellung ist auch drin.«

Sie sah auf die Uhr und stand auf. »Ich bin dann beim Friseur.«

Doch sie kam noch mal zurück und wies mit einer Kopfbewegung auf den Mercedes der Extraklasse, der vor dem Laden hielt.

»Das ist Frau Angermayer. Meine beste Kundin. Ihrem

Mann gehört die große Metzgereikette. Kommt fast jeden Monat und kauft einfach alles. Probiert nicht. Nimmt zur Anprobe mit nach Hause. Zeigen Sie ihr viel und immer in Kombinationen, das hat sie gern. Sie trinkt Prosecco Orange. Wenig Prosecco, viel Orange. Immer nachgießen. Und kühl halten. Sie mag ihn nicht warm.«

Frau Angermayer war eine dicke Frau Ende fünfzig, launisch und kurz angebunden. Ich war stilvoll, höflich und für die Wohlfühlatmosphäre zuständig. Sie machte es mir nicht leicht, sie war ein harter Gegner, aber ich war es auch. Ich hatte es auch viel nötiger zu gewinnen als sie.

Nach einer Stunde war ich verschwitzt und erschöpft, und selbst sie zeigte Anzeichen von Müdigkeit. Doch auf dem Sessel neben ihr stapelten sich Kleider, Hosen, Röcke, Jacken, Blusen.

»Das reicht für heute«, sagte sie. »Sie können zusammenpacken.«

Als ich mich nach den Kleidungsstücken bückte, spürte ich ihre Hand am Hosenbund.

»Was haben Sie denn da an?«

»Wieso?«

»Das ist eine Gucci-Jeans. Meine Tochter hat auch so eine. Nur das Label fehlt.«

Ich hatte es abgetrennt, damit niemand sehen konnte, dass es eine Gucci-Jeans war.

»Die kostet über tausendfünfhundert Euro. So viel bekommen Sie im Monat. Und wieso fehlt das Label?«

Genau darum, dachte ich. Weil sie so viel kostet, wie ich hier kriege.

»Wie kommen Sie dazu? So was können Sie sich doch gar nicht leisten.«

»Mein Mann …«

»Wenn Sie einen Mann haben, der Ihnen so was kauft, warum arbeiten Sie dann hier?«, unterbrach sie mich.

Es war eine gute Frage. Die einzig richtige. Sie traf mich mitten ins Herz, und ich hätte fast laut geschrien.

Ich nahm ihre Einkäufe und ging hinter den Kassentisch.

»Ich habe Sie was gefragt«, plärrte sie hinter mir her.

Ich konzentrierte mich darauf, die Blusen zusammenzulegen.

»Und? Ich warte.«

Ich war müde, mein Vorrat an Stil und Höflichkeit erschöpft, und die Wohlfühlatmosphäre war sowieso dahin.

Ich sah hoch. »Kein Kommentar. Das geht Sie nichts an.«

Ihr rundes Gesicht unter den grauen Locken versteinerte. Sie griff nach ihrer Tasche und ging mit festen Schritten hinaus. Im Türrahmen stieß sie mit Frau Breuer zusammen, schob sie beiseite und ging weiter zu ihrem Mercedes. Frau Breuer lief hinter ihr her. Ich faltete auch die Hosen, Röcke und Jacken und packte sie sorgfältig ein.

Frau Breuer kam herein und sah in die Tüten.

»Gut gemacht. Aber jetzt gehen Sie erst mal raus und entschuldigen sich.«

»Wofür?«

»Dafür, dass Sie unhöflich und unverschämt waren. Sie brauchen nur zu sagen: Entschuldigen Sie bitte, ich war unhöflich und unverschämt, es kommt nicht wieder vor. Dann ist alles in Ordnung.«

»Aber ich war nicht unverschämt.«

»Das ist doch gleichgültig. Sie ist meine wichtigste Kundin. Sie will die Sachen nur mitnehmen, wenn das geklärt ist.«

Ich sah hinaus zu dem silbernen Mercedes. Ein Paar ging daran vorüber, Hand in Hand, er grauhaarig, sie dunkelblond wie ich. So waren Robert und ich auch immer gegangen.

Wärst du bloß noch da, dachte ich. Sag mir, was ich tun soll. Es ist nur ein Satz. Ein einziger, verdammter Satz. Er bedeutet Arbeit, Geld, Sicherheit.

Frau Breuer räusperte sich drängend.

Ich drehte mich um.

»Ich war nicht unverschämt. Frau Angermayer war unverschämt. Natürlich muss man sich so was mal gefallen lassen. Aber ich entschuldige mich nicht auch noch dafür.«

»Dann können Sie ebenso gut gleich gehen, das ist Ihnen klar?«

»Ja. Sie müssen mich nur bezahlen. Eine Woche Probezeit.«

Sie öffnete die Kasse, holte ein paar Scheine heraus und ließ mich quittieren. Ich reichte ihr die Hand, und sie schüttelte sie, kurz und vorsichtig, als hätte sie Angst, jemand könne es sehen.

Draußen lehnte Frau Angermayer mit verschränkten Armen an ihrem Wagen. Als ich an ihr vorbeiging, fing sie an zu keifen: »Dein reicher Freund hat dich sitzen gelassen, du Hobbynutte, was? Jetzt hast du nur noch deine teuren Sachen und deine Arroganz. Aber die vergeht dir auch noch, das sage ich dir.«

Ich blieb stehen.

»Mein reicher Freund ist tödlich verunglückt. Er hat kein Testament gemacht, und sein Sohn gibt mir nichts. Schade, dass ich keine Nutte bin. Dann hätte ich mich in den Jahren mit ihm gut bezahlen lassen. Ich habe auch keinen Verstand, sonst hätte ich ihn geheiratet. Dann könnte ich diesen blöden Laden hier kaufen und das Haus noch dazu. Ich bin bloß dämlich. Ich bin so ziemlich das Dämlichste, was rumläuft.«

Die Straße lag im hellen Mittagslicht. Ich ging sie entlang bis zum Coffeeshop, holte mir einen Kaffee und setzte mich nach draußen. Es war Ende Juni, die schönste Zeit des Sommers mit den langen hellen Tagen und den kurzen Nächten. Die schönste Zeit in unserem Garten und unserem Haus. Die schönste Zeit mit Robert. Ach, Blödsinn. Mit Robert waren alle Zeiten schön gewesen.

Denk nicht dran, denk nicht dran, dachte ich, und fang jetzt bloß nicht an zu heulen.

Ich brachte die Tasse zurück zum Tresen und lief ziellos durch die Stadt, bis ich zum Fluss kam, wo es unter den Bäumen auf der Uferwiese frisch und kühl war.

Zwei Männer blieben bei mir stehen und fragten, was eine schöne Frau so alleine mache. Sie seien Gerüstbauer und hätten gerade einen Job erledigt, sagten sie, zeigten ihre vollen Brieftaschen vor und fragten, ob ich Lust hätte, mich ein bisschen mit ihnen zu amüsieren.

Ich schüttelte den Kopf.

»Irgendwie wollen die Damen heute alle nicht«, sagte der Größere. »Ich hab gleich gesagt, wir müssen erst zum

Friseur. Frauen stehen auf so was. Stimmt doch, oder?«, wandte er sich an mich.

»Stimmt«, sagte ich, sprang hoch, rannte die Uferböschung hinauf und zur nächsten U-Bahn-Station.

Der Salon Rosenthal war anfangs ein Lädchen in der Nähe von Roberts erster Firma gewesen, nun hatte er große Geschäftsräume an einer verkehrsberuhigten Einkaufsstraße. Nur die Sammlung alter Kundenfotos an der Wand hinter dem Tresen erinnerte an früher. Das Foto von Robert hing genau in der Mitte. Ich sah nicht hin.

Hinter dem Tresen stand ein Mann, dessen Ähnlichkeit mit dem alten Herrn und seinem Enkel unverkennbar war.

»Ich bin Nina Feldmann«, sagte ich. »Mein Mann war Kunde bei Ihnen. Robert Nideck. Nach seinem – seinem Tod hat Ihr Vater mich besucht. Ich wollte fragen, wie es ihm geht. Und ob er vielleicht … Mein Mann hat gesagt, dass er manchmal noch hier ist.«

»Frau Feldmann.« Er reichte mir die Hand über den Tresen. »Freut mich sehr. Mein Vater spricht oft von Ihnen. Und von Ihrem Mann. Gerade jetzt, wo wir gehört haben – von Kunden, die Ihren Mann kannten, wissen Sie – was passiert ist. Dass Sie Ihr Haus verlassen mussten und …«

Er wurde verlegen und fing noch mal an.

»Mein Vater ist heute nicht da. Es geht ihm nicht so gut. Haben Sie einen Moment Zeit? Dann bringe ich Sie eben rüber. Er würde es mir nicht verzeihen, wenn Sie ihm nicht wenigstens kurz Guten Tag sagen.«

Er ging mit mir zur Hintertür, die sich auf einen begrünten Hof öffnete, führte mich durch einen weiteren Hof zu einem Neubau und schloss die Tür der Erdgeschosswohnung auf.

»Nathalie! Papa!«

Eine rundliche Frau mit üppigem dunklem Haar kam aus der Küche.

»Das ist Frau Feldmann. Meine Frau.«

»Ich freue mich«, sagte sie, küsste mich auf die Wangen, als ob wir uns schon lange kannten, nahm meine Hand und zog mich durch den Flur zu einer offen stehenden Zimmertür.

»Papa! Rate, wer da ist. Er ist heute nicht so gut zu Fuß«, fügte sie leise hinzu. »Er sollte möglichst auch nicht aufstehen.«

Der alte Mann saß in einem Lehnstuhl vor einer offen stehenden Terrassentür. Ich beeilte mich zu ihm zu kommen, damit er sitzen blieb. Er streckte mir beide Hände entgegen und küsste mich auch auf die Wangen.

Es war, als käme ich nach Hause. Als wäre ich die verlorene Tochter, auf die sie seit Jahren warteten.

Ich schluckte die Tränen der Erleichterung hinunter, die in mir hochstiegen, ließ mich auf den Stuhl sinken, den Frau Rosenthal mir hinschob, sagte, ja, ich würde gerne eine Tasse Kaffee trinken und auch sehr gerne zum Mittagessen bleiben, und dachte: danke. Danke, wer immer dafür verantwortlich ist, dass ich jetzt hier sitze. Vielleicht Robert, weil er sich einen so wundervollen Friseur ausgesucht hat. Vielleicht die beiden Männer am Fluss. Oder ganz generell der liebe Gott. Egal. Danke.

6

Ich hatte Julia und Sofie die Wohnung gezeigt, indem ich mit dem umgedrehten Laptop durch die Zimmer ging. Man sah nicht viel, aber Sofie hatte es sich gewünscht.

»Wie sieht's aus mit Jobs?«, fragte Julia, als wir allein waren, weil Sofie mit Sven zum Spielplatz gegangen war.

»Großartig. Es gibt jede Menge. Kein Problem.«

Es sah eher schlecht aus, aber ich wollte nicht, dass sie sich Sorgen machte.

»Ich schicke dir Geld«, sagte sie. »Wenigstens, bis du was gefunden hast.«

»Kommt gar nicht infrage.«

»Du hast mir so lange welches geschickt. Und so viel. Tausend im Monat!«

»Das war Roberts Geld. Davon gab's ja genug. Aber bei dir ist es doch jetzt auch eng. Fährt Sven Taxi?«

Sven arbeitete nicht gerne. Er hatte studiert und den Doktor gemacht, aber noch nie eine Stelle gehabt. Wenn es gar nicht anders ging, fuhr er Taxi.

»Ja. Wenn Sofie im Kindergarten ist. Er hasst es. Er darf

es nicht wissen, aber zweihundert Euro kann ich dir geben.«

»Auf keinen Fall. Ich habe genug. Es reicht noch lange.«

»Sag gleich Bescheid, wenn du was brauchst. Versprich es mir.«

»Versprochen.«

»Okay. Ich muss Schluss machen, Mama. Bis bald.«

Der Bildschirm wurde dunkel, doch ich sah ihr angestrengtes Gesicht mit den großen Augen weiter vor mir. Dieses blöde Frauenhaus. Ich war sehr für Frauenhäuser, aber konnte sie nicht etwas anderes leiten, etwas Ruhiges, Beschauliches? Immer war eine Stelle unbesetzt oder jemand krank, immer waren sie überbelegt. Und ich konnte ihr kein Geld mehr überweisen, und Sven war missgelaunt, weil er Taxi fahren musste. Verdammt.

Ich klickte mich durch den Online-Stellenmarkt.

Eine Wochenzeitung suchte einen Redakteur für das Ressort Gesundheit. Es war mein Themenbereich, aber wenn ich anrief oder eine Bewerbung schickte, sagten sie garantiert, dass sie einen Juniorredakteur wollten. Das hieß, dass man keinen Tag älter als dreißig sein und möglichst wenig kosten durfte. Ich war sofort bereit, wenig zu kosten, aber keinen Tag älter zu sein als dreißig schaffte ich nicht mehr.

Eine Brauerei suchte Bierverkäuferinnen für Verkaufsstände in Discountern. Man musste nur eine Computerkasse bedienen können, Deutsch sprechen und Servicebereitschaft und Herzlichkeit ausstrahlen. Ein Foto zeigte einen Verkaufsstand aus Holzimitat und daneben eine Verkäuferin mit blondierter Flechtfrisur und Push-up-Busen im Ausschnitt eines hässlichen Dirndls.

Ich tippte die Nummer ein, die in der Anzeige stand, aber dann sah ich auf dem Foto plötzlich mich neben dem Verkaufsstand stehen und jemanden treffen, den ich kannte. Alex. Anita und Gerhard. Oder Roberts andere Freunde mit ihren schönen Kleidern und Schuhen, teuren Taschen und teuren Autos draußen auf dem Parkplatz. Und ich stand da mit hochgepressten Brüsten in einem Dirndl des Grauens, servicebereit und herzlich, und verkaufte Bier.

Ich legte schnell auf. Anita und Gerhard. Anita würde mir keinen Cent geben und verhindern, dass Gerhard es tat. Er würde sich verleugnen lassen, wenn ich in der Kanzlei anrief oder in seinem Lieblingsrestaurant auftauchte. Aber heute war Samstag und schönes Wetter, und Gerhard spielte in jeder freien Minute Golf.

Er war Mitglied in einem teuren Prominentenklub. Ich zog mich gut an, damit ich dort nicht aus dem Rahmen fiel, fuhr hin und setzte mich in die Eingangshalle. Ein junger Mann kam hinter der Rezeption hervor und fragte, ob er mir etwas bringen könne.

Ich sah hinaus auf das wellige Grün, die Baumgruppen und Seen. Robert und ich waren an schönen Sommernachmittagen manchmal hergekommen, hatten auf der Terrasse gesessen und Champagner getrunken. Es waren sanfte, sorglose, beinahe schläfrige Nachmittage gewesen.

»Kaffee, bitte.«

Als Gerhard kam, hatte ich gerade den dritten Kaffee

getrunken und war hellwach. Er sah mich nicht und wollte an mir vorbeigehen.

Ich sprang auf. »Hallo, Gerhard.«

Er zuckte zurück. »Was machst du denn hier?«

»Ich will mit dir reden.«

»Aber ich nicht mit dir.«

»Bitte, Gerhard.«

»Verschwinde, sonst lasse ich dich rauswerfen«, sagte er leise, doch die Leute, die in der Nähe saßen, waren schon aufmerksam geworden, und auch der junge Mann an der Rezeption blickte herüber.

»Gerhard«, sagte ich laut und dramatisch. »Es ist dringend. Gib mir zehn Minuten. Bitte!«

Er sah sich besorgt um und steuerte die nächste Sitzgruppe an. Ich folgte ihm und lächelte den anderen Gästen zu, und sie lächelten erleichtert zurück.

»Also«, sagte er ungeduldig. »Worum geht's?«

»Ich brauche Geld. Ich finde so schnell keinen Job, und was ich habe, reicht nicht mehr lange. Ich will's nicht geschenkt, nur geliehen. Wir machen einen Vertrag, und ich zahle es dir zurück.«

»Ich mache bestimmt keinen Vertrag mit dir. Wenn Alex erfährt, dass ich dir Geld gebe, verliere ich meinen besten Klienten.«

»Ich würde es ihm doch nicht sagen.«

»Du könntest es aber. Und es beweisen. Das riskiere ich nicht.«

»Dann gib mir das Geld so, Gerhard. Bitte. Du kriegst es bestimmt zurück.«

»Warum sollte ich das tun, ohne Sicherheit oder Gegenleistung?«

»Weil du Roberts Freund warst, zum Beispiel.«

»Genau. Ich war Roberts Freund. Nicht deiner. Außerdem machst du dir falsche Vorstellungen von meinen Finanzen. Ich bin kein reicher Mann. Ich verdiene gut, aber ich habe drei Kinder, die noch in der Ausbildung sind.«

Ich weiß, dachte ich. Die De-Luxe-Ausbildung mit Auslandsstudium in London, Brüssel oder Den Haag, mit schicken Wohnungen und Ferien in St. Moritz, Dubai und ähnlichen Billigurlaubsorten. Geht mich natürlich nichts an, wofür du dein Geld ausgibst. Aber irgendwo wären bestimmt noch ein paar Unterstützungseuro für mich drin.

»Dir ist anscheinend auch nicht klar, was du da trägst.«

Er zeigte auf Roberts Brillantring an meiner Hand.

»Ich war dabei, als er ihn gekauft hat. Der Stein hat eineinhalb Karat. Lupenrein, hochfeines Weiß. Der bringt mindestens zwanzigtausend. Eher mehr. Solange du den hast, kriegst du nichts von mir. Wenn der weg ist, kannst du ja noch mal kommen.«

Danke für die Info, dachte ich. Ich hatte keine Ahnung, dass er so wertvoll ist. Es hilft, auch wenn ich ihn nicht verkaufe. Dafür müsste ich *Nina und Robert für immer* aus der Ringschiene schleifen lassen. Nur über meine Leiche.

»Also dann, Nina. Das war's. Verschwinde.«

»Moment noch.«

Er sah mich mit hochgezogenen Augenbrauen an.

»Wärst du wirklich Roberts Freund, würdest du etwas für mich tun. Nicht wegen mir. Wegen ihm. Um seines Andenkens willen. Wenn deine Frau Robert nach deinem Tod gebraucht hätte, er wäre vom Ende der Welt gekommen, um ihr zu helfen. Er war so. Du bist bloß eine armselige Null.«

Er versuchte angestrengt, locker zu bleiben, doch unter seinem linken Auge begann ein Muskel zu zucken, und das Zucken breitete sich aus, bis es sein ganzes Gesicht verzerrte.

»Robert!«, zischte er. »Hör mir auf mit Robert. Ich kann's nicht mehr hören. Was war der Mann toll. Großartig. Wunderbar. Aber jetzt ist er tot. Tot, tot, tot. Jetzt ist es aus mit Robert. Aus und zu Ende. Jetzt vergammelt er in seinem Grab!«

Seine Stimme war immer lauter und am Ende fast zu einem Kreischen geworden.

Wir saßen beide einen Moment lang stumm und erschüttert da. Dann stand er auf und ging mit so leisen, vorsichtigen Schritten hinaus, als wolle er seinen Ausbruch ungeschehen machen.

Um uns herum war gerade niemand. Nur der junge Mann stand hinter seiner Rezeption. Ich nahm den Kassenbeleg für den Kaffee und ging hinüber.

Er sah mich mit erschrockenen Augen an. »Geht es Dr. Althoff nicht gut?«

»Er ist völlig mit den Nerven fertig«, sagte ich in vertraulichem Ton. »Der Arme. Achten Sie ein bisschen auf ihn. Damit es nicht schlimmer wird. Und böse endet.«

Das erschreckte ihn noch mehr. Er schüttelte irritiert den Kopf und sah auf den Beleg. »Das wären dann vierundzwanzig Euro.«

»Für drei Tassen Kaffee? Wie machen Sie das? Rühren Sie Goldstaub rein?«

Er hob verlegen die Schultern.

Auf der Rückfahrt kamen mir die Tränen, aber ich riss mich zusammen und verschob das Weinen auf später. Ich dachte an mein Konto und rechnete. Ich hatte noch neunzehntausendfünfhundert Euro. Seit der Gebrauchtmöbelhändler die Möbel gekauft hatte, hatte ich dreitausendfünfhundert Euro ausgegeben, das meiste davon für die MS-Office-Auffrischungskurse, die ich nun gar nicht brauchte, weil ich Frau Dr. Karskis Erwartungen nicht erfüllt hatte. Außerdem vierundzwanzig Euro für drei Tassen Kaffee, die auch rausgeschmissenes Geld waren, weil ich von Gerhard keines bekommen hatte.

Und übermorgen war der erste Juli. Das hieß Miete und Versicherungen, fast tausend Euro. Ich musste auch tanken. Übermorgen Abend hatte ich nur noch achtzehntausendfünfhundert Euro.

Ich spürte das Kribbeln der Panik auf der Haut.

Der Golfklub lag am Stadtrand, dort, wo die Reichen wohnten. Ich fuhr durch menschenleere Straßen zwischen hohen Mauern, hinter denen in weiten Gärten große Villen lagen. Hier und da glitten Bronzetore auseinander, und ein schwerer Wagen schob sich hinaus.

Irgendwo hier wohnte Marion Lemkau. Robert und ich hatten sie manchmal besucht. Sie hatte wenigstens mit mir geredet, als ich alle seine Freunde wegen einer Wohnung anrief und alle mich abwimmelten. Sie hatte auch gesagt, sie würde mir kein Geld geben. Aber wenn ich sie jetzt fragte?

Ich hielt am Straßenrand und rief sie an. Es klingelte eine Weile, dann wurde abgehoben.

»Anwesen Lemkau«, sagte eine kühle Frauenstimme.

»Hier ist Nina Feldmann. Ich möchte Frau Lemkau sprechen.«

»In welcher Angelegenheit?«

»Etwas Persönliches.«

Sie schwieg, als überlege sie, ob das ein guter Grund war. »Frau Lemkau ist nicht im Hause.«

»Wann kann ich sie erreichen?«

»Nicht in der nächsten Zeit.«

»Wie lange nicht?«

»Das kann ich Ihnen nicht sagen. Ich bin über Frau Lemkaus Pläne nicht unterrichtet.«

»Sagen Sie ihr bitte, dass ich angerufen habe.«

»Aber gewiss. Sobald es möglich ist.«

Ihre arrogante Gelassenheit ging mir auf die Nerven. Sie saß sicher da drinnen und hatte einen guten Job, und ich stand hier draußen und brauchte dringend einen. Oder wenigstens ein bisschen Geld.

»Übereilen Sie nichts. Und brechen Sie sich bloß keinen ab«, sagte ich und legte auf.

Ein dunkelblauer Wagen fuhr langsam vorbei, und sein Fahrer sah zu mir herüber. An der Beifahrertür war ein Aufkleber mit dem Logo eines Wachdienstes. Ich starrte zurück und schielte ihn an, und er wurde noch langsamer und beobachtete mich im Rückspiegel.

Ihr könnt mich alle mal, dachte ich. Ich will zu Marion Lemkau.

Ich kurvte durch die Straßen und versuchte ihr Haus zu finden. Doch die Mauern und Tore sahen einander sehr ähnlich, und an den bronzenen Klingelschildern gab es keine Namen. Ich hätte den Mann vom Wachdienst, der mir folgte, gerne geärgert, indem ich endlos herumfuhr, aber irgendwann gab ich es auf. Ich musste auch noch einkaufen.

Ich sah auf den Einkaufszettel – Nudeln, Gemüse, Sahnejoghurt, Parmesan, Olivenöl, Gesichtscreme, Shampoo, Bodylotion – und dachte an mein Konto. Wenn ich im Bioladen einkaufte und im alternativen Drogeriemarkt noch Klopapier und Kräutertee besorgte, war ich über hundert Euro los.

Auf der anderen Seite der großen Straße, gegenüber dem Coffeeshop, lagen die Discounter. Ein Lebensmittelmarkt, ein Möbelmarkt, ein Drogeriemarkt. Der für Lebensmittel war besonders groß und hässlich, sein Parkplatz überfüllt. Ich dachte an mein Konto und ging hinein. Innen war er noch hässlicher und voll mit Menschen, die riesige Einkaufswagen bis zum Rand beluden.

Hier hatten sie bestimmt nur Billigfutter und Fertigprodukte. Aber ich musste es wenigstens versuchen, und Klopapier und Nudeln gab es auf jeden Fall.

Als ich wieder herauskam, hatte ich alles, was auf meinem Zettel stand, auch Biogemüse, Parmesan am Stück und jungfräuliches Olivenöl aus einem griechischen Mönchskloster. Sogar eine Gesichtscreme, so mineralölfrei und vitaminreich wie meine aus dem Bioladen, aber lächerlich billig und Testsieger bei Stiftung Warentest und der Zeitschrift Ökotest. Und all das hatte nur achtundzwanzig Euro gekostet.

Das war unmöglich. Die Kasse müsste kaputt sein. Ich setzte mich auf den Randstein neben den Eingang, wo schon ein missmutiger Dackel hockte, und kontrollierte den Einkaufszettel. Es stimmte.

Ich war so froh, dass ich den missmutigen Dackel streichelte. Ich hatte keine Arbeit und wenig Geld. Aber hier war so ziemlich alles, was ich zum Leben brauchte, und das für achtundzwanzig Euro.

Danke, Discounter, dachte ich.

Es regnete. Der Regen prasselte auf den Balkon und die leeren Bier- und Mineralwasserkästen. Immerhin waren sie jetzt nicht mehr staubig. Pfützen bildeten sich auf dem metallenen Balkonboden, von dem die graue Farbe abblätterte, mit der jemand rostige Stellen überstrichen hatte.

Ich ging ins Wohnzimmer. Der Regen rann in Schleiern an den Fensterscheiben hinunter, und bleicher Gespensterschein lag im Zimmer. Auf der Uhr unter der Lampe war es zwölf. Ich machte Licht und setzte mich in Roberts Fernsehsessel mit dem roten Leinenbezug. Die Lampe mit dem grünen Glasschirm hatte auf seinem Schreibtisch gestanden, die Uhr auch.

Seit zwei Wochen regnete es, seit zwei Wochen hatte ich keine Antworten auf meine Bewerbungen bekommen. Keinen Vorstellungstermin. Wenn ich einfach hinging, warfen sie einen Blick auf mein Bewerbungsblatt, musterten mich misstrauisch und sagten, die Stelle sei schon vergeben. Wie gestern der Reinigungsbesitzer, der eine Tresenkraft suchte.

»Vorhin am Telefon haben Sie gesagt, die Stelle ist noch frei.«

Er zuckte mit den Schultern. »Das war vorhin.«

»Ich weiß, ich sehe nicht so aus, und mein Lebenslauf ist auch nicht danach, aber ich kann arbeiten«, sagte ich. »Ich kann auch gut mit Menschen. Ich bin zuverlässig, ich halte was aus, ich mache Überstunden, wenn es nötig ist. Versuchen Sie es mit mir. Bitte!«

Er hatte nur wieder mit den Schultern gezuckt.

Ich sah zu dem Kristallleuchter an der Decke. Was tust du mir an, Robert, dachte ich. Stirbst, hast kein Testament gemacht, dein Sohn wirft mich aus dem Haus, und du bleibst da, statt mitzukommen. Nun spüre ich nicht mal mehr deine Gegenwart und kann auch deine Stimme nicht mehr hören. Nun bin ich ganz allein.

Und deine Freunde lassen mich einfach stehen. Ich habe ja keine mehr. Wegen dir. Du warst so viel älter, reich und mächtig, erfahren und überlegen. Das hat sie verschreckt. Selbst Susanne, meine beste Freundin, habe ich verloren. Es war nicht deine Schuld. Sie war viel zu selbstbewusst, um sich von dir einschüchtern zu lassen, und du hast sie gerngehabt, klug, hübsch und witzig, wie sie war.

Es lag an uns.

»Nina. Hör auf! Wen interessieren denn diese dämlichen

Luxusschuppen, das Ritz-Carlton, Plaza Athénée, George V oder wie die alle heißen?«

»Du hast gefragt, wie die Reise war. Ich habe nicht davon angefangen. Ich rede gerne über was anderes.«

»Das ist doch mittlerweile das Einzige, was dich interessiert – das Haus, die Reisen, der ganze scheiß Luxus. Als ob's sonst nichts gäbe. Und schon gar keine Probleme.«

»Ich habe nun mal gerade keine. Muss ich mir welche zulegen, damit du mit mir redest?«

»Entschuldige. Ich bin blöd. Vergiss es. Hab ich dir erzählt, dass sie mir eine Hauptrolle angeboten haben? In einem Dreiteiler über den Mauerfall und die Wiedervereinigung. Ganz was Feines.«

Sie war Schauspielerin.

Doch sie bekam die Rolle in dem Dreiteiler nicht, sie hatte eine Zeit lang kaum Rollenangebote und wurde immer gereizter. Als sie auch noch ihr Auto zu Schrott fuhr und sich kein neues leisten konnte, bot ich an, ihr Geld zu leihen.

Sie verzog spöttisch das Gesicht.

»Wie großzügig von dir. Aber ich will dein Geld nicht. Ach, es ist ja nicht mal deines. Es gehört deinem verdammten Millionär. Nein. Ich lasse mich nicht auch noch von ihm aushalten. Lieber würde ich verhungern.«

»Dann geh zum Teufel und verhungere«, schrie ich und verließ türenschlagend die Wohnung.

Am anderen Morgen war eine Nachricht von ihr auf dem Anrufbeantworter: »Hallo, Nina. Tut mir leid wegen gestern. Lass uns darüber reden. Ruf mich an.« Ihre Stimme klang rau und zersplittert, wie immer, wenn sie erschöpft, verzweifelt oder verkatert war. Oder alles zusammen.

Ich hätte anrufen müssen, aber ich verschob es, und als ich in der Zeitung las, dass sie die Rolle der Staatsanwältin in einer neuen Gerichtsserie bekommen hatte, ließ ich es. Ich hatte genug von unseren Kämpfen und Konflikten. Ich wollte mir mein schönes Leben mit Robert nicht verderben lassen. Und es gab ja ihn. Ich brauchte niemand anderen. Er war ja da.

Für immer, hatte ich gedacht.

Ich stand auf und öffnete das Fenster. Es regnete herein, aber ich wollte den Himmel sehen und unten vielleicht ein paar Menschen. Doch die Straße war leer, der Himmel fern und grau, und ich sah nur die Wildnis gegenüber, deren Gräser und Blüten vom Regen niedergedrückt wurden.

Ich schlug das Fenster zu, wischte mir das Regenwasser vom Gesicht, machte mich auf die Suche nach Susannes Telefonnummer und fand sie in einem alten Adressbuch.

Sie war noch gültig. Nach langem Läuten hörte ich ihre dunkle, modulierte Schauspielerinnenstimme und die typische Art ihrer Ansage: »Hallo, liebe Anruferin/lieber Anrufer. Bitte hinterlasse/hinterlassen Sie Namen, Nummer, Nachricht. Bis bald deine/Ihre Susanne Ahlbeck.«

Es war wie früher, warm und vertraut.

Was sagte man, wenn man erst nach zehn Jahren zurückrief, und das nur, weil man einsam und verzweifelt war? Man konnte ehrlich sein. Oder verlogen und so tun, als wäre alles in Ordnung.

»Hallo Susanne, hier ist Nina. Ich habe in letzter Zeit öfters an dich gedacht. Sollen wir uns nicht mal treffen? Ruf an, wenn du auch Lust hast.«

Ich nannte meine Nummern und hängte ein fröhliches »Bis vielleicht bald, Nina« dran, das klang, als wäre es sehr nett, wenn sie sich meldete, aber auch kein Problem, wenn sie es nicht tat.

Danach strich ich durch die Wohnung und hoffte, dass sie anrief, aber es blieb still. Nur der verdammte Regen war zu hören. Als ich die Hoffnung schon aufgegeben hatte, klingelte das Telefon doch noch. Ich riss es aus der Station.

»Ja?«

»Marion Lemkau hier.«

»Oh. Hallo, Marion.«

»Meine Haushälterin sagt, du hast angerufen.«

»Ja.«

»Und? Was kann ich für dich tun?«

Für höfliche Floskeln war nicht die Zeit. Mir wären auch keine eingefallen.

»Kannst du mir Geld leihen? Ich weiß, das willst du nicht, und ich wollte dich eigentlich auch nicht darum bitten, aber jetzt …«

»Was ist jetzt?«

»Ich finde so schnell keinen Job, und ich habe nur noch achtzehntausend Euro und Roberts Ring.«

»Der Brillant ist mindestens zwanzigtausend wert, das ist dir klar, oder?«

»Ja. Gerhard hat es mir gesagt. Aber …«

»Gerhard?«

»Den habe ich auch gefragt, ob er mir was leiht.«

»Und?«

»Keine Chance.«

Sie schwieg, als dächte sie nach.

»Okay«, sagte sie schließlich. »Ich bin nicht so reich, wie dein Mann es war. Das meiste haben schon meine Kinder geerbt. Aber jetzt gib mir mal deine Kontonummer. Ich überweise dir zwanzigtausend. Ohne Rückzahlfrist. Dann hast du mit dem Ring vierzigtausend in der Hinterhand. Minimum vierzigtausend. Das reicht eine Weile. Und es gibt dir Sicherheit. Ein bisschen wenigstens.«

»Danke«, sagte ich erleichtert.

Sie schrieb sich meine Kontoverbindung auf und diktierte mir den Text für den Schuldschein, den ich ihr schicken sollte.

Danach bedankte ich mich wieder, aber sie schnitt mir das Wort ab: »Ist schon gut. Du fragst dich wahrscheinlich …«

Sie zögerte.

»Du wunderst dich vielleicht, warum du so wenig Unterstützung erfährst. Aus Roberts Umgebung, meine ich.«

Das hatte sie hübsch formuliert.

»Ja«, sagte ich. »Wenn ich sein Freund wäre, ich würde seiner Frau nach seinem Tod helfen. Egal, wer sie ist. Ich würde es für ihn tun.«

»Stimmt. Aber Robert hatte keine Freunde. Außer meinem Mann. Die waren beide Macher, die sind sich auf Augenhöhe begegnet, die hatten wirklich so etwas wie eine Freundschaft. Alle anderen waren nur Hofstaat. Das war nicht ihr Fehler, es lag an Robert. Er musste immer überlegen sein, der Star im Ring. Der König. Er duldete niemanden neben sich.«

»Mich schon.«

Sie lachte. »Ja, klar. Das war auch was anderes. Dich hat er geliebt, dich hat er auf Händen getragen, du konntest machen, was du wolltest. Er war der Chef, du warst sein Ein und Alles, der Rest war Entourage. Gefolge.«

»Das kann nicht sein. Das hätte ich doch gemerkt.«

»Wie denn? Alle waren wahnsinnig nett zu dir, und du hattest sowieso nur Augen für ihn. Und er für dich.«

»Das klingt, als hätte ich in einer Märchenwelt gelebt.«

»So ist es vermutlich auch. Ist das so schlimm? Du hattest ein wunderschönes Leben mit Robert. Sei froh, dass du es gehabt hast. Und jetzt geht's zurück in die Wirklichkeit. Die Kutsche ist wieder ein Kürbis, und Aschenputtel muss wieder in die Küche.«

Ich wusste nicht, was ich sagen sollte.

»Ich wünsche dir Glück. Und melde dich mal. Meine Haushälterin weiß jetzt, dass sie mir gleich Bescheid geben soll, wenn du angerufen hast.«

Sie hatte schon aufgelegt, bevor ich antworten konnte.

Ich ging wieder zum Fenster und sah dem Regen zu, wie er an den Fensterscheiben hinunterlief. Aber es war nicht mehr so schlimm. Ich war um zwanzigtausend Euro reicher. Und um jemanden, dem es nicht völlig egal war, was aus mir wurde.

Also dann, Aschenputtel, dachte ich. Auf geht's.

Ich zog Regenmantel und Gummistiefel an und lief unter Roberts großem Schirm durch die tropfnasse Wildnis zum Coffeeshop. Das Schild mit dem Schriftzug *Heaven's Coffee* leuchtete durch das nasse Grau, und drinnen war es warm und gemütlich.

Hinter dem Tresen stand der junge Mann, der immer so fröhlich und freundlich war.

»Hallo. Schön, Sie zu sehen. Café crème, wie immer?«

»Ich weiß nicht. Ich …«

»Alles klar. Ich sehe schon. Sie sind ein Fall für unsere spezielle Happy Hour. Ein alkoholisches Getränk auf Kosten des Hauses.«

Er griff in die Kühlung und ins Regal und schob mir ein Glas und ein Proseccofläschchen hin.

Ich zögerte.

»Das sind Gratisproben. Wir überlegen, ob wir die Marke wechseln. Sie müssen mir nachher nur sagen, wie er schmeckt.«

Ich probierte den Prosecco und holte mir die Stadtteilzeitung mit den Stellenangeboten. Es gab nur Halbtags- und Minijobs oder welche, die ich nicht kriegen konnte: Rechtsanwaltsfachangestellte, Steuerberatergehilfin, Salesmanager im Sportartikelgeschäft.

Ich trank noch einen Schluck Prosecco. Ich war schon beschwipst, denn seit dem Abend, an dem Robert nicht mehr nach Hause gekommen war, hatte ich nichts getrunken.

Der junge Mann vom Tresen kam und zeigte auf das Fläschchen: »Schmeckt er?«

»O ja. Sehr gut.«

Er sah in die Zeitung. »Suchen Sie einen Job?«

Ich nickte.

»Wir hätten was.«

»Wirklich? Hier?«

»Ja. Vollzeit, erste Schicht, sechs bis vierzehn Uhr. Haben Sie Erfahrung in der Gastronomie?«

Ich schüttelte den Kopf. »Aber ich lerne schnell. Und ich bin auch sonst nicht blöd.«

»Glaube ich sofort. Bin gleich wieder da.«

Er kam mit raschen Schritten zurück und legte ein Formular vor mich hin.

»Morgen ausgefüllt mitbringen. Sechs Uhr Arbeitsbeginn. Probezeit zwei Wochen, bezahlt. Kommen Sie in schwarzen Sachen, die Schürze gibt's von uns. Sonst noch was?«, fragte er sich selbst. »Ach ja. Ich bin David.«

»Nina.«

»Okay, Nina.« Er wechselte zum Du. »Du passt gut zu uns. Spätestens in einer Woche hast du alles drauf. Also dann, bis morgen.«

Danke, David, dachte ich.

Ich kippte den Rest des Prosecco hinunter und ging. Draußen war es noch kälter, der Regen noch stärker und das Licht so grau, als würde es Nacht.

Egal. Ich hatte Geld und Arbeit, und der Prosecco ließ mich leicht werden und fliegen. Ich lief nach Hause, sprang in großen Sätzen über die Pfützen und musste aufpassen, dass ich nicht unter ein Auto kam. Im Getränkemarkt an der Ecke besorgte ich mir noch so einen kleinen Prosecco, lief weiter und rannte die Treppen zu meiner Wohnung in einem Stück hinauf.

Oben setzte ich mich aufs Sofa und trank das Fläschchen aus. Dann saß ich nur da und lauschte auf den Regen, der aufs Dach schlug. Mir war warm und wohl. Seit dem Abend, an dem Robert nicht mehr nach Hause gekommen war, war mir nicht so warm und wohl gewesen.

Drei große Kaffee, zwei Cappuccino. Ich spürte, wie das Tablett aus meinen Händen glitt, und wusste, dass ich nichts tun konnte, um die Katastrophe aufzuhalten. Das Heaven's war voll, weil es so stark regnete, dass man draußen nicht sitzen konnte, und die Kaffees und Cappuccinos verteilten sich über den Boden, die niedrigen Tische vor den Polstersesseln und die Gäste, die darin saßen.

Es dauerte eine halbe Stunde, bis ich die Scherben eingesammelt, den Boden und die Tische gewischt, die Kleidung der Gäste abgetupft, mich entschuldigt, die Aufgeregten und Empörten beruhigt und versprochen hatte, dass wir die Kosten der Reinigung übernehmen würden.

Ich war schon richtig gut darin, aufzuwischen und abzutupfen, Entschuldigungen zu murmeln und Erklärungen abzugeben. Ich wurde auch immer besser darin, nicht zum Tresen zu schauen, hinter dem David die doppelte Arbeit hatte, und nicht in sein Gesicht, in dem immer mehr Anstrengung zu lesen war und immer weniger Geduld.

Als ich endlich fertig war, huschte ich wieder an seine

Seite, flüsterte: »Tut mir leid. War das letzte Mal«, und hoffte, dass er wie immer antwortete: »Ist okay. Nobody is perfect.«

»Ist okay«, sagte er. »Geh nach Hause.«

»Aber …«

»Cora hat Zeit und springt für dich ein. Und morgen nimmst du frei. Ruh dich aus. Du bist ja total gestresst.«

»Aber …«

»Nun geh schon«, sagte er ungeduldig, denn die Schlange vor dem Tresen wurde immer länger.

Bis Cora da war, räumte ich wenigstens noch das benutzte Geschirr von den Tischen. Sie kam eilig herein, ein Lächeln im zarten, hübschen Gesicht, strich tröstend über meinen Arm, nahm mir das Geschirrtablett ab und stand schon hinter dem Tresen, bevor ich auch nur die Schürze abgebunden hatte. Ich ignorierte die Erleichterung in Davids Gesicht und beeilte mich wegzukommen.

Draußen merkte ich, dass ich meinen Schirm vergessen hatte, aber ich traute mich nicht mehr zurück, sondern rannte durch den Regen. Am Getränkemarkt an der Ecke machte ich halt, um Prosecco zu besorgen.

»Sie kaufen immer die kleinen«, sagte der Mann an der Kasse, als ich den Korb mit den Fläschchen auf den Tresen stellte. »Nehmen Sie die großen. Das kommt Sie viel billiger.«

»Ich brauche aber Piccolos.«

Er zuckte mit der Schulter. »Ist Ihr Schaden, nicht meiner.«

Ich lief weiter, die Tüte mit den Flaschen an mich gepresst, damit sie nicht klirrten. Zu Hause räumte ich sie in den Kühlschrank. Ich nahm die kleinen, damit es nicht so nach Saufen aussah. Außerdem konnte ich mir bei den Fläschchen immer fest vornehmen, dass das nächste, das ich öffnete, das letzte war.

Ich hatte schon große Lust auf das erste, aber es war noch zu früh dafür. Ich saugte die Wohnung, obwohl es nichts zu saugen gab, suchte Wäsche zusammen, obwohl es nichts zu waschen gab, und setzte mich an den Laptop, um zu schreiben, obwohl ich wusste, dass mir nichts einfallen würde.

Um halb sechs, als es nicht mehr lange hin war, bis ich etwas trinken durfte – kein Alkohol vor sechs, hatte Robert immer gesagt –, klingelte das Telefon.

»Hallo, Nina«, sagte David. »Du hast deinen Schirm vergessen. Es regnet gerade nicht. Jetzt kannst du ihn dir holen.«

»Ich habe noch einen.«

»Komm trotzdem. Er ist bei mir im Büro.«

Es ging nicht um den Schirm. Es ging um das, wovor ich schon die ganze Zeit Angst hatte.

Das Büro des Heaven's lag im Keller. Die Tür stand offen, wenn jemand am Schreibtisch saß, denn es war so klein, dass man sich sonst nicht darin aufhalten konnte.

»Da bist du ja«, sagte David, zog einen Hocker unter dem Schreibtisch hervor und zeigte darauf.

Ich setzte mich.

Er gab sich einen Ruck.

»Also, du hast noch zwei Tage Probezeit, und die zahle

ich, das ist so abgemacht. Aber du brauchst nicht mehr kommen. Es hat einfach keinen …«

»Zahl mir nichts. Lass es mich noch mal versuchen, nur diese zwei Tage.«

Er sah mich ernst an. Es war selten, dass er so ernst war.

»Nein, Nina. Tut mir leid. Du kostest mich zu viel. Zu viel Zeit, zu viel Geld. Deine Fehlbestellungen. Deine Fehleingaben. Das kaputte Geschirr, die verärgerten Gäste. Das kann ich mir auf Dauer nicht leisten.«

»Ich schaffe es, David. Ich bin doch nicht blöd.«

»Gar nicht. Du bist sogar sehr gescheit. So schnell wie du hat hier noch keine gelernt. Deine Cappuccinoherzen sind toll, du kannst sogar Farne, und wie du Service machst, ist perfekt. Kann ich nicht besser. Aber die meiste Zeit stehst du neben dir, und nichts läuft richtig. Was warst du früher?«

»Journalistin.«

»Da warst du bestimmt toll. Und sonst sicher auch. Aber hier …«

»Bitte, David. Lass es mich …«

Er sah mich so gequält an, dass ich verstummte. Er war ein wirklich freundlicher Mensch, er tat nicht nur so. Er hasste es, unfreundlich sein zu müssen und mich rauszuschmeißen.

»Okay.«

Er seufzte erleichtert und legte einen Umschlag vor mich hin und eine ausgefüllte Quittung, die ich nur noch zu unterschreiben brauchte.

Ich schob den Umschlag in die Tasche.

»Danke. Es war sehr schön bei euch.«

»Wir danken dir«, sagte er auf seine umgängliche Art. »Und du bleibst unser Gast, ja?«

Als ich nach Hause kam, war es acht und längst die Zeit, zu der ich trinken durfte. Ich hatte genug Vorrat. Und ich konnte ausschlafen, denn morgen früh musste ich nicht um fünf aufstehen.

Ich öffnete das erste Fläschchen.

7

Ich fand seine Geschäftskarte in der Konsole unter dem großen Barockspiegel, der so gut in die Diele im Haus gepasst hatte und in meinem schmalen Flur mit dem abgenutzten Holzboden reichlich sonderbar aussah. *Werner Zielinski* stand auf der Karte, *Haushaltsauflösungen, Gebrauchtmöbel An- und Verkauf, rufen Sie an, wir sind sofort da.*

Ich brauchte einen Moment, um mich zu erinnern, wer das war. Der faltige Mann mit dem grauen Schnurrbart und den gelben Zähnen, der nach Aschenbecher gerochen und mir einen Job angeboten hatte, als Vormann für seinen zweiten Laster. Ich rief ihn an.

»Zielinski?«

»Hallo, hier ist Nina Feldmann. Sie waren im Mai bei mir und …«

»Ich weiß. Das große Haus mit den großen Möbeln.«

»Sie haben gesagt, Sie hätten einen Job für mich. Gibt's den noch?«

»Den gibt's wieder. Der Typ, der ihn hatte, war eine Niete. Wollen Sie ihn? Den Job?«

»Ja.«

»Ich komme vorbei.«

»Soll ich nicht zu Ihnen kommen? In die Firma?«

»Es gibt keine. Wo ich bin, da ist die Firma. Also dann. Irgendwann heute oder morgen. Eher morgen. Ich rufe an.«

Er kam aber noch am Abend und rief erst an, als er schon unten vor dem Haus parkte. Ich öffnete, brachte Glas und Proseccofläschchen in die Küche und hörte, wie er laut hustend die Treppen hinaufstieg. Oben angekommen, nickte er mir zu, trat in den Flur und sah sich um.

»Hübsch haben Sie es hier. Bisschen kleiner als vorher, aber richtig hübsch.«

Er meinte es nicht ironisch. Er wollte etwas Nettes sagen.

»Danke.«

Er öffnete die Mappe, die er unter dem Arm trug, entnahm ihr ein bedrucktes Blatt Papier und reichte es mir.

»Probearbeitsvertrag über acht Wochen. Ich habe es gern schriftlich. Erspart später Scherereien. Gründlich durchlesen und unterschreiben. Morgen und übermorgen gehen Sie mit mir auf Tour, und danach machen Sie's allein mit dem zweiten Laster. Okay?«

»Okay. Wollen Sie nicht reinkommen?«

»Ich habe nicht so viel Zeit. Also bis morgen. Punkt sieben. Wir holen Sie ab.«

Er war schon draußen, als er sich noch mal umdrehte.

»Sie sehen so anders aus. Was ist mit Ihnen los?«

»Gar nichts. Was soll sein?«

Er zog mich nach vorne, unter die nackte Hundertwattbirne, die den Hausflur erhellte, und musterte mein Gesicht.

»Sie trinken.«

Ich machte mich los. »Wie kommen Sie darauf? Ich trinke nicht. Natürlich nicht.«

Er ging an mir vorbei, stieß die Tür zur Küche auf, wies auf das halb volle Fläschchen und das Glas neben der Spüle, öffnete den Kühlschrank mit meinen Vorräten und fand auch den großen Korb neben dem Küchenschrank, in dem ich die leeren Flaschen aufbewahrte, um sie zum Container zu bringen.

Er schüttelte den Kopf und schnalzte verächtlich mit der Zunge.

»Frauen! Typisch. Prosecco in Piccolos. Geht's noch umständlicher? Man schleppt sich halb tot, und es dauert ewig, bis man den Spiegel hat.«

Er nahm mir das Vertragsformular aus der Hand und legte es so sorgsam wieder in seine Mappe, als müsse er es vor mir retten.

»Vergessen Sie's. Ich bin selbst Alkoholiker, fünfzehn Jahre nass, zehn Jahre trocken. Säufer kann ich nicht brauchen. Ich weiß, wie das läuft. Von mir selbst. Kein Verlass, kein Verantwortungsgefühl, früher oder später bauen sie Scheiß. Sehen Sie zu, dass Sie davon wegkommen, Sie sind ja noch nicht lange dabei. Dann können Sie sich wieder bei mir melden.«

»Ich saufe nicht. Ich bin auch nicht verantwortungslos.

Was wissen Sie schon von mir? Sie haben ja keine Ahnung.«

»Doch, habe ich. Der Mann ist tot, das Geld ist weg. Gute Gründe zum Saufen. Ich verstehe es. Es hilft bloß nicht. Es macht alles nur noch schlimmer.«

Er grub eine Packung Zigaretten und ein Feuerzeug aus seiner Jackentasche und ging. Im nächsten Stockwerk blieb er stehen, und ich hörte das Feuerzeug klicken. Zigarettenrauch stieg zu mir hoch, und er hustete wie jemand, dessen Lunge kurz vor der Kapitulation stand.

Ich knallte die Wohnungstür zu und ging in die Küche.

Verdammt, sagte ich zu dem farbigen Kristallleuchter an der Decke, er hat ja recht. Du versorgst mich nicht, Robert, du kümmerst dich um nichts, du stirbst einfach. Und jetzt bist du irgendwo, Gott weiß wo, bloß nicht hier, und siehst zu, wie ich saufe. Und sagst nicht mal was. Verdammt.

Ich leerte das halb volle Fläschchen ins Glas und nahm gleich noch ein frisches mit ins Wohnzimmer. Dann brauchte ich nicht so bald wieder aufzustehen, um ein neues zu holen.

Im Schaufenster des Drogeriemarktes hing ein Schild: *Mitarbeiter/in für Warenverräumung gesucht, zwanzig Wochenstunden, bitte wenden Sie sich an den Filialleiter.*

Ich fragte eine Kassiererin, wo ich den Filialleiter finden könne, und sie wies auf den Rücken eines Mannes, der neben einer Palette mit Großpackungen Toilettenpapier stand.

Ich ging hinüber und um ihn herum. Er hob den Kopf. Er sah aus wie Robert.

»Kann ich Ihnen helfen?«

Ich starrte ihn an. Die hohen Wangenknochen, das kurz geschorene graue Haar, die blauen Augen, die breiten Schultern, der gedrungene Körper, die Hände, auch so breit und kräftig. Sogar der Dreitagebart, den Robert oft getragen hatte.

»Ist irgendwas? Geht's Ihnen nicht gut?«

Ich riss mich zusammen und sagte, ich käme wegen des Jobs in der Warenverräumung.

Sein Gesichtsausdruck wechselte von Höflichkeit und Besorgnis zu wirklichem Interesse. Er sah mich genauer an. »Nur Warenverräumung? Ich habe auch was anderes, wenn Sie mehr Zeit haben und mehr verdienen wollen.«

»O ja, gerne.«

»Montag bis Freitag von sechs bis vierzehn Uhr Warenverräumung plus Regalpflege, FIFO-Sortierung, MHD-Kontrolle, Regalauszeichnung. Stundenlohn elf Euro brutto.«

»Aber ich weiß nicht, was das ist, FIFO-Sortierung und MHD-Kontrolle.«

Er lachte. »Natürlich nicht. Kommen Sie morgen früh um sechs, und ich zeig's Ihnen.«

Der Filialleiter hieß Bernd und sah Robert wirklich sehr ähnlich. Nur dass seine Augen tiefblau waren, nicht graublau wie Roberts Augen. Ich sah lieber nicht in sein Gesicht, sondern konzentrierte mich auf das, was er sagte.

Er zeigte mir, wie man einräumte, das Mindesthaltbarkeitsdatum kontrollierte, die Waren sortierte, damit das, was zuerst hineingekommen war, vorne stand und als Erstes wieder rauskam, Regale auszeichnete und das kleine, tragbare Datenerfassungsgerät benutzte.

»Alles ganz einfach«, sagte er. »Wenn was nicht klar ist, frag.«

Es war wirklich so einfach, ich konnte es sofort, und es machte sogar Spaß. Um acht, als die Lautsprecher aufgedreht und die Türen geöffnet wurden und Lärm und Menschen die stille, leere Halle übernahmen, kam er noch mal bei mir vorbei.

»Sehr gut. Perfekt. Das läuft. Um zehn ist Pause im Aufenthaltsraum am Personaleingang. Da lernst du auch die Kollegen kennen. Die helfen dir, wenn du mal was nicht weißt. Aber das wird wohl nicht nötig sein, so wie's aussieht«, fügte er hinzu, schenkte mir ein Lächeln, das mich wieder schmerzlich an Robert erinnerte, und ging eilig weiter.

Geh nur, dachte ich, und komme nicht wieder. Und lächele mich bloß nicht an. Bleib weit weg und lass mich meine Arbeit tun.

Als hätte er mein inneres Flehen gehört, sah ich ihn ab jetzt nur aus der Ferne. Aber dann blieb er eines Mittags bei mir stehen, mit Computerausdrucken in der Hand und einem besorgten Gesicht.

»Du gibst nicht richtig ein, Nina. Du bringst mir das ganze Datensystem durcheinander. Ich dachte, du kannst das. Aber da läuft irgendwas gar nicht rund. Ich habe Riesenärger mit den Nachbestellungen und an den Kassen, weil Regalauszeichnungen falsch gespeichert sind. Oder gar nicht.«

»Das kann nicht sein.«

Er zeigte mir den Ausdruck. Überall, wo Ziffern unterstrichen und mit Ausrufezeichen versehen waren, stand am Ende der Zeile meine Nummer.

»Irgendwas stimmt mit dem Eingabegerät nicht.«

»Du hast verschiedene benutzt, und die sind alle in Ordnung.«

»Aber das kann nicht sein, das kann einfach nicht sein!«

Walter, einer der Kollegen, fuhr mit einer hochbepackten Palette vorbei und winkte uns zu. Walter war immer sehr freundlich. Und er war nicht der Klügste, ganz und gar nicht.

»Walter schafft es«, sagte ich. »Wenn Walter es schafft, warum ich nicht? Ich bin doch nicht blöd!«

»Bist du nicht. Gar nicht. Damit hat's nichts zu tun. Walter kann sich konzentrieren. Der blendet alles aus, die Menschen, den Lärm, die Lautsprecher, die ganze Action, und macht sein Ding. Du nicht. Sobald es nicht mehr ruhig ist, bist du abgelenkt und machst Fehler. Du kannst nichts dafür. Manche Leute sind so. Solche habe ich hier öfter. Und es sind bestimmt nicht die Dümmsten.«

»Aber – aber das heißt ja …«

Kunden drehten sich nach mir um.

Er seufzte und nahm mir das Datenerfassungsgerät weg. »Geh schon mal ins Büro. Ich komme gleich nach.«

Sein Büro war ein fensterloser Raum mit einem hässlichen Schreibtisch und einem hässlichen, weinroten Sofa, über dem das Mannschaftsposter eines Fußballvereins hing, mit lauter Männern in grellgelben Trikots und einem schwarz-gelb gestreiften mannsgroßen Maskottchen mit gelben Fühlern, das vermutlich eine Biene sein sollte. Ich setzte mich darunter, damit ich es nicht sehen musste.

Also kamen auch die Fehler und Katastrophen im Heaven's daher, dass es voll und laut war, dachte ich. Wenn es fast leer und still war, hatte ich keine Probleme. Aber wann war's da schon mal leer und still? Und wie soll ich einen Job finden, wenn ich nur arbeiten kann, solange es ruhig ist und keine Menschen da sind? Soll ich Leichenwäscherin werden? Nachtwächter? Und nehmen sie mich da?

Als Bernd in sein Büro kam, saß ich auf dem Sofa und weinte. Ich hatte versucht, die Tränen zurückzuhalten, ich hatte es schon so oft geschafft, nicht zu weinen, ich hatte kaum noch geweint seit dem Tag, an dem Robert gestorben war, aber nun ging es nicht mehr.

Bernd ließ sich auf seinen Bürostuhl sinken und sah mich gequält an.

»Du musst doch jetzt nicht weinen.«

»Doch, muss ich. Ich finde ja keine Arbeit, wenn ich mich nicht konzentrieren kann, sobald es laut ist. Aber ich brauche Arbeit. Dringend.«

»Was hast du denn früher gemacht?«

»Ich war Journalistin.«

»Da ist doch auch immer viel Action.«

»Ich habe zu Hause geschrieben. Allein an meinem Schreibtisch. Da war es völlig ruhig.«

Er seufzte.

»Einen Minijob hätte ich für dich. Nur Warenverräumung. Von sechs bis acht, bevor wir aufmachen. Ist nicht viel, aber …«

»Oh, Gott sei Dank. Danke, danke, danke«, sagte ich und schluchzte vor Erleichterung.

Er seufzte noch schwerer, kam herüber und setzte sich vorsichtig neben mich aufs Sofa.

»Kannst du bitte aufhören zu weinen? Jetzt sofort?«

Ich wachte auf und war glücklich. Ich lag in seinem Arm und war wieder sicher und geborgen und in der Wirklichkeit. Ich hatte einen Albtraum gehabt, einen langen und dunklen, aber nun war er vorbei.

Er drehte sich auf den Rücken und zog mich mit. Ich drückte mein Gesicht in seine Halsgrube, spürte seine warme, feuchte Haut und seinen Bart an der Stirn und nahm seinen Geruch wahr. Er war anders als sonst. Vielleicht weil wir gestern Abend Bier getrunken und Schweinebraten gegessen hatten. Das tat er sonst nie. Er mochte kein Schweinefleisch und trank nur selten Bier.

Er atmete auch anders. Wie jemand, der nicht genug Platz in der Nase hatte. Ich streichelte über seine Brust. Er legte seine Hand auf meine und murmelte: »Schatz«. Das machte mich hellwach. Robert sagte nie Schatz zu mir. Ich hob den Kopf und sah ihn an. Es war ja auch nicht Robert. Es war Bernd.

Ich blieb still liegen. Der Albtraum war die Wirklichkeit, die Wirklichkeit der Albtraum. Ich konnte aus ihm nicht erwachen, und hier waren wir wieder, vereint in trauter Zweisamkeit, wie schon die ganzen letzten Monate.

Erst mal raus hier, dachte ich.

Behutsam befreite ich mich aus Bernds Umarmung. Hoffentlich hatte er auch so einen guten Schlaf wie Robert. Ich kroch unter der Decke hervor und suchte im Halbdunkel der zugezogenen Vorhänge nach meinen Sachen. Gott sei Dank hatte ich mich ihrer nicht stückweise entledigt, sondern auf einmal, denn ich fand sie alle an einem Platz, sogar die Schuhe. Sehr vorausschauend. Bloß meine Tasche fehlte. Taschen nahm man ja auch nicht mit ins Schlafzimmer. Ich schlich in den Flur, und da war sie, ich hatte sie auf dem Schränkchen unter dem Spiegel abgestellt, gleich neben der Wohnungstür. Auch sehr vorausschauend. Ich öffnete leise die Tür, zog sie noch leiser hinter mir zu und lief die Treppen hinunter.

Unten fand ich mich in einem adretten, gesichtslosen Wohnviertel mit Mehrfamilienhäusern aus den Sechzigern und Siebzigern wieder. Ich hatte keine Ahnung, wo ich war. Eine Frau mit Kopftuch, trotz der Wärme in einen langen, schweren Mantel gehüllt, kam vorbei, und ich sprach sie an, aber sie schüttelte nur den Kopf. Ich ging die Straße entlang, bis ich einen alten Mann nach der nächsten U-Bahn-Station fragen konnte, und es stellte sich heraus, dass es meine war, die beim Heaven's, nur ein paar Minuten entfernt.

Ich brauchte dringend einen Kaffee, doch ich traute mich nicht ins Heaven's. Ich hatte viel Bier getrunken und eine heftige Nacht gehabt, und wer ein bisschen Ahnung hatte, sah mir das an. Auf dem Weg nach Hause merkte ich, wie viel Bier ich getrunken hatte und wie heftig die Nacht gewesen war. Auf dem schmalen Pfad zwischen den hohen Gräsern der Wildnis kam ich kaum vorwärts und hätte mich am liebsten unter einen Baum gelegt. Aber ich hatte mich gerade mit dem falschen Mann in seinem Bett wiedergefunden, ich fand, ich sollte nicht als Nächstes verkatert unter Bäumen liegen, sondern in meinem eigenen Bett in meiner sicheren Wohnung.

Ich schaffte es bis ins Haus und zum Treppenabsatz zwischen dem ersten und zweiten Stock. Sicher genug. Ich setzte mich auf die Stufe, lehnte den Kopf gegen das Treppengeländer, schlief ein und wurde erst wieder wach, als mir jemand auf die Wange schlug und eine Stimme fragte: »Wer sind Sie? Was machen Sie hier?«

Ich riss die Augen auf. Es war die alte Frau mit den nachgezogenen Augenbrauen, den Rougebäckchen und dem strengen Blick, mit der ich am Morgen nach meinem Umzug zusammengestoßen war.

»Ich bin Nina Feldmann. Ich wohne hier. Im Dachgeschoss.«

»Warum schlafen Sie dann im Treppenhaus?«

»Ich war so müde. Ich hab's nicht mehr bis nach oben geschafft.«

Sie drehte meinen Kopf mit dem ausgestreckten Zeigefinger zur Seite und musterte meinen Hals.

»Was ist?«, fragte ich.

»Ein Knutschfleck. *Love bite*, sagen die Engländer. Klingt hübscher, nicht? Ist ziemlich frisch. Wird noch dunkler.

Und Sie haben viel zu viel Bier getrunken, wenn man es jetzt noch riecht.«

»O Gott«, sagte ich weinerlich. »Ich habe Scheiß gebaut. Mit einem Mann geschlafen. Mit dem falschen. Und dann bin ich einfach abgehauen. Jetzt ist er bestimmt sauer und gibt mir den Minijob nicht mehr. Aber den brauche ich dringend.«

»Eines nach dem anderen. Haben Sie verhütet?«

O Gott, dachte ich und überlegte.

»Ich nicht. Er schon. Außerdem bin ich achtundvierzig.«

»Ach, wirklich? Das hätte ich nicht gedacht. Muss aber nichts heißen. Es geschehen immer wieder Zeichen und Wunder, besonders dann, wenn man sie am wenigsten brauchen kann.«

Sie musterte mein Gesicht, meine Kleider und Schuhe.

»Und wieso betrinken Sie sich und landen mit dem falschen Mann im Bett und machen Minijobs und schlafen in Treppenhäusern? Danach sehen Sie gar nicht aus.«

Ich schluchzte auf. »Mein Mann ist tot. Er hatte einen Unfall und lag im Koma und ist nicht wieder aufgewacht. Ich habe nicht mal mehr mit ihm reden können. Ich weiß nicht, wie ich ohne ihn weiterleben soll. Ich will es eigentlich auch nicht. Aber ich kann nicht vom Dach springen. Ich habe doch meine Tochter. Und meine Enkelin. Und ich …«

»Wann ist Ihr Mann gestorben?«

»Vor dreieinhalb Monaten. Am 14. April.«

»Das erste Jahr ist das schlimmste«, sagte sie. »Man macht alles zum ersten Mal ohne ihn. Man muss loskommen.

Sich losreißen. Im ersten Jahr tut es vor allem weh. Danach wird es besser.«

Hoffentlich, dachte ich.

»Können Sie putzen?«

Ich nickte.

»Wirklich? So sehen Sie auch nicht aus.«

»Und ob«, sagte ich beleidigt. »Ich habe meine Tochter allein großgezogen. Ich habe viel gearbeitet und hatte wenig Zeit. Es musste schnell gehen und richtig sauber sein, besonders, als sie noch klein war und überall rumgekrabbelt ist und alles in den Mund gesteckt hat. Ich kann putzen.«

Sie stieg die Treppe hinunter zu ihrer Wohnung und schloss auf. Im Türrahmen drehte sie sich um.

»Was ist? Meine alte Putzfrau ist in Rente, und die neue gefällt mir nicht. Kommen Sie schon.«

Ich sprang auf und lief hinter ihr her.

Ihre Wohnung war ein Albtraum, besonders die großen Räume, die nach vorne zu den Balkonen mit den bröckelnden Steinbalustraden lagen. Ein Wohnzimmer, eine Art Salon, ein Esszimmer, reich ausgestattet mit Möbeln in falschem Rokoko, italienischem Barock, nachgemachtem Empire, alles verschnörkelt, vergoldet, verziert. Viel teurer Kram stand herum, Meißner Porzellan, silberne Kerzenleuchter, Geschnitztes aus seltenen Hölzern, Dosen und Döschen aus Perlmutt, Silber, Emaille. An den Fenstern hingen üppige, geraffte Vorhänge. Überall lagen Teppiche, die man saugen und hochschlagen musste, um das Parkett zu wischen, und in jedem Raum gab es Leuchter, deren

Glaselemente geputzt werden mussten, damit sie in der Sonne glänzten.

»Ich habe es gerne immer sehr sauber«, sagte sie, als wir mit der Besichtigung fertig waren. »Sie sollten dreimal die Woche kommen. Montag, Mittwoch, Freitag. Und waschen und bügeln. Können Sie bügeln?«

Ich nickte. Diesmal glaubte sie mir sofort.

»Und was wollen Sie für die Stunde?«

Meiner Putzfrau Avelina hatte ich zwölf Euro gezahlt.

»Zwölf«, sagte ich.

Sie verzog das Gesicht. »Meine alte hat zehn genommen. Die neue wollte auch zwölf. Sie war's nicht wert. Mal sehen, wie das mit Ihnen ist. Also dann morgen um zehn. Aber pünktlich. Nicht wieder versacken.«

»Okay.«

»Wie heißen Sie? Nina, nicht wahr? Ich bin Wanda Schmitt. Sie können Wanda zu mir sagen.«

Sie brachte mich zur Tür. Als ich schon halb die Treppe hinauf war, rief sie hinter mir her: »Sprechen Sie unbedingt mit diesem Mann. Wegen dem Minijob. Aber auch sonst. So was tut man nicht, einfach davonlaufen nach einer gemeinsamen Nacht. Es sei denn, er hat sich völlig danebenbenommen. Das hat er doch wohl nicht, oder?«

Ich schüttelte den Kopf und ging weiter.

Im Gegenteil, dachte ich. Es war schön. Viel zu schön dafür, dass er nicht Robert ist.

Oben legte ich mich ins Bett, aber ich konnte nicht schlafen. Ich dachte an Bernd, wie er mich angefasst, erregt und befriedigt hatte, an seine Kraft und Zärtlichkeit. Er war viel jünger als Robert, auch wenn er schon graue Haare hatte, ich hatte es an seinem Körper gemerkt und an seiner Ausdauer.

Und ich bin einfach weg, dachte ich, und er ist allein aufgewacht. Als wäre er nicht gut genug gewesen. Wanda Schmitt hat recht. Das tut man nicht. Ich muss mit ihm reden. Sofort. Nicht wegen dem Minijob. Wegen ihm.

Ich stand wieder auf, duschte kalt, machte mir einen starken Kaffee und rief ihn an. Seine Stimme klang, wie ich mich fühlte, nach viel Bier und wenig Schlaf.

»Ich bin's, Nina.«

Er sagte nichts.

»Es tut mir leid, dass ich einfach abgehauen bin. Es hatte nichts mit dir zu tun. Ich möchte es gerne erklären. Kann ich vorbeikommen?«

Er seufzte und sah vermutlich auf die Uhr.

»Na gut. Im Büro. In einer halben Stunde. Aber ich habe nicht ewig Zeit.«

Er öffnete die Tür, als ich klopfte, wies auf das hässliche rote Sofa, ging wieder hinter seinen Schreibtisch und sah mich abwartend an.

Ich setzte mich unter die grellgelben Fußballer und erzählte ihm von Robert, meiner Liebe zu ihm, unserem Leben und seinem Tod. Wie ähnlich er ihm sah, und wie ich versucht hatte, ihn nicht so genau anzusehen. Wie ich nach dem Abend im Biergarten und zu viel Bier mit ihm im Bett gelandet war.

»Aber was dann war, ich meine, wir beide, wie wir miteinander geschlafen haben, das hatte nichts mit meinem Mann zu tun. Ich habe mit dir geschlafen, nur mit dir. Es war sehr schön, und ich würde es gern wieder tun, aber ich kann nicht. Mein Mann ist erst seit dreieinhalb Monaten tot.«

Sein Gesicht entspannte sich, und er nickte.

»Deswegen bin ich heute Morgen einfach weg. Ich war so erschrocken und …«

»Ist schon klar«, sagte er. »Schade. Ich fand's auch sehr schön … Aber, na gut. Ich kann's verstehen.«

Ich stand auf.

Er kam hinter dem Schreibtisch hervor und öffnete mir die Tür.

»Alles Gute, Nina.«

Ich gab mir einen Ruck. »Wegen dem Minijob. Kann ich den trotzdem haben?«

Er lachte. »Na sicher. Ich dachte, du willst ihn nicht mehr. Ab morgen, sechs bis acht. Komm danach bei mir vorbei, damit wir den Bürokram machen können.«

Ich hüpfte die Stufen hinunter, die zu seinem Büro hinaufführten, lief durch die Halle und winkte den Kollegen und den Kassiererinnen zu, die verblüfft zurückwinkten.

Danke, Bernd, dachte ich. Für die Nacht und für den Job.

Wenn ich um zehn zu Wanda kam, nahm ich die Tüte mit den Brötchen vom Türknauf und die Zeitung von der Fußmatte, kochte Kaffee und fing an zu arbeiten, während sie erst im Bad, dann im Schlafzimmer an der Vervollkommnung ihrer äußeren Erscheinung arbeitete, die, wenn sie schließlich auftauchte, prachtvoll und perfekt war. Sie mochte starke Farben und auffallende Muster, hatte eine Vorliebe für italienische Strickwaren einer exklusiven Marke und das französische Label, das so teure Taschen machte, und trug immer viel guten Schmuck, meist hochkarätiges Gold mit seinem warmen, weichen Glanz.

Sie frühstückte ausgiebig, während ich mich durch ihren Edelnippes, die Vorhang- und Teppichschichten, die Verzierungen und Verschnörkelungen arbeitete. Nach dem Frühstück war sie in Gesprächslaune, und ich hörte sie durch den Flur kommen, zum letzten der vorderen Räume, dem Zimmer eines jungen Mannes, das schon lange nicht mehr bewohnt war.

Sie lehnte sich an den Türrahmen. »Das ist das Zimmer meines Sohnes. Ich hab's so gelassen. Warum sollte ich es ausräumen? Ich habe ja Platz.«

Ich nickte. Das hatte ich mir schon gedacht.

»Ich habe ihn allein gekriegt. Und allein großgezogen«, sagte sie. »Ich war eine späte Mutter. Vierzig.«

Ich schwieg.

»Und Sie?«

Ich wischte gerade über die Bücher und Zeitschriften auf dem Schreibtisch, die ihr Sohn irgendwann in den Neunzigern dort hingelegt und liegen gelassen hatte.

Ich kann nicht in diesem verdammten Museum sauber machen und dir gleichzeitig Geschichten aus meinem Leben erzählen, dachte ich. Schon gar nicht diese.

»Ich möchte es wirklich gerne wissen«, sagte sie.

Ich sah hoch. In ihrem Gesicht war zu lesen, dass sie es so meinte.

Ich legte das Staubtuch weg.

»Ich war eine frühe Mutter. Achtzehn. Ich habe gerade noch Abitur gemacht. Ich hatte mich in einen argentinischen Studenten verliebt. Er war mein erster Mann. Er war nur noch ein paar Wochen in Deutschland, bevor er wieder nach Hause fuhr. Aber das habe ich nicht gewusst. Er ist dann einfach verschwunden. Ich wusste nicht mal seinen Nachnamen. Nur seinen Vornamen. Julio. So habe ich meine Tochter genannt. Julia.«

Sie nickte und fragte: »Und? Was macht sie?«

»Sie ist Sozialpädagogin und leitet ein Frauenhaus in Köln. Sie hat auch eine Tochter. Sofie. Die ist sechs. Sie ist das wunderbarste Mädchen, das es gibt. Außer Julia natürlich.«

»Dann haben Sie es also gut gemacht.«

So hatte ich das noch nie gesehen. Es stimmte. Sie hatte wieder recht. Die Tränen schossen mir so schnell in die Augen, dass ich nur noch nicken konnte.

»Ich muss noch was besorgen. Bis nachher«, sagte sie taktvoll und verschwand.

Ich setzte mich auf den Schreibtischstuhl, ließ die Tränen laufen, solange es nötig war, und putzte mir die Nase aus Versehen mit dem Staubtuch.

Als sie zurückkam, bügelte ich gerade. Sie fand, dass ich noch besser bügelte als putzte, und ließ mich alles bügeln, selbst die Bettwäsche, denn das war billiger, als sie wegzugeben, sagte sie. Mir war es egal, ich bekam zwölf Euro die Stunde, und dafür bügelte ich auch Bettwäsche.

Sie blieb an der Küchentür stehen und sah mir zu.

»Mein Sohn braucht auch eine Putzfrau. Fürs Geschäft und für die Wohnung«, sagte sie. »Und jemanden, der seine Sachen bügelt. Damit er mal ordentlich aussieht.«

Ich sah hoch.

»Haben Sie Zeit?«

»Und ob. Gerne.«

Sie ging in den Flur und kam mit einer Visitenkarte zurück, die sie aufs Bügelbrett legte. *Theo Schmitt* stand darauf und *Galerie Mathis*.

»Aber das ist ja hier.«

»Ja, sicher. Gehen Sie nachher gleich runter.«

Theo Schmitt war ein gut aussehender Mann Anfang vierzig, groß, schlank, mit dunklen Locken und dunklen Augen. Er sah seiner Mutter sehr ähnlich. Auch Wanda musste einmal auffallend schön gewesen sein.

Er zeigte mir die Galerie, drei große, weiß gestrichene Räume mit einfachen Holzböden, in denen lauter großformatige, heftig bewegte Bilder in starken Farben hingen und einige ebenso großformatige, heftig bewegte Skulpturen standen, die aussahen wie Ungeheuer auf der Flucht. Es gab noch eine Küche, ein Büro und ein großes Altbauklo.

»Die Galerie zweimal die Woche. Die Putzfrau meiner Mutter ist bisher immer mal durchgegangen, aber jetzt kommen mehr Kunden, und Staub auf Kunst wirkt nicht gut«, sagte er. »Die Wohnung einmal, das reicht. Machen Sie einfach alles wie bei meiner Mutter. Ach ja, und bügeln.

Meine Mutter meint, meine Sachen sollten mal gebügelt werden.«

Er trug Kakihemd und Kakihose, und beides war sehr ungebügelt, aber das machte ihn noch attraktiver.

»Und die Rechnung legen Sie mir auf den Schreibtisch.«

»Die Rechnung?«

»Sie können es auch in bar haben. In dem Fall bitte einen Zettel auf den Schreibtisch legen mit dem Betrag und dem Vermerk: in bar.«

Er sah so gut aus und war so verdammt cool. So unbeteiligt. Das machte ihn sehr anziehend, auf solche Männer war ich geflogen, bevor ich Robert kennenlernte, der zwar auch sehr cool, aber nie unbeteiligt gewesen war, und ich dachte: sei vorsichtig. Letzte Woche bist du mit einem im Bett gelandet, weil er Robert ähnlich sah. Lande nicht nächste Woche mit einem im Bett, weil er anders ist als Robert. Pass auf dich auf.

Ich sah mich um und zeigte auf die Bilder.

»Eine ganze Galerie nur für einen Künstler? Die Skulpturen sind auch von ihm, oder?«

Er nickte.

»Gefallen sie Ihnen?«

»Nein. Das kann man nicht sagen. Ich glaube, sie sind gut, aber …«

Er hob die Hand, als wolle er sagen: Einen Moment, bitte, ging in den Ausstellungsraum, der zum Hof hin lag, öffnete eine Tür in der Rückwand und rief: »Mathis! Kannst rauskommen. Sie mag deine Sachen nicht.«

Ein großer, breiter Mann in Jeans und Muskelshirt trat durch die Tür. Er hatte sehr helle Haut und weißblonde Haare. Sogar die Wimpern seiner hellblauen Augen waren fast weiß.

»Das ist er, der Künstler«, sagte Theo Schmitt stolz. »Mathis Jessen.«

»Wieso mögen Sie meine Sachen nicht?«, fragte Mathis Jessen.

»Mögen ist das falsche Wort. Gefallen auch. Ihre Bilder können einem gar nicht gefallen. Dazu sind sie viel zu heftig. Irgendwie verstörend. Ich glaube, dass sie gut sind, aber ich würde sie mir nicht ins Wohnzimmer hängen. Dann käme ich auf meinem eigenen Sofa nicht mehr zur Ruhe.«

Er nickte und gab mir die Hand. »Ich bin Mathis. Und du?«

»Nina.«

»Na denn«, sagte er und ging zurück zu der Tür, hinter der offenbar sein Atelier lag, denn die Silhouette einer weiteren heftigen Skulptur war zu sehen, und ein paar großformatige Leinwände lehnten an der Wand.

Theo Schmitt sah ihm nach. Sein Gesicht war weich geworden, in seinen Augen lag Wärme, er lächelte unwillkürlich. Er war nicht mehr unbeteiligt. Gar nicht. Ich musste auch nicht auf mich aufpassen. Ganz und gar nicht.

»Was ist, wenn Leute seine Bilder kaufen?«, fragte ich. »Denen gefallen sie doch wahrscheinlich.«

»Das ist okay für ihn. Die Sachen sollen ja raus in die Welt und ihre Wirkung haben. Er will mit den Leuten nur nichts zu tun haben. Da bleibt er dann im Atelier. Stundenlang, wenn's sein muss. Jetzt kann er wenigstens raus, wenn Sie da sind. Sehr gut. Wann fangen Sie an? Morgen?«

Ich nickte.

»Ach ja, Mathis sagt immer gleich du, wenn er jemanden mag. Da wär's blöd, wenn wir Sie sagen. Ich bin Theo.«

»Nina«, sagte ich.

Er gab mir die Schlüssel.

»Ich mache um elf auf. Wann du kommst, ist mir egal, du musst nur vorher fertig sein. Fang mit der Küche an, dann können Mathis und ich schon mal frühstücken. Die Wohnung ist im Nebenhaus, erster Stock. Da putzt du, wann du willst. Mathis und ich sind den ganzen Tag hier. Okay?«

Ich fand es nicht okay. Ich fand es überwältigend.

Er öffnete mir die Tür zum Treppenhaus, und ich stieg langsam zu meiner Wohnung hinauf und rechnete. Noch ein Job, und ich konnte davon leben. Sparsam. Noch zwei, drei Jobs mehr, und ich lebte nicht mehr ganz so sparsam. Und ich konnte das Geld auf dem Konto lassen. Meine fünfzehntausend. Die zwanzigtausend von Marion Lemkau. Roberts Ring würde ich auch nicht so bald verkaufen müssen.

Danke, Wanda, dachte ich.

8

Ulrike Bogner war eine kräftige, blonde Frau Mitte dreißig, Steuerberaterin und die Tochter einer Freundin von Wanda. Ich putzte ihre Wohnung, die über ihrer Kanzlei lag, und danach bat sie mich in ihr Arbeitszimmer und ließ mich allein. Ich hörte ihren festen Schritt über mir, sie kam zurück, setzte sich hinter den Schreibtisch und nickte.

»Sehr gut, Frau Feldmann. Wanda hat nicht zu viel versprochen. Wohnung einmal die Woche, Kanzlei zweimal, okay? Für die Kanzlei brauche ich eine Rechnung, damit ich Sie absetzen kann.«

»Eine Rechnung?«

»Ja. Wie machen Sie es jetzt?«

»Schwarz.«

»Wie viele Kunden haben Sie?«

»Drei, mit Ihnen.«

»Ach so. Und achttauend im Jahr sind sowieso steuerfrei. Aber wenn Sie mehr Kunden wollen – und ich wüsste auf Anhieb mindestens drei Leute, die Sie mit Freuden beschäftigen würden –, sollten Sie versteuern. Schwarzarbeit ist auf Dauer lästig, und es ist ärgerlich, wenn Sie erwischt werden. Besorgen Sie sich einen Gewerbeschein, werden Sie Kleingewerbetreibende und stellen Sie Rechnungen, damit man Sie absetzen kann.«

Sie sah mich fragend an: »Klar?«

Ich nickte.

»Und machen Sie mehr daraus. Sie sind wirklich gut. Wanda sagt, Sie bügeln wie eine Göttin. Ich kenne jemanden, beruflich total eingespannt, der wäre zutiefst dankbar, wenn Sie zweimal die Woche kämen, sauber machen, waschen, bügeln und ihm den Kühlschrank füllen würden. Dafür würde der gerne zwanzig Euro die Stunde zahlen, keine Frage. Na? Ist das gut oder ist das gut?«

Ihre blauen Augen leuchteten, und ihr Gesicht war vor Begeisterung gerötet.

»Wahnsinn«, sagte ich, um sie nicht zu enttäuschen. »Darüber muss ich nachdenken.«

»Tun Sie das. Unbedingt.«

In der U-Bahn dachte ich nach.

Nein, dachte ich. Ich will nicht Kleingewerbetreibende in Sachen Putzen und Bügeln sein. Ich putze nur, damit ich leben kann, und nur, bis ich wieder schreibe.

Zu Hause war die Tür der Galerie offen, Reden und Lachen waren zu hören, und auf dem Tisch am Schaufenster standen Espressotassen und Sektgläser.

Das musst du alles selber wegräumen und abspülen, Theo, dachte ich. Morgen ist Samstag, da komme ich nicht.

Oben in der Wohnung machte ich die Fenster auf, um die Sommerluft hereinzulassen, in der schon ein bisschen

Herbst lag, denn es war Ende August. Ich drückte auf die Taste des Anrufbeantworters, dessen rotes Lämpchen blinkte.

»Mama. Kannst du mal anrufen? Sven hat uns verlassen. Sofie ist total fertig.«

Julias Stimme war beherrscht, doch man konnte hören, dass diese Beherrschung kurz vor dem Zerspringen war.

Ich rief bei ihr an, es war belegt, ich versuchte es auf dem Handy, das ausgeschaltet war, schrieb eine Mail und rief wieder an. Belegt.

Ich sah nach, wann der nächste Flug nach Köln ging, buchte den vorletzten Platz in der Maschine, die um fünf vor halb sieben flog, packte meine Reisetasche, versuchte Julia zu erreichen und schrieb eine Mail mit meiner Ankunftszeit. Die Anschlüsse der Taxizentrale und des Standplatzes waren auch belegt.

Im ersten Stock klingelte ich bei Wanda, aber nichts rührte sich. Sie hielt immer lange Nachmittagsschlaf. Ihr Kühlschrank war so voll mit Champagnerpiccolos, wie es meiner mit Proseccofläschchen gewesen war, und ich hatte den Verdacht, dass sie mittags zu viel davon trank.

Unten war die Tür zur Galerie noch immer offen. Theo stand vor dem Bild in Schwarz, Blau und Blutrot, das »Phase drei« hieß, und unterhielt sich mit einem Paar, das nach richtig viel Geld aussah.

Ich berührte ihn an der Schulter. »Kann ich mal kurz mit dir …«

Er trat beiseite.

»Ich fliege nach Köln. Der Freund meiner Tochter hat

sie verlassen. Ich muss sofort hin. Meine Enkelin ist völlig durcheinander. Sagst du Wanda bitte Bescheid? Ich weiß noch nicht, wann ich zurück bin. Ich melde mich.«

Er nickte.

»Wie kommst du zum Flughafen?«

»Taxi. Drüben an der U-Bahn. Da sind immer welche.«

»Ich rufe dir eins.«

Er telefonierte und wandte sich wieder zu mir.

»Ist gleich da. Ein alter Ford-Pick-up. Himmelblau gespritzt.«

»Aber …«

»Er sitzt sowieso im Atelier und kommt nicht raus. Er kann diese Leute nicht ertragen, weil sie so für seine Bilder schwärmen. Sie finden sie dekorativ, stell dir vor. Der pure Horror. Er freut sich, dass er dich zum Flughafen bringen kann.«

Draußen stand schon der Pick-up, Mathis grinste mir durchs offene Fenster zu, wies mich mit einer Handbewegung an, meine Reisetasche auf die Ladefläche zu legen, öffnete die Beifahrertür und wendete auf dem kleinen Platz.

»Wie alt ist deine Enkelin?«, fragte er, als wir auf die Autobahn kamen, die zum Flughafen führte.

»Sechs.«

Er schüttelte den Kopf und schnalzte mitfühlend mit der Zunge.

Vor der Abflughalle stieg er mit aus, besorgte mir einen Gepäckwagen für die Reisetasche, obwohl ich gar keinen wollte, und sah mich ernst an. »Alles Gute für die Kleine. Wie heißt sie?«

»Sofie.«

»Väter sollten nicht abhauen. Wat'n Schiet. Mach's gut, Nina. Bis bald.«

»Bis bald, Mathis. Danke.«

Ich wachte früh auf, obwohl es am Abend vorher spät geworden war. Es war kurz nach fünf. Meine innere Uhr sagte, dass ich jetzt aufstehen musste, für die Frühschicht im Drogeriemarkt. Aber ich lag auf Julias Bettsofa in ihrem Wohnzimmer in Köln. Wir hatten gestern noch lange hier gesessen und geredet.

Sven hatte sie verlassen, weil er sich in eine andere Frau verliebt hatte. Sie war die Besitzerin des Biomarktes ein paar Straßen weiter, wo er immer einkaufte. Er wohnte jetzt bei ihr, bis er etwas Eigenes fand. Er hatte gegen seine Gefühle für sie angekämpft, sagte er, aber den Kampf verloren. Es tat ihm sehr leid, Julia wehzutun, doch Sofie sollte nicht darunter leiden. Für sie würde sich nichts ändern.

»Hat er das wirklich gesagt?«

Julia nickte.

»Er verlässt euch und glaubt, es ändert sich nichts für Sofie? Dieser verdammte Scheißkerl!«

Sie sah mich abweisend an.

»Es ist ihm ernst damit. Er glaubt wirklich daran. Er bringt Sofie weiter zum Kindergarten und holt sie ab. Sie kann immer bei ihm sein. Ihn jederzeit anrufen und rüberkommen.«

Sie seufzte. »Das Blöde ist nur, dass diese Frau auch jederzeit da sein kann. Klar. Ist ja ihre Wohnung. Gestern hat Sofie ihn auf Festnetz angerufen, weil irgendwas mit seinem Handy war, und sie ist rangegangen. Danach war Sofie erst mal völlig hinüber.«

»Und was sagt dieser verfluchte Sch… Was sagt Sven dazu?«

»Dass Jasmin – sie heißt Jasmin – ein wunderbarer Mensch ist und Sofie ab jetzt zwei Mütter hat und sich bloß noch daran gewöhnen muss.«

Weil ich nicht Scheißkerl sagen durfte, knurrte ich.

Julia hatte gelächelt, nur ein ganz kleines Lächeln, aber wenigstens das.

»Ich bin so froh, dass du da bist.«

»Ich auch.«

Ich stopfte mir das Kissen unter den Kopf und sah zum offenen Fenster, das zum Hof ging. Draußen war es still, denn im August sangen die Vögel frühmorgens nicht mehr. Nur ein einzelner Vogel war zu hören, aber sein Gesang glich einem Klagelied.

Die Tür wurde geöffnet, und Sofie schaute herein. Ich schlug die Decke zurück und streckte die Arme aus, und sie kam angerannt und sprang zu mir ins Bett.

»Ich habe gerade mit meinem Lieblings-Robert geredet.«

Sie hatte Sven, seit ich gekommen war, noch mit keinem Wort erwähnt, dafür sprach sie immer wieder von Robert.

»Und weißt du, was er gesagt hat?«

Ich schüttelte den Kopf.

»Dass es gut ist, dass du da bist. Dass du unbedingt bei uns bleiben sollst. Oder …«

Sie machte eine effektvolle Pause.

»Oder was?«

»Oder dass ich mit dir fahren soll. In sein schönes, großes Haus.«

»Aber ich habe sein Haus nicht mehr. Das gehört jetzt Alex.«

»Und wo wohnst du?«

»In einer Wohnung unter dem Dach.«

»Dahin kann ich doch auch mitkommen.«

»Die ist viel zu klein für uns zwei.«

»Ich bin nicht so groß. Ich passe bestimmt noch rein. Bitte, bitte, Nina.«

»Es geht nicht, Liebes. Du hättest nicht genug Platz. Nicht mal ein eigenes Zimmer.«

Wir standen auf, besorgten frische Brötchen, frühstückten und ließen Julia schlafen. Als sie aus ihrem Zimmer kam, hatte das Nachbarkind Sofie gerade abgeholt, damit sie mit ihnen in den Zoo ging. Ich goss Julia Kaffee ein und sah zu, wie sie widerwillig an einem Croissant herumkaute. Sie sah übernächtigt und erschöpft aus, weil sie gestern Abend zu viel Wein getrunken hatte. Und weil so etwas wie ein Stein auf sie gefallen war. Ein sehr großer.

Sie trank einen Schluck Kaffee und fragte endlich, was sie schon die ganze Zeit hatte fragen wollen.

»Kannst du ein bisschen bleiben? Ein paar Wochen vielleicht? Dann wäre es erst mal einfacher.«

Ich sagte endlich, was ich schon längst hätte sagen sollen.

»Das geht nicht. Ich muss arbeiten. Ich brauche die Putzjobs dringend. Noch einer mehr, und ich kann davon leben. Ich habe nur fünfunddreißigtausend Euro. Davon sind zwanzigtausend geliehen. Und den Brillantring von Robert. Für den Notfall.«

Sie sah mich entsetzt an.

»O Gott. Das habe ich nicht gewusst. Wieso hast du nichts gesagt?«

»Ich wollte nicht, dass du dir Sorgen machst.«

Sie drehte verzweifelt den Kopf hin und her.

»Was mache ich bloß mit Sofie? Sie will nicht zu Sven in die Wohnung von dieser Frau. Ich will es auch nicht. Aber dann muss sie nach dem Kindergarten zu mir ins Frauenhaus. Da ist so viel los, da sind oft schwierige Kinder, ich habe zu tun und bin im Stress und kann mich nicht um sie kümmern.«

Die alte Standuhr, die sie von meinem Vater geerbt hatte, schlug elf. Sie sprang auf.

»Sven kommt gleich, ein paar Sachen holen. Ich will ihn jetzt nicht sehen. Ruf mich an, wenn er weg ist, ja?«

Sie verschwand in ihrem Zimmer und zog sich an, und ich hörte, wie die Wohnungstür zuschlug. Ich sah auf die Standuhr. Mein Vater war vor zwei Jahren gestorben. Nach dem Tod meiner Mutter hatte er wieder eine Frau gefunden, die für ihn sorgte und ihn pflegte, bevor er starb. Er hatte sich gewünscht, dass ich ihr das Haus überließ, in dem er mit ihr lebte, mein Elternhaus, das nun mir gehörte, und ich hatte es getan. Natürlich. Ich brauchte es ja nicht. Ich hatte Robert. Robert hatte Millionen. Was sollte ich mit dem kleinen Siedlungshaus draußen vor der Stadt?

Hätte ich es doch behalten, dachte ich. Dann gäbe es jetzt einen Ort, wo wir alle hinkönnten.

Es klingelte, und gleich danach wurde die Wohnungstür aufgeschlossen. Sven. Er hatte dunkelblondes Haar und graue Augen, war groß und schlank und ein schöner Mann. Sofern man diese große, kühle Sorte Mann schön fand.

Er sah mich überrascht an. »Hallo, Nina.«

»Hallo, Sven.«

»Ich wollte nur noch ein paar Sachen holen.«

»Ich weiß.«

Er ging umher, suchte Kleidungsstücke, Bücher, CDs und DVDs heraus und legte sie in eine Reisetasche, und ich folgte ihm überall hin und sah zu. Ich spürte, dass es ihn ärgerte, in der Wohnung, die bis vor Kurzem seine gewesen war, einen Aufpasser zu haben, und genau darum tat ich es.

»So, das war's«, sagte er und zog den Reißverschluss der Tasche zu. »Wo ist Julia?«

Ich hob die Schultern.

»Und Sofie?«

»Im Zoo.«

»Sag ihr, dass ich sie Montagfrüh abhole.«

Er öffnete die Wohnungstür.

»Sven?«

Er dreht sich um.

»Kannst du nach dem Kindergarten mit Sofie hierher

kommen? Und dafür sorgen, dass sie deine neue Freundin erst mal nicht trifft? Dann wäre alles viel leichter für sie.«

Er sah mich streng an.

»Da irrst du, Nina. Sich der Realität zu verweigern macht nichts leichter. Im Gegenteil. Jasmin ist ein wunderbarer Mensch und ein Gewinn für Sofie. Sie hat ab jetzt einfach zwei Mütter. Die bürgerliche Kleinfamilie ist tot. Das Leben in Patchworkfamilien ist viel besser für Kinder. Natürlich muss man den Übergang mit Sensibilität angehen und Sofie helfen, sich daran zu gewöhnen, aber das schafft sie schnell. Da bin ich ganz sicher. Sie ist überdurchschnittlich intelligent und flexibel. Du brauchst dir also gar keine Sorgen zu machen.«

Dein verdammter Akademikerton, dachte ich, ich stopfe ihn dir irgendwann in den Hals, bis du daran erstickst.

Aber Julia hatte recht. Es war ihm ernst damit. Er glaubte wirklich daran.

Er schenkte mir ein Lächeln und winkte zum Abschied. Auf der Treppe fing er an zu singen: *»We are family«*, er sang es immer lauter, während er hinunterging, sodass ich ihn noch hören konnte, bevor im Erdgeschoss die Haustür hinter ihm zuschlug.

Ich stand da und starrte auf die offen stehende Wohnungstür und das selbst getöpferte Namensschild daran: Julia Feldmann, Sofie Feldmann, Sven Eckner. Ich hätte am liebsten einen Hammer geholt. Aber ich nahm meine Tasche und zog die Tür hinter mir zu.

Der Biomarkt war nur ein paar Straßen weiter, hatte Julia gesagt. Ich brauchte nicht lange zu gehen, bis ich den grünen Schriftzug *Bio* sah, flankiert von zwei lächelnden Sonnen. Es war keines der muffigen, nach Schafskäse und Kartoffeln riechenden Lädchen, sondern ein großer, schöner Supermarkt an einem belebten Platz. An der automatischen Tür standen die Öffnungszeiten und darunter: Inh. Jasmin Grabowski.

Ich ging hinein und fragte eine der Kassiererinnen nach Jasmin.

»Die springt ein. Bei Fleisch und Käse«, sagte sie zutraulich. »Da ist eine Kollegin krank.«

Hinter der Theke für Fleisch und Käse standen zwei Frauen. Ich reihte mich in die Schlange der Wartenden ein und überlegte, ob Jasmin die hübsche Blonde war oder die noch hübschere Rothaarige. Als die Rothaarige sich mir zuwandte, tauchte Sven im Türrahmen zum Nebenraum auf. Sie sagte: »Bin gleich bei Ihnen«, griff nach einer Tüte auf der Ablage, reichte sie ihm, gab ihm einen Kuss und flüsterte ihm etwas zu. Er lauschte ihr lächelnd.

Es war einer dieser Momente, in denen man die Antwort bekommt, ohne die Frage zu stellen. Ich hatte mich nicht gefragt, warum Sven sich ausgerechnet jetzt in eine andere Frau verliebte. Aber nun wusste ich es. Er hatte sich eine neue Versorgerin gesucht. Bisher war das Julia gewesen, zusammen mit meinem monatlichen Zuschuss. Der nicht mehr kam, seit Robert tot war. Er musste wieder Taxi fahren und hasste es. Da war eine hübsche Rothaarige mit einem umsatzstarken Biomarkt die bessere Lösung.

Sven hob den Blick, sah mich, und sein Gesicht gefror. Er trat nahe an den Tresen.

»Was machst du hier?«

»Ich kaufe ein. Und außerdem …«

Ich wandte mich zu der Rothaarigen. »Sie sind Jasmin, nicht?«

Sie nickte.

Ich hob die Stimme: »Ich habe gerade erfahren, dass Sie die zweite Mutter meiner Enkelin werden sollen.«

Sie starrte mich mit ihren blauen Augen entsetzt an. Man konnte beinahe hören, wie die anderen Kunden die Ohren spitzten.

»Dabei hat sie schon eine Mutter. Meine Tochter Julia«, sagte ich noch lauter. »Sie ist hübsch, klug und tüchtig. Und eine sehr gute Mutter. Ich frage mich, wieso das Kind noch eine braucht. Aber wenn es schon sein muss, möchte ich natürlich wissen, wer es ist. Man will sein Enkelkind ja nicht jedem anvertrauen, nicht wahr?«

Die Kundin links von mir nickte heftig.

»Trau, schau, wem«, sagte die alte Dame auf meiner anderen Seite und fügte bedeutungsvoll hinzu: »Wer weiß, was noch so alles passiert.«

Sven stand jetzt hinter mir.

»Gehst du bitte?«, zischte er.

»Nein. Ich kaufe hier ein. Ich kaufe immer Bio. Du willst mich doch nicht zwingen, in einen normalen Supermarkt zu gehen?«

Die anderen Kundinnen wandten sich um und sahen zu ihm hoch, mit vorwurfsvollen Blicken. Jasmin hinter dem Tresen machte eine heftige Kopfbewegung, die sagte, dass er schleunigst verschwinden solle.

Er wartete draußen vor der Tür, als ich herauskam.

»Du kannst dich noch so bescheuert aufführen, Nina. Es ändert nichts. Es läuft alles so, wie ich es dir gesagt habe.«

Ich antwortete nicht und ließ ihn stehen.

Das werden wir ja sehen, dachte ich. We are family. Aber ab jetzt ohne dich.

Sofie schaffte es im Nu, den dicken Mann am Fenster davon zu überzeugen, dass sie auf seinem Platz sitzen müsse. Sie schob ihren Marienkäferrucksack unter den Sitz und sah aufmerksam zu, wie ich den Marienkäfertrolley im Handgepäckfach verstaute. Der dicke Mann stand schnaufend neben mir, bis ich mich setzte, und quetschte sich dann in meinen Sessel am Gang. Dahin, wo ich hatte sitzen wollen. Wo ich immer sitze, weil ich in der Mitte Platzangst kriege.

Ich nahm Sofies Hand und sah zum Fenster hinaus.

»Weißt du was, Nina?«

Ich schüttelte den Kopf.

»Mein Lieblings-Robert sagt, er freut sich, dass ich mit dir komme. Er sagt, er hat's doch gleich gesagt.«

Genau, dachte ich, das war sein Satz: Ich hab's doch gleich gesagt.

»Er sagt, es ist die beste Lösung.«

Noch so ein Satz von ihm, dachte ich. Mein Gott, sie hat sie sich alle gemerkt.

»Auch für Papa«, fügte sie hinzu, und ich hörte die Angst in ihrer Stimme. Sven war sehr wütend geworden, als er hörte, dass sie zu mir wollte. Er hatte eine Weile allein mit ihr gesprochen, während Julia und ich vor der geschlossenen Tür standen, aber sie war standhaft geblieben.

»Er muss sich nur daran gewöhnen, dass ich so weit weg bin«, sagte sie altklug und klang jetzt wie Sven. »Das schafft er schnell. Da bin ich sicher. Du auch, oder?«

»Natürlich. Ganz sicher. Wie Robert immer gesagt hat: Dafür stehe ich, mit meiner Ehre und meinem Leben.«

Ihre Augen leuchteten auf, ihr Gesicht entspannte sich, und sie nickte heftig. Sie schlug das Malbuch auf, das die Stewardess ihr gebracht hatte, und öffnete die Schachtel mit den Stiften. Ich bestellte mir einen Gin Tonic, um die Stunde auf dem Mittelplatz besser zu überstehen.

Es war dunkel, als das Taxi auf dem kleinen Platz hielt, der nur von drei nostalgischen Straßenlaternen erleuchtet wurde. Auch in den Fenstern der Galerie brannte kein Licht mehr. Ich trug meine Tasche und den Koffer mit Sofies Sachen, Sofie den Marienkäfertrolley, doch der Weg hinauf ins Dachgeschoss war lang, und wir waren todmüde. Ich ließ das Zähneputzen ausfallen und brachte sie gleich in mein Bett, und sie schlief ein, kaum dass ich die Decke über sie gezogen hatte.

Ich ging ins Wohnzimmer und rief Julia an. Ihre Stimme klang, als wäre sie überfahren worden. Sie hatte einen lauten Streit mit Sven gehabt, der türenschlagend gegangen war und sich nun von seiner hübschen, rothaarigen Freundin trösten ließ, während sie allein in der leeren Wohnung saß. Zusammen mit ihrem Unglück und der Sehnsucht nach Sofie. Und den Zweifeln. War es richtig, dass Sofie mit mir kam?

»Es ist ja nur für ein paar Wochen«, sagte ich und zählte ihr all die guten Gründe auf, die dafür sprachen, und als besten von allen, dass Sofie auf dem Flug so glücklich gewesen war, so froh und erleichtert, und nun mit einem kleinen Lächeln im Gesicht in meinem Bett lag und schlief.

»Wirklich?«

»Ja.«

»Wird's dir auch nicht zu viel?«

»Ich war schrecklich einsam seit Roberts Tod. Ich freue mich, dass sie da ist.«

»Wirklich?«

»Wirklich, Liebes. Geh schlafen.«

Ich ließ das Zähneputzen auch ausfallen und ging ins Bett. Sofie drehte sich zu mir, als ich mich neben sie legte, und kuschelte sich mit ihrem schlafwarmen Körper an mich. Ich blieb still liegen und rührte mich nicht, damit sie sich nicht wieder wegbewegte. Als ich am anderen Morgen aufwachte, lagen wir immer noch genauso da. Sofie war schon wach und folgte mit den Augen den farbigen Formen, die die Glaselemente des Kristallleuchters im Morgensonnenlicht an die Wände warfen.

Sie drehte den Kopf und lächelte.

»Komm«, sagte ich. »Wir frühstücken im Coffeeshop. Aber erst müssen wir noch wohin.«

Wir aßen die Müsliriegel, die wir im Flugzeug bekommen hatten, während wir durch die Wildnis gingen, über die große Straße und durch den Personaleingang in den Drogeriemarkt, wo es noch still und leer war.

Sie sah sich ehrfurchtsvoll um. »Dürfen wir hier rein?«

»Klar. Ich arbeite hier.«

Die Tür zum Büro stand offen. Bernd war schon da und saß am Schreibtisch.

»Was machst du denn hier? Du hast doch frei.«

»Ich bin gestern schon zurückgekommen. Das ist Sofie, meine Enkelin. Sie wohnt jetzt bei mir, und ich müsste sie mitbringen zur Arbeit. Geht das?«

Er schüttelte den Kopf.

»Auf keinen Fall. Kundenkinder sind bei uns versichert, Mitarbeiterkinder nicht. Wenn ihr was passiert, bin ich dran. Tut mir leid.«

Er stand auf und legte seine Hände auf meine Oberarme. Fest und warm.

»Tut mir wirklich leid, Nina. Du wirst uns fehlen. Sehr.«

»Ihr mir auch. Sehr«, sagte ich.

Wir sahen uns an, und für einen Moment waren wir uns wieder so nahe wie in seinem Bett.

Er atmete aus und ließ mich los.

»Wegen dem Papierkram musst du noch mal kommen. Dafür habe ich jetzt keine Zeit. Aber ich bringe euch raus.«

Er ging mit uns durch den Markt, griff einen blumenbesetzten Haarreif vom Ständer, nahm Kindershampoo, eine Duftkerze und eine Tüte Fruchtgummi aus den Regalen, und bei den Waschbeuteln durfte Sofie sich ein Kosmetiktäschchen aussuchen. An der Kasse tat er all das in eine Stofftasche für Kinder und überreichte sie ihr. Sie sah überwältigt zu ihm hoch und brachte ein zartes »Danke«

hervor. Er entriegelte die automatische Tür, die sich wie von Zauberhand nur für uns öffnete, blieb dort stehen und erwiderte Sofies Winken, bis wir an die große Straße kamen.

»Der sieht aus wie mein Lieblings-Robert«, sagte sie, als sie die Sprache wiedergefunden hatte.

»Stimmt.«

»Der ist auch so nett.«

Und im Bett erst, dachte ich.

Im Heaven's stand David hinter der Kasse. »Hallo. Gleich zwei schöne Frauen.«

»Hallo, David. Das ist Sofie. Meine Enkelin.«

»Echt wahr?«

»Ja.«

»Cool.«

Er zwinkerte ihr zu und legte noch eine Scheibe Zitronenkuchen auf unseren Teller mit den Croissants.

Wir setzten uns hinter einen Bartisch auf die Wandbank, sie trank ihren Kindercappuccino, probierte vorsichtig vom Zitronenkuchen, aß ihn hungrig auf und betrachtete mit großen Augen die bunt gestreiften Kissen, die chromglänzenden Ventilatoren und die Wandverkleidung aus Kaffeesäcken.

Mittags waren wir bei Rosenthals, denn am Montag aß ich immer dort, und natürlich konnte Sofie mitkommen, hatte Frau Rosenthal am Telefon gesagt. Ihr Talent, Menschen, die sie noch nie gesehen hatte, zu begrüßen, als warte sie seit Ewigkeiten sehnsüchtig auf sie, bewährte sich auch diesmal.

Sie öffnete weit die Tür, kaum dass wir geklingelt hatten, und breitete die Arme aus: »Sofie! Wie schön, dass du da bist.«

Sie legte Sofie die Hände auf die Schultern und betrachtete sie aufmerksam.

»Was bist du für ein hübsches Mädchen. Und ein kluges. Das sehe ich gleich. Komm mit.« Sie reichte ihr die Hand. »Meine jüngste Tochter heißt Ruth. Die ist so alt wie du und freut sich auch sehr.«

»Mein Schwiegervater wartet schon auf Sie, Frau Feldmann«, rief sie mir über die Schulter zu. »In einer Viertelstunde gibt's Essen.«

Ihr Esstisch war groß, denn außer ihrem Mann, ihrem Schwiegervater und zwei halbwüchsigen Söhnen aß noch der Friseurlehrling mit. Sofie saß am Ende des Tisches neben Ruth, ganz selbstverständlich und fröhlich, und alberte mit ihr herum, als wäre es nie anders gewesen.

Nachmittags besuchten wir Wanda. Ich hatte ihr nur schnell sagen wollen, dass ich wieder da war, aber sie lud uns zu Kaffee, Kakao und einer großen Menge Kuchen ein. Sofie aß ein Stückchen von ihrem, rutschte vom Sofa und fing an umherzugehen wie in einem Museum. Ich wollte sie zurückholen, doch Wanda öffnete die Türen zu den anderen Zimmern und sagte, sie könne sich gerne alles ansehen.

»Und? Wo schläft sie?«, fragte sie streng, nachdem sie sich hatte erklären lassen, warum Sofie jetzt hier wohnte.

»Bei mir.«

»Das ist nicht gut. Kinder sollten ein eigenes Bett haben.

Ich habe noch eines von Theo, als er in dem Alter war. Ich sage dem Mann vom Hausmeisterservice, er soll es Ihnen bringen.«

Wir mussten viel Kuchen mitnehmen, als wir gingen, und Sofie trug den Schatz vor sich her, den sie sich hatte aussuchen dürfen, ein scheußliches, mit Schneckenhäusern und Muscheln beklebtes Kästchen, das ich schon bei Wanda gehasst hatte und oben bei mir noch viel mehr hassen würde.

Abends telefonierte sie mit Julia. Ich stellte den Laptop auf den Wohnzimmertisch, sie versammelte ihre Schätze auf dem Sofa, um sie Julia zu zeigen, und ich ging in die Küche. Doch sie kam bald nach.

»Mama sagt schöne Grüße. Sie wollte mit dir reden, aber Papa ist gekommen.«

»Hast du mit ihm gesprochen?«

Sie schüttelte den Kopf und lehnte sich an mich.

»Glaubst du, Papa hat mich nicht mehr lieb?«

»Doch. Papa hat dich sehr lieb.«

»Warum ist er dann so komisch?«

Ich legte den Arm um sie.

»Weil er durcheinander ist. Er liebt Mama, und nun liebt er auch noch diese andere Frau, und das ist schwierig.«

»Das verstehe ich nicht. Das ist doch doof.«

»Es ist dir auch schon passiert. Weißt du noch, als du die zwei Freundinnen hattest, Laura und Marie, und nicht wusstest, welche deine beste Freundin sein soll? Papa geht's jetzt ähnlich.«

»Ach so.«

»Aber er liebt dich. Mehr als jeden anderen Menschen auf der Welt und für immer. Auch wenn er gerade komisch drauf ist.«

Sie nickte.

»Ab ins Bett. Heute mit Zähneputzen.«

Der Mann vom Hausmeisterservice hatte Theos Kinderbett gebracht, das in dem kleinen Schlafzimmer gerade noch neben meines passte. Außerdem Bettzeug und Bettwäsche mit bunten Flugzeugen darauf, denn Theo hatte damals unbedingt Pilot werden wollen.

Sofie strich darüber.

»Flugzeuge«, sagte sie verträumt. »Damit fliegt man in den Himmel. Hier ist es wie im Himmel.«

»Das bleibt aber nicht so. Es wird auch mal langweilig. Und anstrengend.«

Sie nickte, doch sie hatte mich gar nicht gehört. Sie war schon am Einschlafen. Sie hätte mir sowieso nicht geglaubt.

9

Sofie schlurfte mit eingeknickten Knien hinter mir her und jammerte laut: »Mir ist heiß, ich bin so müde, ich habe Hunger.«

»Dir kann nicht heiß sein, es ist ganz kühl, und du hast eben was gegessen«, zischte ich.

»Aber der Weg ist so weit«, jaulte sie.

Passanten drehten die Köpfe und sahen mich böse an. Als wäre ich eine Sklaventreiberin, die eine Kindersklavin an einer Kette hinter sich herzerrte.

»Ich will nach Hause.«

»Ich setze mich sofort mit dir ins Flugzeug und bringe dich nach Köln.«

»Ich will nicht nach Köln, ich will zu uns nach Hause.«

Ich blieb stehen und nahm ihre Hand.

»Wir gehen bloß noch zu diesem Mann, wegen dem neuen Job. Dann fahren wir heim, essen was Gutes und spielen Memory. Aber jetzt musst du dich noch ein bisschen zusammenreißen.«

Sie ließ einen letzten, lang gezogenen Jammerlaut hören und verstummte. Ich hatte vergessen, welch theatralisches

Talent sie hatte und wie sie es einsetzte, wenn sie etwas nicht wollte. Oder wenn ihr alles zu viel wurde.

Ich verstehe dich ja, dachte ich, während wir weitergingen. Papa ist fort, Mama leidet, du vermisst den Kindergarten und deine Freundinnen und musst jeden Tag in fremden Wohnungen hocken, während ich putze. Da helfen auch die schönsten Hörbücher nicht und alles, was ich anstelle, damit es dir gut geht. Aber was soll ich machen? Du wolltest doch unbedingt zu mir.

Die Hausnummer dreizehn, die auf Ulrike Bogners Zettel stand, war schon das übernächste Haus, und auf dem Klingelschild stand im dritten Stock der Name, Adrian Söllner. Er war selbstständiger IT-Spezialist, sie machte seine Steuer und hatte ihm von mir erzählt, und nun wartete er händeringend darauf, sagte sie, dass ich zweimal die Woche kam, sauber machte, wusch, bügelte und ihm den Kühlschrank füllte. Ich sei nicht unter zwanzig Euro die Stunde zu haben, hatte sie ihm erklärt, doch das fand er angemessen und konnte es sich leisten, denn er war gefragt und verdiente gut.

Das Haus war ein Edelaltbau ohne Aufzug, und ich fürchtete schon, der dritte Stock würde Sofies Kräfte übersteigen, aber sie blieb aufrecht. Oben stand die Tür offen, wir hörten das Stöckeln hoher Absätze auf dem Parkett, und eine hübsche blonde Frau tauchte im Türrahmen auf und sah mich fragend an.

»Ich bin Nina Feldmann. Ich möchte zu Herrn Söllner.«

Sie musterte mich von oben bis unten. Sie hatte den Gucci-Blick. Sie war selbst sehr gut angezogen.

»Und worum geht's?«

»Darum, ob ich bei ihm sauber mache.«

Sie stieß ein ungläubiges Lachen aus. »Tatsächlich?«

Ich nickte.

Sie stöckelte mit heftigem Absatzgeklapper zurück. »Adrian! Deine neue Putze ist da.«

Wir warteten eine Weile, dann näherten sich schnelle Schritte. Sein Haar war feucht, das weiße Shirt auch, weil er es offenbar über den nassen Körper gezogen hatte.

»Frau Feldmann! Sie stehen noch hier draußen. Entschuldigung. Ich dachte, Sie wären schon … Kommen Sie rein.«

Er führte uns in einen großen Raum, bot uns Platz auf einem der Sofas an und verschwand. Es war anscheinend sein Wohnzimmer und so chaotisch unordentlich, dass man die Möbel unter dem, was herumlag, kaum erkennen konnte. Wir hörten das Stöckeln der blonden Frau, ihre zeternde Stimme und das Zuschlagen der Wohnungstür.

»Ist das die böse Hexe?«, fragte Sofie.

Ich legte den Finger auf die Lippen.

Doch er war schon wieder da und hatte es gehört. Er ließ sich auf das andere Sofa fallen und lachte.

»Nein. Das ist Sandra. Aber sie hat Talent dafür, da hast du recht. Sie kann allerdings auch sehr nett sein.«

Er suchte in seinem Handy nach einer Seite und legte es vor sich auf den Tisch.

»Unterbrechen Sie mich nur, wenn Sie nicht einverstanden sind. Also: putzen, waschen, bügeln. Einkaufen: Klopapier und Ähnliches nach Ihrem Ermessen, sonst nach

Liste, die ausliegt. Was nötig ist, reinigen lassen, auch kleinere Handwerkerarbeiten in Auftrag geben. Immer selbstständig handeln. Arbeitszeit nach Ihrer Einschätzung, ist mir egal, wie lange, auf eine Stunde mehr oder weniger kommt es nicht an. Stundenlohn zwanzig Euro, Rechnung bitte irgendwo hinlegen, wo ich sie finde. Oder per Mail. Ich werde meistens nicht da sein. Termine flexibel, nach meinem Bedarf.«

»Nein.«

Er blickte erstaunt hoch.

»Termine fest, nach meinem Bedarf. Ich habe noch andere Kunden, ich kann das nicht ständig ändern.«

Er seufzte und sah mich lächelnd an, wie einer, der gewohnt war, zu kriegen, was er wollte.

»Sonst kann ich nicht kommen. Außerdem bringe ich Sofie mit.«

Er seufzte wieder.

»Punkt eins: wenn es sein muss. Punkt zwei: kein Problem, gerne. Sofie, da drüben im Regal sind Bilderbücher, Puzzles, Hörbücher. Bediene dich. Ich habe auch eine Tochter in dem Alter«, fügte er zu mir gewandt hinzu.

Sofie pikste mit dem Zeigefinger in meinen Oberarm, aber ich hatte keine Lust, schon wieder zu erklären, dass sie meine Enkelin war.

»Ich fahre jetzt und bin bis Samstag weg. Fangen Sie schon mal an, und wenn ich zurück bin, telefonieren wir, ja?«

Ich nickte.

Aus der Unordnung auf dem Sofatisch suchte er ein

Schlüsselbund heraus und schob es mir hin. Aus seinem Portemonnaie nahm er einen Fünfziger und legte ihn daneben.

»Taxigeld.«

»Wir sind mit der U-Bahn da.«

»Wollen Sie nicht zurück eines nehmen?«

»Ist nicht nötig.«

Er sprang auf und ging hinaus, kam gleich wieder und blieb im Türrahmen stehen. Er hatte eine Lederjacke angezogen und eine Reisetasche an einem Riemen über der Schulter.

»Also bis dann. Ich melde mich, wenn ich zurück bin.«

Die Wohnungstür schlug zu.

»Nina?«

»Ja?«

»Wo ist das Regal?«

»Welches Regal?«

»Das mit den Puzzles.«

Sofie liebte Puzzles.

Wir fanden das Regalfach fast sofort, weil es in einer Ecke des großen Raumes lag, wo es ihm noch nicht gelungen war, allzu viel Kram anzuhäufen, und ich ließ Sofie dort und sah mir die Wohnung an.

Sie war sehr groß, und überall sah es so aus wie im Wohnzimmer. In der Küche stapelten sich Geschirr, Pizzaschachteln, Zeitungen, auf dem Balkon Kästen mit leeren Bier- und Mineralwasserflaschen. Die Bezüge der Sofas hatten Flecken, ich musste sie in die Reinigung bringen. Auch die Vorhänge hatten es nötig. Die Fenster mussten geputzt, das Parkett gewischt und mit Parkettpflege behandelt werden. In einer Kammer neben der Küche gab es eine Waschmaschine, einen Trockner und Berge schmutziger Wäsche.

Zwanzig Euro die Stunde, dachte ich. Auf eine mehr oder weniger kommt's ihm nicht an. Das bringt mich auf die sichere Seite. Jetzt kann ich davon leben.

Danke, Ulrike Bogner.

Ich ging zurück ins Wohnzimmer. Sofie saß zwischen Büchern, CDs und bunten Schachteln, das Gesicht glühend vor Begeisterung.

»Schau mal, Nina. Die Hörbücher. Die Bilderbücher. Und die Puzzles. Das hier ist mit Ponys. Und das mit Dinosauriern. Wann kommen wir wieder her?«

»Morgen.«

Ich nahm das Schlüsselbund vom Sofatisch und steckte den Fünfziger Taxigeld ein.

»Weißt du was? Wir gehen essen. Ich war so lange nicht mehr essen. Zum Italiener oder ins Steakhaus. Oder wohin du willst. Und danach ins Kino. Da war ich auch schon ewig nicht mehr. Du darfst den Film aussuchen.«

Der Herbst kam früh in diesem Jahr. Es war erst Mitte Oktober, doch die Blätter waren schon rot und golden und fingen an zu fallen, vielleicht weil die Nächte so kalt waren. Sofie und ich stellten uns jeden Tag unter die Bäume in der Wildnis und sahen in den Himmel, weil es nichts Schöneres gibt, als durch goldene Blätter in das Blau des Herbsthimmels zu schauen. Wir sammelten die Hagebutten der Heckenrosen und Kastanien, die in der Mitte eine Mulde hatten, um sie im Winter in der Manteltasche in der Hand zu halten und den Daumen in die Mulde zu legen.

An dem Tag hatten wir viele solcher Kastanien gefunden. Ich reihte sie auf einer Seite des Küchentisches zum Trocknen auf, als das Telefon klingelte.

»Hallo, Mama«, sagte Julia. »Was macht Sofie?«

»Sie skypt mit Sven.«

»Oh, verdammt. Jasmin ist schwanger, und ich habe Angst, dass er es Sofie erzählt. So, wie Sven so was erzählt. Ohne Rücksicht auf Verluste. Kannst du mal nach ihr schauen?«

Ich ging hinüber. Sofie saß bewegungslos auf dem Sofa. Der Deckel des Laptops war geschlossen.

»Sofie?«

Sie drehte den Kopf und sah mich an. Ihre Augen waren groß und ihr Gesicht ganz ausdruckslos.

Ich setzte mich neben sie und legte den Arm um ihre Schulter.

»Papa sagt, die Frau kriegt ein Kind. Ist er dann noch mein Papa, wenn er eine andere Frau hat und ein anderes Kind?«

»Natürlich. Er ist dein Papa und bleibt dein Papa, genau wie vorher.«

Hoffentlich, dachte ich.

»Willst du mit Mama telefonieren? Sollen wir zu ihr fahren?«

Sie schüttelte den Kopf.

Ich fragte, ob sie darüber reden wollte, aber das wollte sie auch nicht. Sie wollte Memory spielen. Sie war eine großartige Spielerin, die mich jedes Mal vernichtend schlug, doch nie so vernichtend wie an diesem Abend. Wir spielten es unzählige Male, und immer wenn sie die Kärtchen aufdeckte, gab sie den Bildern darauf Namen, die sie mit lauter Stimme ausrief: »Rote Blume Liebe. Brauner Bär Traurigkeit. Gelbe Sonne Freude. Schwarze Schlange Angst. Kleines Häschen Fröhlichkeit.«

Schließlich war sie so müde, dass sie aufs Sofa fiel und sich zusammenrollte. Ich trug sie ins Schlafzimmer.

»In dein Bett«, murmelte sie, und ich legte sie hinein, wartete, bis sie schlief, und ging in die Küche, um mit Julia zu telefonieren. Als ich schließlich auch ins Bett kam, lag sie am Rand und hatte sich bloßgestrampelt. Ich nahm sie in die Arme und zog die Decke ganz fest um uns, damit der braune Bär der Traurigkeit und die schwarze Schlange Angst sie nicht erreichten.

Ich konnte nicht einschlafen. Julias Stimme klang mir im Ohr.

»Ich treffe die Frau sowieso schon viel zu oft. Der Biomarkt und ihre Wohnung sind ja um die Ecke. Soll ich jetzt auch noch zusehen, wie ihr Bauch wächst? Soll Sofie das mitkriegen? Nein, ich muss hier weg. Aber ich bekomme keine günstige Wohnung mehr. Und ich muss was in der Nähe vom Frauenhaus finden und von einer Schule, wenn Sofie nächstes Jahr eingeschult wird. Das wird schwierig. Kann sie noch eine Weile bei dir bleiben?«

»Ja, klar.«

»Wie geht's ihr?«

»Mach dir keine Sorgen, ihr geht's gut.«

»Ich rufe sie morgen Abend an«, hatte sie gesagt und rasch aufgelegt.

Als ich am anderen Morgen wach wurde, saß Sofie aufrecht im Bett und sah mir so konzentriert ins Gesicht, als warte sie dringend darauf, dass ich endlich die Augen öffnete.

»Was ist?«, fragte ich.

»Kann ich bei dir bleiben?«

»Ja, sicher.«

»Solange ich will?«

»Natürlich. Ist doch klar.«

Sie seufzte erleichtert.

»Das hat mein Lieblings-Robert auch gesagt: Natürlich kannst du bei Nina bleiben, solange du willst, ist doch klar. Ich muss es heute Abend nur noch mit Mama besprechen«, fügte sie altklug hinzu.

Kein Problem, dachte ich. Mama will es heute Abend auch mit dir besprechen.

Sie sprang aus dem Bett und lief ins Wohnzimmer. »Ich brauche ein Puzzle für den Bilderladen.«

Bei uns gab es jetzt auch ein Puzzleregal, denn sie durfte sich bei Adrian Söllner jedes Puzzle ausleihen und es behalten, solange sie wollte.

Während ich die Galerie putzte, saß sie so zufrieden an ihrem Puzzletisch in Theos Büro, dass ich schon dachte, sie hätte ihren Vater und seine Verwicklungen fürs Erste vergessen. Doch als wir bei Theo und Mathis, die in der Küche frühstückten, Kaffee und Kakao tranken, sagte sie plötzlich: »Mein Papa kriegt ein neues Kind. Aber nicht mit meiner Mama. Mit der anderen Frau.«

Theo zog hörbar die Luft ein.

»Wieso kriegt dein Papa ein neues Kind?«, fragte Mathis. »Der hat doch schon ein Kind. So ziemlich das großartigste Kind, das ich kenne.«

Sie sah ihn fragend an.

»Na, der hat dich. Der braucht kein neues Kind. Wozu denn?«

Ihr Gesicht hellte sich auf.

»Da hat er wohl nicht richtig nachgedacht. Aber na gut. Das passiert auch so gescheiten Leuten wie deinem Papa, dass sie nicht richtig nachdenken. Und was immer jetzt daraus wird, er hat ja dich. Was auch passiert, er hat schon ein tolles Kind.«

»Genau«, sagte Theo.

Sofie nickte heftig.

»Genau, genau, genau«, wiederholte sie laut, griff sich ein Croissant aus dem Brotkorb und aß es hungrig auf. Oben beim Frühstück hatte sie nichts essen wollen und eben, als wir uns an den Tisch gesetzt hatten, auch nicht.

Danach lehnte sie sich zufrieden zurück und sah Mathis an.

»Kannst du ein Bild von mir malen?«

»Das geht nicht«, sagte ich. »Mathis hat keine Zeit für so was.«

»Klar geht das«, sagte Mathis. »Gar kein Problem, Sofie.

Du kommst ins Atelier, ich mache ein paar Skizzen und Fotos …«

»Wieso darf sie zu dir ins Atelier? Da darf doch keiner rein«, sagte Theo. »Nicht mal ich.«

»Sie schon. Wann brauchst du das Bild, Sofie?«

»Im November. Am fünften. Da hat meine Mama Geburtstag und kommt uns besuchen, und ich will es ihr schenken.«

»Dann müssen wir fix machen«, sagte er und überlegte. »Morgen Vormittag. Kannst du da?«

»Da sind wir beim Puzzlemann. Aber Nina kann ja mal ohne mich hingehen.«

»Das schafft sie bestimmt«, sagte Mathis ernsthaft.

»Was ist, wenn sie Angst kriegt so ganz alleine?«, fragte Theo spöttisch. »Und womöglich kommt ein böser Mann und tut ihr was, wenn du nicht dabei bist.«

»Rede keinen Unsinn«, sagte ich schnell, weil Sofie mich besorgt ansah. »Mir passiert gar nichts. Und abends bin ich wieder da und hole dich ab.«

Ich wurde nicht wach, denn ich hatte nicht geschlafen, ich kam nur langsam zu mir. Mein Körper fühlte sich an, als wäre er auf wunderbare Weise überfahren worden. Mein Geist, der völlig abgeschaltet gewesen war, versuchte mühsam, den Betrieb wieder aufzunehmen.

Ich sah mich um. Der Nachttisch, den ich gewischt, das Bett, das ich gemacht hatte. Das Parkett, das ich gesaugt, der Polstersessel, den ich abgebürstet hatte. Sandras Slip lag darauf. Sie ließ ihn oft auf dem Boden liegen, und ich hob ihn dann mit spitzen Fingern auf und warf ihn auf den Sessel.

Sandra. Moment. Das war seine Freundin. Ich drehte den Kopf. Er lag neben mir und schlief. Sein kurzes braunes Haar war feucht, und seine Sommersprossen wirkten dunkler als sonst.

Ach, du lieber Himmel. Er war noch nie da gewesen, wenn ich putzte. Heute schon.

Er hatte die Wohnungstür geöffnet, als ich den Schlüssel ins Schloss steckte.

»Hallo, Frau Feldmann.«

»Hallo.«

»Ich sitze am Schreibtisch. Sagen Sie Bescheid, wenn Sie ins Arbeitszimmer wollen.«

Er warf einen Blick ins Treppenhaus. »Kommt Sofie nicht?«

»Die hat einen anderen Termin.«

»Das klingt aber wichtig.«

Ich lachte. »Ist es auch.«

Als ich in der Küche seine Hemden bügelte, kam er herein, füllte den Filter der Kaffeemaschine und ihren Wasserbehälter, drückte auf den Schalter und holte Kaffeebecher aus dem Schrank.

»Haben Sie noch Termine frei?«, fragte er.

»Einen. Für wen? Wo?«

»Für einen Kollegen. Wohnt hier in der Gegend. Er wäre sehr froh, wenn Sie kämen.«

»Okay.«

»Soll er sich bei Ihnen melden?«

»Ich rufe ihn an. Geben Sie mir die Nummer.«

Ich war mit dem letzten Hemd fertig gewesen und hatte das Bügeleisen ausgeschaltet. Er hatte einen Zettel aus der Hemdtasche gezogen und ihn aufs Bügelbrett gelegt. Das Bügeleisen war gekippt, und wir hatten gleichzeitig danach gegriffen.

Ich hatte erst gedacht, der elektrische Schlag, den ich spürte, käme vom Eisen. Doch es war die Berührung seiner Hand gewesen. Wir hatten das Bügeleisen losgelassen, das mit lautem Krachen zu Boden fiel, aber nicht unsere Hände.

Ich sah wieder zu ihm hin. Er hatte Haare auf der Brust. Ich sah an ihm hinunter. Er hatte auch überall sonst Haare. Gut. Ich mochte ganzkörperrasierte Männer nicht.

Die Lichter in meinem Geist leuchteten allmählich auf. Ganzkörperrasur ja oder nein, das war jetzt nicht das Problem. Die wirklichen Probleme waren andere. Dass ich vor zwei Stunden in der Galerie hätte sein und Sofie abholen sollen. Dass Sofie bestimmt Angst hatte, weil ich nicht kam. Dass ich mit einem Kunden im Bett lag. Ich hätte auf keinen Fall mit einem Kunden ins Bett gehen sollen. Dass ich überhaupt mit einem Mann im Bett lag. Ich wollte auf keinen Fall mit einem Mann im Bett liegen. Außer mit Robert natürlich.

Problemlösung, sagte mein Geist und knipste ein weiteres Lämpchen an. Zuerst: raus hier. Schnell und leise. Dann: Theo anrufen und sagen, dass ich noch lebe und unterwegs bin, damit er Sofie beruhigt.

Ich schob mich vorsichtig weg und saß schon auf der

Bettkante, als ich seine Stimme hörte: »Du willst doch wohl nicht einfach … Wie heißt du eigentlich?«

Ich wandte den Kopf.

»Nina.«

In dem hellen Licht, das hinter mir durchs Fenster fiel, hatte er unglaublich grüne Augen.

»Hallo, Nina. Ich find's gerade auch – äh – schwierig, aber vielleicht sollten wir …«

»Was? Was sollen wir? Ich sollte sofort gehen. Und ich muss unbedingt wegen meiner Enkelin telefonieren, weil ich zu spät komme.«

»Enkelin? Ich dachte, sie wäre deine Tochter. Wie alt bist du?«

»Achtundvierzig. Und Sie?«

»Dreiunddreißig.«

Er sah älter aus. Ich hatte gedacht, er wäre mindestens Ende dreißig. Egal. Ein Grund mehr, mich davonzumachen.

»Ich verschwinde jetzt, und nächstes Mal machen wir *business as usual.* Als wäre nichts gewesen. Ich bin nicht auf der Suche nach neuen Freunden. Und schon gar nicht nach noch mehr Problemen. Okay?«

»Okay«, sagte er.

Ich wollte nicht nackt durchs Zimmer gehen, während er hinter mir hersah. Ich zog die Decke um mich und schaffte es, mich würdevoll zu entfernen, indem ich mit einer Hand die Decke festhielt und mit der anderen die Einzelteile meiner Kleidung auflas.

In der Küche rief ich Theo an.

»Was ist? Wo bist du?«

»Alles in Ordnung, ich bin auf dem Weg. Sag Sofie, dass es mir gut geht.«

»Aber was …«

»Erzähle ich dir nachher. Ich muss weiter.«

Ich zog mich an, hob das Bügeleisen auf, machte die dampfende Kaffeemaschine aus, huschte durch den Flur, zog die Wohnungstür hinter mir zu und rannte die Treppe hinunter.

In der U-Bahn wollte ich darüber nachdenken, was ich sagen sollte. Aber meine Gedanken landeten immer nur bei dem, was gewesen war.

Es hat nichts mit Robert zu tun, dachte ich. Gar nichts. Überhaupt nichts. Es war purer Sex. Die reine Lust. Fick-as-fick-can. Sonst nichts.

Die U-Bahn hielt. Nur noch eine Station. Ich musste mir schnell einen einleuchtenden Grund einfallen lassen, warum ich zu spät kam.

Aber es war verdammt gut, dachte ich. Ich hätte nicht gedacht, dass purer Sex so gut sein kann und einfach bloß ficken so berauschend.

Die Frau gegenüber beugte sich vor. »Fehlt Ihnen was?«

»Nein. Wieso?«

»Sie haben wechselnden Blutandrang im Kopf. Sie werden rot und wieder blass und wieder rot …«

»Ach, das. Das ist nichts. Bloß der Kreislauf.«

»Besorgen Sie sich Kreislauftropfen. Ich habe immer welche dabei. Die helfen sofort. Moment …«

Sie wühlte in ihrer Tasche, doch bevor sie etwas fand, hielt die U-Bahn, und ich konnte aussteigen.

Ich rannte den ganzen Weg von der U-Bahn zur Galerie. Theo lehnte am Schaufenster und rauchte eine Zigarette.

»Ganz ruhig«, sagte er, als ich die Tür aufreißen wollte. »Sie sind eben erst aus dem Atelier gekommen.«

»Du meinst, sie hat gar nichts gemerkt?«

»Nein. Sie haben die Zeit vergessen, und ich habe sie in Ruhe gelassen und gehofft, dass du bald da bist.«

»O Gott, Theo, danke, danke.«

»Gern geschehen.«

Er zog noch mal an der Zigarette, ließ sie in dem altmodischen Drehaschenbecher, der auf der Schaufensterbrüstung stand, verschwinden und sah mich mit seinen dunklen Augen anzüglich an.

»Was war denn? Muss was Schönes gewesen sein. Du siehst umwerfend aus.«

»Nichts ist gewesen. Was soll gewesen sein? Ich hatte – äh – Kreislaufstörungen, ich war völlig hinüber, ich konnte keinen Gedanken mehr fassen, darum habe ich auch nicht angerufen, ich habe gar nicht daran …«

Er lächelte noch anzüglicher.

»Ach ja. Immer diese Kreislaufstörungen.«

Ich sagte lieber nichts mehr.

Sofie und Mathis saßen in der Küche und tranken Tee, friesischen Tee mit Kandis und Rahm, die einzige Art, wie man Tee trinken konnte, sagte Mathis.

Ich setzte mich neben Sofie und legte den Arm um sie,

aber sie war gerade gar nicht an mir interessiert. Gott sei Dank.

»Erst hat Mathis mich gezeichnet, und dann hat er eine Mappe für mich gemacht. Schau mal, Nina. Da kommen jetzt alle Bilder rein, die ich male. Und wenn ich später in die Kunsthochschule gehe wie Mathis, habe ich schon eine Mappe. Die braucht man nämlich, wenn man in die Kunsthochschule gehen will.«

Die Mappe war aus rosa Karton, und darauf stand in schöner grafischer Schrift: Kunstmappe Sofie Feldmann.

»Danke«, sagte ich zu Mathis und Theo. »Ihr seid so lieb.«

»Nichts zu danken«, sagte Mathis. »Ihr seid ja auch lieb.«

10

Wir holten Julia vom Flughafen ab. Ich zuckte vor Erschrecken zusammen, als sie durch die automatische Tür kam. Sie war so dünn geworden. Ihr Körper war unter den weiten Sachen, die sie trug, kaum zu erkennen, und ihre Augen standen riesengroß im schmalen Gesicht.

Ich versuchte so zu tun, als wäre nichts, und Sofie half mir dabei. Sie nahm Julias Veränderung gar nicht wahr, für sie zählten nur das Gefühl und der Augenblick, sie warf sich in ihre Arme und ging dann zwischen uns, sprang und hüpfte, hielt im Taxi unsere Hände, redete und erzählte und war glücklich.

Unten vor dem Haus ließ sie sich den Schlüssel geben und rannte die Treppen hinauf, um die Kerzen auf dem Geburtstagstisch anzuzünden.

»Kann sie das?«, fragte Julia.

»Keine Sorge. Der Anzünder hat nur eine kleine Flamme, und sie hat geübt.«

Julia zog scharf die Luft ein, als wir oben ankamen. Ich war längst an den Anblick gewöhnt, aber nun sah ich, was sie sah, den schmalen Flur mit den bloß verputzten Wanden und dem abgenutzten Holzboden, und dachte, woran sie dachte: an die große Diele mit dem schönen alten Teppich, den naiv-bunten Bildern von Roberts Lieblingsmaler, der Treppe, die sich hinaufschwang in den ersten Stock, und dem weiten Blick ins Wohnzimmer, auf die Terrasse und in den Garten.

Julia fing sich wieder. »Das ist ja hübsch hier.«

Sofie kam aus der Küche.

»Schau mal, Mama.«

Sie lief ins Wohnzimmer und zeigte auf die Art-déco-Kommode, die der Antiquitätenhändler unbedingt hatte haben wollen. »Mein Robert-Schrank. Und da ist das Robert-Sofa, wo wir immer zusammen Mittagsschlaf gemacht haben, er und ich.«

Sprich nicht davon, sprich nicht davon, dachte ich.

»Alles fertig?«, flüsterte ich. Sie nickte, und wir fassten Julia an den Händen und gingen in die Küche.

Es gab einen Kuchen, einen Blumenstrauß, ein paar Kleinigkeiten, und es war uns geglückt, dreißig winzige Kindergeburtstagskerzen auf einem Teller zu befestigen. Doch das Wichtigste war Mathis' Bild.

Es zeigte Sofie sitzend, die Hände im Schoß übereinandergelegt, ein Lächeln im hübschen, zarten Gesicht mit den dunklen Augen unter dem hellen Haar. Sie hatte etwas Würdevolles, Prinzessinnenhaftes, aber es war Mathis auch gelungen, ihre Kindlichkeit und Naivität festzuhalten. Hinter ihr hingen zwei Porträts. Auf einem war Julia zu sehen, auf dem anderen ich. Mich hatte er aus der

Erinnerung gemalt, von Julia hatte er sich ein Foto geben lassen.

»O mein Gott«, schluchzte Julia. »Das ist so schön. So was Schönes habe ich noch nie …«

Sie umarmte mich, aber ich schob sie weg.

»Es ist von Sofie. Es war ganz allein ihre Idee.«

Sie kniete sich hin und nahm Sofie in die Arme.

»Sofie, du hast dir das … Das ist ja das Schönste, was ich je …«

Sie schluchzte noch mehr. Es war, als ob all der Schrecken und die Anspannung der letzten Monate aus ihr herausflossen. Sofie stand ganz still, streichelte ihre Schultern und sah stolz und glücklich zu mir hoch.

Am anderen Tag zeigten wir Julia die Wildnis, und Sofie führte sie durch den Drogeriemarkt und machte sie mit Bernd bekannt, während ich einkaufen ging. Danach saßen wir lange im Coffeeshop. Nachts lag ich auf dem Sofa im Wohnzimmer, während die beiden schon schliefen, erinnerte mich, wie sie zuletzt im Februar da gewesen waren, im Haus, bei Robert und mir, und dachte: nicht weinen, nicht weinen, nicht weinen.

Samstag frühstückten wir bei Wanda, und nachmittags waren wir bei Theo und Mathis zum Tee eingeladen. In der Zwischenzeit saßen wir in der Küche und tranken Kaffee, um uns von dem Champagner zu erholen, den Wanda zum Frühstück serviert hatte. Es war warm für November, die Balkontür stand offen, und die Sonne schien auf die Töpfe mit Heidekraut und Silberblatt, die am Geländer aufgereiht waren.

Sofie kam herein und lehnte sich an Julias Stuhl.

»Papa meldet sich nicht zum Skypen. Ich habe ganz lange gewartet.«

Julia nahm ihr Handy und wählte. »Sein Telefon ist auch abgestellt. Komisch.«

Sie wählte wieder. Diesmal ging gleich jemand ran.

»Jasmin? Sven hat sich nicht bei Sofie gemeldet … Ja. Sie waren verabredet. Um zwölf. Ist was passiert?«

Ich sah ihrem Gesicht an, wie ihr Verstand arbeitete, während sie zuhörte. Sie legte auf und lächelte ein angestrengtes Alles-in-Ordnung-Lächeln.

»Papa geht's gut. Er musste schnell weg, weil ein Freund von ihm einen Unfall hatte. Er hat Jasmin gesagt, sie soll dir gleich Bescheid sagen, aber Jasmin hatte unsere Telefonnummern nicht. Daran hat Papa nicht gedacht. Er meldet sich, sobald er kann.«

Die Geschichte klang reichlich schräg, doch Sofie merkte es nicht. Sie nickte und war zufrieden.

Ich konnte erst abends fragen, was gewesen war.

»Du meinst, wegen Sven und dem Anruf? Ach, es ist gerade schrecklich schwierig. Sofie fehlt ihm. Er sagt, er merkt es immer so sehr, wenn er mit ihr telefoniert, und es ist so schmerzlich, dass er manchmal gar keine Lust mehr hat, sie anzurufen. Ich glaub's ihm ja. Aber dann kann er sie doch nicht hängen lassen. Und – na ja, er will auch Druck machen, damit sie zurückkommt.«

Scheißkerl, dachte ich.

»Er hat es sich so einfach vorgestellt mit dem neuen Leben. Hier eine Frau mit seinem Kind und da eine Frau, die ein Kind von ihm kriegt, und er in der Mitte. Und wenn jeder konstruktiv und sensibel damit umgeht, dann funktioniert das. Da ist er wirklich naiv. Aber das sind eben seine Ideale. Du weißt schon: Die bürgerliche Familie ist tot, wir leben in Patchworkfamilien, und alle sind glücklich.«

Sie seufzte und trank einen großen Schluck Wein.

»Er kann auch ziemlich egoistisch sein. Es muss immer alles so laufen, wie er es sich denkt, sonst wird er trotzig und spielt nicht mehr mit.«

Scheißkerl, dachte ich. Egoistischer Scheißkerl.

»Ich habe Sofie gefragt, ob sie mit nach Hause kommt. Aber sie will unbedingt hierbleiben. Hier geht's ihr ja auch gut, mit dir und all den netten Leuten. Gott sei Dank.«

Sie starrte in ihr leeres Glas. Sie trank sonst ganz langsam, denn sie vertrug nicht viel.

»Jetzt bin ich froh, dass wir nicht geheiratet haben«, sagte sie mit stumpfer Stimme. »Ich wollte so gerne, aber Sven nicht. Auf keinen Fall. Er hat sich nicht mal ums Sorgerecht gekümmert. Also kann er auch nicht bestimmen, wo sie sich aufhält. Er könnte das Umgangsrecht einklagen, aber das dauert. Bis dahin habe ich eine neue Wohnung, weit weg von Jasmin und dem Baby, da kann er Sofie dann besuchen kommen, und alles wird gut.«

Hoffentlich, dachte ich.

Das Licht der Lampe fiel auf ihr Gesicht. Ihre Jochbeine waren deutlich zu sehen, die Schlüsselbeine traten hervor, und die Schatten unter ihren Augen wirkten beinahe schwarz.

»Iss was«, sagte ich. »Ich habe Kartoffelchips da. Bio. Mit Meersalz.«

Ich hatte alles besorgt, was sie gerne aß.

Sie schüttelte den Kopf.

»Ingwerkekse. Karamellbonbons.«

Sie verzog das Gesicht.

»Ich kann nicht. Ich kriege nichts rein. Ich esse schon wieder, keine Sorge. Sobald es besser wird.«

Hoffentlich, dachte ich. Hoffentlich bald.

Ich hatte erst die Kanzlei, dann die Wohnung geputzt, und nun saßen wir in den Besuchersesseln vor Ulrike Bogners Schreibtisch. Sofie war davon so beeindruckt, dass sie einen erwachsenen Gesichtsausdruck aufsetzte. Sie blickte streng und neigte den Kopf zur Seite, als lausche sie besonders aufmerksam.

»Das finde ich toll, dass Sie den haben«, sagte Ulrike Bogner und betrachtete liebevoll meinen Gewerbeschein. »Wie wollen wir Ihre Firma nennen?«

»Ich wollte ihr eigentlich gar keinen …«

»Lagen Ihre Einnahmen letztes Jahr über siebzehntausendfünfhundert Euro oder werden sie im laufenden Jahr mehr als fünfzigtausend Euro betragen?«

»Weder noch. Sollte ich je mehr als fünfzigtausend im Jahr verdienen, sage ich Ihnen Bescheid.«

»Damit sind Sie Kleingewerbetreibende, und ich beantrage Ihre Befreiung von der Umsatzsteuer. Sie brauchen Ihren Kunden die neunzehn Prozent erst mal nicht zu berechnen und können mit höheren Preisen einsteigen.

Und wenn später der Rubel rollt, sind alle so angetan von Ihnen, dass sie die Umsatzsteuer gerne zahlen. Gut, was?«

»Toll«, sagte ich, um sie nicht zu enttäuschen.

Sie schob ein Blatt Papier über den Schreibtisch.

»Hier sind die Kontaktdaten ihrer zukünftigen Kunden, soweit sie von mir kommen. Herr Söllner hat sicher auch noch ein paar Empfehlungen. Der schwärmt ja so von Ihnen. Und gehen Sie für den Full Service auf keinen Fall unter zwanzig Euro. Erhöhen Sie lieber. Das ist doch drin. Unbedingt.«

Ihre Begeisterung ging mir auf die Nerven. Es war leicht, über Putzjobs in Verzückung zu geraten, wenn man hinter einem hübschen Schreibtisch in einem hübschen Büro saß und mit dem Anfertigen von Steuererklärungen einen hübschen Haufen Geld verdiente, während jemand anders sauber machte.

Ich stand auf.

Sie kam um den Schreibtisch herum und reichte uns die Hand.

»Und, Sofie? Gefällt es dir bei der Oma?«

Sofie trug noch ihr Erwachsenengesicht und ließ sich auf solche Kindereien nicht ein.

»Ich finde das alles sehr interessant hier«, sagte sie kühl.

Es war warm für November, und wir kauften uns ein Eis und gingen am Fluss entlang. An Sofies Lieblingsbrücke, deren Bogen von fünf aus Stein gehauenen Riesen getragen wurde, setzten wir uns auf eine Bank.

Ich betrachtete Ulrike Bogners Liste. Drei Männer, eine

Frau, und alle wollten Full Service: Putzen, Waschen, Bügeln, Einkaufen, Kleiderpflege, Wohnungsinstandhaltung wie Glühbirnenauswechseln, Kühlschrankabtauen und so weiter. Wenn ich alle nahm, verdiente ich genug, um Julia Geld zu schicken. Aber ich musste an allen Nachmittagen in der Woche unterwegs sein.

»Hör mal«, sagte ich. »Ich mache das mit den neuen Kunden, weil ich Mama Geld geben will, damit sie bald eine neue Wohnung für euch findet und Papa dich da besuchen kommt.«

Und du die neue Frau und das neue Kind nicht sehen musst, dachte ich.

»Es wäre sehr langweilig für dich, wenn du überall mit hingehst. Und sehr anstrengend.«

Sofie nickte, aber sie hatte gar nicht zugehört. Sie war mit ihrem Eis beschäftigt.

»Du könntest an den Nachmittagen bei Cora und Amelie sein. Du weißt schon, Cora ist die nette Frau aus dem Coffeeshop und Amelie ist ihre …«

»Nein, nein, nein!«

Sie schleuderte den Eisbecher auf den Weg und warf sich so heftig in meine Arme, dass ich fast von der Bank fiel.

»Ich will nicht, dass du woanders bist. Ich will bei dir sein. Nur bei dir.«

Ich hielt sie fest und wiegte sie hin und her.

»Das kannst du ja. Keine Sorge.«

»Ganz bestimmt? Verspricht du es mir?«

»Ganz bestimmt. Ich verspreche es.«

Sven, du Scheißkerl, dachte ich. Sie war immer bei dir, von Anfang an, weil Julia wieder arbeiten musste. Du bist nicht nur ihr Vater, du bist auch so was wie ihre Mutter. Dann geht man doch nicht, verdammt. Jedenfalls nicht so früh.

Ich hielt sie in den Armen, bis sie sich losmachte. Sie gab dem Eisbecher einen Tritt und drehte sich mit einer heftigen Bewegung zu mir. Sie hatte wieder ihr Erwachsenengesicht aufgesetzt.

»Okay«, sagte sie. »Jetzt gehen wir ganz oft putzen. Das machen wir. Jeden Tag.«

Nur so lange, bis du verstehst, dass es zu viel ist, dachte ich. Hoffentlich verstehst du es bald.

In Adrian Söllners Puzzleregal gab es neue Puzzles, Hörbücher und ein neues Memory, doch Sofie blieb ungerührt. Gleichgültig besah sie die Abbildungen auf den CDs, rührte nachlässig mit dem Finger in den Puzzleteilen, blätterte lustlos durch die Memorykarten. Schließlich ließ sie sich zwischen den geöffneten Kartons zu Boden sinken wie eine Shakespeare-Heldin.

»Ich bin müde. Ich will nach Hause.«

»Wir sind gerade erst gekommen.«

»Aber ich will nach Hause. Ich bin so müde.«

»Dann schlaf ein bisschen.«

»Aber wenn du mit Staubsaugen anfängst, wache ich auf.«

Das weinerliche Crescendo ihrer Stimme zerrte an meinen Nerven, die sowieso schon sehr dünn waren.

»Ich weiß was«, sagte ich. »Es gibt hier ein Prinzessinnenzimmer, da schläfst du wie im Himmel, und wenn du aufwachst, bin ich fertig.«

»Ein Prinzessinnenzimmer? Wo?«, fragte sie finster und sah mich misstrauisch an. Shakespeare. Eine sehr junge Lady Macbeth.

Neben dem Schlafzimmer lag ein schmaler Raum, nur möbliert mit einer altmodischen Chaiselongue, einem alten Spiegel und einem verblichenen Orientteppich. Ich wusste nicht, welche Bedeutung das Zimmer hatte und ob ich hier mehr tun durfte als sauber machen, doch das war mir im Moment egal.

Sofie stand mit offenem Mund da.

»Siehst du? Leg dich hin.«

Ich schob ihr das Kissen unter den Kopf und breitete die Decke vom Fußende der Chaiselongue über sie.

»Aber die Tür nicht zumachen«, murmelte sie.

Als ich mit der Küche fertig war und das Bügelbrett aus der Wäschekammer holte, sah ich ihn. Er hatte so leise aufgeschlossen, dass ich ihn nicht gehört hatte, stand im Flur und blickte in den kleinen Raum. Als er mich hörte, wandte er den Kopf und kam herüber.

»Das ist Ihnen hoffentlich recht«, flüsterte ich. »Sie war so unruhig, und da drin ist sie sofort eingeschlafen. Ich habe gesagt, es ist das Prinzessinnenzimmer.«

Er lächelte und nickte. »Ist sie krank?«

»Sie hat Stress mit ihrem Vater. Er hat ihre Mutter wegen einer anderen Frau verlassen, die jetzt ein Kind von ihm bekommt. Deswegen ist sie bei mir. Aber das will er auch nicht, und nun dreht er fast durch, weil sie ihm fehlt. Er ist ein widerlicher Egoist.«

Er nickte wieder und sah mich an. Ich sah ihn auch an.

Ich konnte beinahe hören, wie es in meinem Verstand klick machte, als er abschaltete.

Ich küsste ihn, schob ihm die Jacke von den Schultern, zerrte das Hemd unter dem Pullover aus dem Hosenbund und legte meine Hände auf seinen warmen, feuchten Rücken. Er riss an meiner Bluse, bis die Knöpfe absprangen, ich öffnete den BH für ihn, er zog Hemd und Pullover über den Kopf, ich presste meine Brüste an seine Brust und küsste ihn noch heftiger.

»Nina? Nina!«

Klick-klick-klick machte mein Verstand und schaltete mit Notstart wieder ein. Ich nahm meine Jacke vom Garderobenständer, warf sie über und lief in das kleine Zimmer.

Sofie lächelte mich verschlafen an.

»Ich bin wieder wach.«

»Ich muss noch bügeln. Willst du ein Hörbuch?«

Sie nickte.

Ich brachte ihr eines und machte mich auf die Suche nach ihm. Er saß im Arbeitszimmer am Computer.

Er sah hoch und zeigte auf meine Bluse.

»Tut mir leid.«

»Ist nicht Ihre Schuld. Ich habe damit angefangen, und in dem Moment war's mir sehr recht. Mir tut es leid. Es kommt nicht wieder vor. Ab sofort *business as usual.* Aber diesmal wirklich.«

Er sah mich zweifelnd an.

»Wenn Sie meinen.«

»Ja, verdammt. Mein Mann ist erst seit einem halben Jahr tot, ich will keinen anderen und bestimmt keinen Kunden. Und schon gar nicht, wenn meine Enkelin zwei Zimmer weiter schläft. Verstehen Sie das nicht?«

»Ist ja gut. Tut mir sehr leid, das mit Ihrem Mann.«

»Ja, verdammt«, wiederholte ich und trampelte hinaus. Im Flur machte ich kehrt.

»Entschuldigen Sie. Ich führe mich auf wie eine Idiotin. Es ist nur gerade alles zu viel, besonders der Stress mit Sofies Vater. Und ich brauche was zum Überziehen, damit Sofie das mit der Bluse nicht merkt.«

Er ging hinaus und kam mit einem Pullover zurück, der mir gut passte, weil er in der Waschmaschine eingelaufen war.

»Das war, bevor Sie die Wäsche gemacht haben.«

»Ich muss noch bügeln. Sofie hört ein Hörbuch in dem kleinen Zimmer. Okay?«

Er nickte.

Ich machte die Tür zu seinem Arbeitszimmer fest hinter mir zu, ging in die Küche und bügelte seine Hemden und Freizeithosen.

Verdammt, Robert, dachte ich, warum nur? Du hast doch sonst immer für alle gesorgt und an alles gedacht. Warum nicht auch an deinen Tod und dass ich danach weiterleben und etwas zum Leben brauchen würde? Es wäre so einfach gewesen. Ein paar Zeilen und eine Unterschrift. Nur das Haus und ein paar von den vielen Millionen. Eine hätte mir auch gereicht. Oder eine halbe. Dann müsste ich jetzt nicht anderen Männern die Hosen bügeln und ihre Wohnungen sauber machen und Sofie überallhin mitnehmen. Wir wären in Sicherheit, und ich könnte Julia so viel Geld geben, dass sie sofort eine Wohnung findet. Ich könnte ihr sogar eine kaufen. Verdammt, Robert. Manchmal hasse ich dich.

Wir waren ganz leise, als wir gingen, denn ich wollte Adrian nicht noch mal begegnen. Aber er kam aus seinem Zimmer, als ich die Wohnungstür öffnete. Er hatte die Schachtel mit dem neuen Memory in der Hand und gab sie Sofie.

»Hier. Du magst doch Memory, oder?«

Sie nickte. »Ich bring's auch bald wieder.«

»Brauchst du nicht. Es ist geschenkt, nicht geliehen.«

Ihre Augen wurden groß, und ihr Gesicht leuchtete auf. In mir wurde es dunkel. Es war ein Supermemory mit 72 Karten, und sie würde mich damit um den letzten Rest meines Verstandes bringen, das war sicher.

Auf dem Heimweg gingen wir Hamburger essen, zu Hause spielten wir eine Runde Memory, und als sie im Bett lag, war sie so müde, dass ihr die Augen zufielen, noch bevor ich die Geschichte zu Ende erzählt hatte, die sie unbedingt hatte hören wollen.

Ich machte den Fernseher an, doch ich konnte mich nicht konzentrieren. Ich versuchte, das Buch über Verlust- und Trauerbewältigung zu lesen, das Julia mir mitgebracht hatte. Eine Psychologin hatte es geschrieben – dafür war es erstaunlich lesbar –, aber auf der Rückseite gab es ein Foto von ihr, und sie sah so hübsch, glatt und glücklich aus, dass ich keine Lust hatte, mir von ihr erklären zu lassen, wie ich mit dem schwarzen Schlamm des Schmerzes fertigwerden sollte, der gerade wieder erstickend in mir hochstieg.

Ich ging in die Küche und sah in den Kühlschrank. Für Julias Besuch hatte ich Wein und Sekt gekauft. Vielleicht war noch irgendwo ein Rest in einer Flasche. Natürlich nicht. Ich hatte die Reste längst weggegossen.

Ich riss die Balkontür auf, trat hinaus und sah in den Himmel.

Ich will bei dir sein, dachte ich. Ich will, dass du mich in die Arme nimmst und sagst: Ganz ruhig, mein Herz, ich bringe das in Ordnung. Ach, es würde schon genügen, deine Stimme zu hören. Nur in meinem Inneren, weißt du. Sag was. Sprich mit mir. Bitte.

Doch der Himmel war dunkel, und in mir blieb es stumm, und weil es sehr kalt geworden war, zitterte ich in dem Shirt, das ich statt der zerrissenen Bluse angezogen hatte. Ich sah hinunter in den Hof. Ein Sprung, und das Problem wäre gelöst, ein für alle Mal. Aber ich konnte Sofie nicht alleinlassen.

Ich ging hinein, zog Roberts Wolljacke an, strich durch die Wohnung, machte den Fernseher an und aus, blätterte in dem Buch der Psychologin und betrachtete ihr Foto. Vielleicht sah sie so glatt und glücklich aus, weil sie tat, was sie empfahl. Vielleicht wurde ich dann auch glatt und glücklich. Ich blätterte wieder, suchte den Ratschlag aus, der mir am einfachsten erschien und am besten gefiel, holte ein Notizheft und schrieb auf, was mich bedrückte.

Das machte es leichter, sagte sie. Es eröffnete neue Wege aus der belastenden Situation und ermöglichte ungeahnte Problemlösungen, behauptete sie.

Vielleicht hatte sie recht. Hoffentlich.

»Du bist krank, Mama«, sagte Julia. »Du gehörst ins Bett.«

»Es ist bloß eine Erkältung.«

»Du klingst, als ob du lebendig begraben bist, und dein Husten ist grauenvoll.«

»Das hört sich nur am Telefon so an. Ich wüsste gar nicht, was ich im Bett soll.«

Jemand kam herein und sagte etwas, und sie antwortete: »Ich komme gleich. Geh schon mal rüber.«

»Bist du etwa noch im Büro?«

»Ja.«

»Aber es ist fast neun.«

»Manchmal schlafe ich auch hier«, sagte sie wütend. »Was soll ich zu Hause? Da ist ja keiner. Und wenn ich Pech habe, treffe ich beim Heimkommen Sven und Jasmin, wie sie gerade ihren Glückliche-Paare-Abendspaziergang machen.«

Ich sagte nichts mehr.

Sie holte Luft. »Entschuldige. Bitte entschuldige. Ich muss Schluss machen. Ich melde mich wieder. Bis bald.«

Ich wollte auflegen, doch da war ihre Stimme noch mal: »Mama?«

»Ja?«

»Danke.«

Ich putzte mir zum tausendsten Mal an diesem Tag die

Nase und holte den Husten nach, den ich während des Telefongesprächs unterdrückt hatte. Mein Kopf dröhnte, mir war kalt und heiß, ich konnte nicht denken und nichts fühlen. Ich kam mir vor wie eine Untote, deren einzige Lebenszeichen bellender Husten und das Geräusch des Nasenputzens waren.

Aber morgen Nachmittag war Sofie bei Theo und Mathis, und ich konnte in Ruhe den Wocheneinkauf machen. Und übermorgen war Samstag.

Am Freitag regnete es und war windig, und der Weg durch die nasse Wildnis war mühsam mit den Einkaufstüten, doch weiter hinten leuchtete das Licht der Galerie und gab mir den Funken Lebenskraft, den ich brauchte, um es bis dorthin zu schaffen.

Sofie wartete schon hinter dem Schaufenster und riss die Tür auf.

»Weißt du, wer da ist, Nina?«

»Keine Ahnung, Liebes. Nein, gib mir keinen Kuss. Lass mich erst die Tüten nach hinten bringen, damit sie hier nicht rumstehen.«

Sie half mir dabei, zog mich zur Küche, wiederholte: »Weißt du, wer da ist?«, und öffnete die Tür. »Deine Susanne. Mamas Susanne. Jetzt ist sie auch meine Susanne, sagt sie.«

Susanne saß mit Mathis und Theo am Küchentisch und trank Tee, und Sofie hüpfte zu ihr hinüber und setzte sich neben sie. Meine alte Freundin Susanne. Der ich vor vier Monaten auf den Anrufbeantworter gesprochen und die nie zurückgerufen hatte. Die mir vor zehn Jahren eine

Nachricht hinterlassen und der ich nie geantwortet hatte. Sie hatte sich kaum verändert. Ein bisschen Grau in den schwarzen Locken, ein paar Fältchen um die leuchtend blauen Augen, deren Farbe zu dem dunklen Haar so außergewöhnlich wirkte.

»Was machst du denn hier?«, fragte ich.

»Nina Feldmann und ihr Charme. Ein unwiderstehliches Paar«, sagte Susanne. »Keine Sorge. Ich bin nicht wegen dir da. Julia hat angerufen und gesagt, dass du putzt, dich um ihr Kind kümmerst und praktisch tot bist, und gefragt, ob ich das Kind übernehme, damit du ins Bett kannst.«

»Sie übernimmt mich«, sagte Sofie glücklich. »Wir gehen ins Kino und ins Spielzeugmuseum. Und morgen besuchen wir Wanda.«

Theo und Mathis lächelten begeistert.

Susanne Ahlbeck und ihr Charme, dachte ich. Verdammt. Sofie will sonst bei niemandem sein als bei mir, und Theo und Mathis sind sonst gar nicht scharf darauf, dass fremde Frauen hereinschneien, und laden sie auch nicht gleich zum Teetrinken ein.

Aber kaum ist Susanne da, eröffnen sie einen Fanklub. Und morgen lernt Wanda sie kennen, dann sind sie schon zu viert im Fanklub.

»Und du bist einfach hier reingekommen und hast behauptet, dass du …«

»Ganz und gar nicht. Julia hat angerufen und gefragt, ob's recht ist. Ich habe mich brav vorgestellt und ein paar Fotos gezeigt, von dir und mir und Julia. Um die habe ich mich ja auch mal gekümmert, als sie klein war, wenn du dich erinnerst.«

Theo, Mathis und Sofie nickten begeistert.

Eifersucht ist ein grünäugiges Monster, sagt Shakespeare. Das Monster war riesengroß, seine Augen leuchteten phosphorgrün, es hatte mich in den Klauen und wollte mich verschlingen, und zusammen würden wir Feuer spucken, und wie, wenn ich mich nicht zusammenriss.

Ich riss mich zusammen.

»Na gut. Wie du meinst. Wenn es Sofie recht ist.«

»Es ist mir total recht«, jubelte Sofie.

»Na dann. Wenn ich nicht mehr gebraucht werde, gehe ich.«

Ich holte die Einkaufstüten und öffnete die Tür zum Hausflur. Als ich im ersten Stock war, kam Theo mir nach.

»Gib her.«

Er nahm mir die Tüten weg und reichte mir seinen Arm, damit ich leichter die Treppe hinaufkam. Oben wartete er geduldig, bis ich den Schlüssel in meiner Tasche gefunden und aufgeschlossen hatte.

»Geh ins Bett. Ich räume die Sachen weg und bringe dir was zu trinken.«

Als ich im Bett lag, klopfte es an der offen stehenden Tür, und er brachte ein Tablett mit einem Glas Wasser und den Medikamenten, die er in der Küche gefunden hatte. Er wies auf das Fußende, sah mich fragend an und setzte sich.

»Deine Freundin Susanne ist eine tolle Frau. Sie hat Sofie im Sturm erobert. Und Mathis ist sonst auch nicht so schnell zu begeistern. Ganz im Gegenteil.«

»So war sie schon immer. Sie hat immer gleich alle für sich eingenommen. Und ich habe daneben gestanden und war nicht mehr da.«

»Aber du glaubst ja wohl nicht wirklich, dass einer von uns sie auch nur ein bisschen besser findet oder einen Hauch lieber mag als dich? Glaubst du das?«

Ich überlegte. »Nein. Nicht wirklich.«

»Na also. Und Sofie schon gar nicht. Die würde tausend Susannes stehen lassen, um bei dir zu sein. Auch wenn's eben nicht so aussah.«

»Das ist bei Mathis doch auch so. Oder machst du dir etwa Sorgen, dass er …«

Er schüttelte lachend den Kopf. »Nein. Sie ist bloß eine Frau. Da habe ich mehr zu bieten. Und so charmant wie sie bin ich schon lange.«

Er schwieg und dachte nach.

»Aber manchmal hat man keine Chance«, sagte er wie zu sich selbst und mit einer veränderten Stimme, die ich noch nie gehört hatte. »Da kann man nicht konkurrieren. Das muss man einfach aushalten.«

»Was meinst du?«

Er zuckte mit den Schultern. »Sofie, zum Beispiel.«

»Sofie?«

»Mathis liebt Kinder. Er hatte jede Menge jüngere Geschwister auf diesem komischen Bauernhof in Nordfriesland, wo er herkommt. Er hätte gern selber Kinder …«

»Aber ihr könnt doch …«

»Irgendwo im Ausland eines adoptieren? Ach, nein. Eines bestellen, bei einer Leihmutter, auch im Ausland? Nein, wirklich nicht. Ich bin sowieso nicht so scharf auf Kinder. Und Mathis sagt, wenn man ein Kind will, dann macht man es selber, sonst lässt man es gefälligst. Und findet sich damit ab, dass man nicht alles haben kann. So ist Mathis. Was glaubst du, warum ich den Mann so liebe?«

Ich weiß es, dachte ich. Das war mir ziemlich schnell klar.

»Und jetzt schlaf«, sagte er, und seine Stimme war wieder wie sonst. »Ich nehme den Schlüssel mit, und wir bringen die Kleine nachher rauf und kümmern uns um alles. Zusammen mit deiner alten Freundin Susanne.«

Er ging hinaus, und ich hörte, wie er behutsam die Wohnungstür hinter sich zuzog.

Danke, Theo, dachte ich und schlief ein.

11

Es war wie vor achtundzwanzig Jahren, als ich mit Julia von meinen Eltern wegging und zu Susanne in die Wohngemeinschaft zog. Ich war wieder so erleichtert, Sofie so überschwänglich fröhlich wie damals Julia, und Susannes kräftige Stimme, die darauf trainiert war, auch die letzte Reihe im Theater ohne Mikrofon zu erreichen, füllte wieder die Räume. Damals war sie noch in der Schauspielausbildung, jetzt lag eine Tournee hinter ihr, und nächste Woche fingen die Proben für die Komödie an, in der sie ab März auf der kleinen Bühne des Stadttheaters die Hauptrolle spielte.

Damals. Die Wohngemeinschaft bestand aus Susanne, ihrer Schwester Gabriele und einem Mädchen mit Sommersprossen und einer Katze, das bald auszog, sodass Julia und ich zwei Zimmer hatten. Dort bekam ich endlich wieder Luft zum Atmen. Zum ersten Mal seit dem Tag vor zweieinhalb Jahren, als ich meinen Eltern gesagt hatte, dass ich schwanger war.

Es war schrecklich für sie. Meine Mutter trug es mit Fassung, und als Julia geboren war, verliebte sie sich in sie, und ab da war es ihr ziemlich egal, dass ihre Tochter mit achtzehn ein Kind von einem Mann bekam, von dem sie nur den Vornamen wusste und der für immer nach Südamerika verschwunden war.

Mein Vater konnte sich nicht damit abfinden. Er war Rechtspfleger am Amtsgericht, immerhin höherer Beamter, doch für ein Studium hatte das Geld nicht gereicht. Darum musste ich die Chance nutzen, die er mir bot, und Jura studieren, den passenden Mann finden und Richterin oder Rechtsanwältin werden. Dass ich mit einem unehelichen Kind, dessen Vater ich kaum kannte, noch den passenden Mann finden würde, konnte er sich nicht vorstellen, umso fleißiger musste ich studieren. An dem Abend, an dem ich heulend unsere Sachen packte, während Susanne auf dem Weg war, uns abzuholen, hatte er mich angeschrien, weil ich einen Proseminarschein nur mit Zwei gemacht hatte.

Ich seufzte.

»Du stöhnst so«, sagte Susanne und sah von ihrem Smartphone hoch. »Tut dir was weh?«

»Ich habe an damals gedacht. An meinen Vater.«

Sie lachte.

»Eckart Feldmann hier«, sagte sie mit tiefer Stimme und imitierte perfekt seine Art, sich am Telefon zu melden. »Ich möchte meine Tochter sprechen.«

Sie hatte oft abgehoben, wenn er anrief, behauptet, ich wäre nicht da, und ihn mit ihrer mutwilligen, charmanten Art so verwirrt, dass er sich schließlich lachend mit ihr unterhalten und ganz vergessen hatte, was er mir wieder hatte vorwerfen wollen.

»Gut, gut«, sagte Susanne und legte das Smartphone weg. »Du bist wieder an Deck. Man kann dich alleine lassen. Jetzt gibt's noch ein paar Infos, dann mache ich mich davon. Die Kleine kriegt unten bei den Jungs was zu essen und kommt nachmittags. Der Kühlschrank ist voll. Die große alte Dame vom ersten Stock sagt, du sollst dich melden, wenn du was brauchst.«

»Danke, Susanne. Ich …«

»So weit die Details«, unterbrach sie mich. »Und nun zur Gesamtsituation. Es geht natürlich nicht so weiter, dass ihr auch an den Nachmittagen gemeinsam zum Putzen geht, du und die Kleine. Das ist viel zu anstrengend. Für euch beide.«

»Weiß ich. Aber sie wollte unbedingt bei mir sein. Ich mach's nur, bis sie von selber einsieht …«

»Darauf kannst du lange warten. Bis in alle Ewigkeit. Die ist doch genau so ein Dickkopf wie du. Nein, nein. Ich habe das geklärt.«

»Was?«

»Das Problem. Montagnachmittag kommt sie zu mir. Da habe ich probenfrei. Freitag isst sie bei der großen alten Dame vom ersten Stock zu Mittag, und danach geht sie runter zu den Jungs. Dienstag, Mittwoch und Donnerstag ist sie bei Frau Rosenthal. Da kann sie auch zu Mittag essen und …«

»Frau Rosenthal? Wie kommst du auf Frau Rosenthal?«

»Sofie hat mir von ihr erzählt. Ich habe sie angerufen und ihr gesagt, worum es geht, und sie hat gleich Ja gesagt. Sie war ganz begeistert. Sie hat lieber mehr Kinder um sich als bloß das eine. Das ist sie so gewohnt. Aber ihre anderen sind ja schon groß.«

»Und Sofie? Was sagt die dazu?«

»Mit der habe ich natürlich als Erstes gesprochen. Ich habe ihr gesagt, dass wir das ändern müssen, weil es zu viel für dich wird. Das hat sie sofort verstanden.«

Ich setzte mich auf.

»Du hast über meinen Kopf hinweg mein Leben umgestellt? Einfach so?«

Sie sah mich erstaunt an.

»Was soll ich sagen? Ich habe nur … Ich meine, mit dir war nicht viel los in den letzten Tagen. Mit deinem Kopf schon gar nicht. Irgendjemand musste es tun.«

Sie stand auf.

»Aber wenn es dir nicht passt, dann laufe weiter im Hamsterrad. Mache dich kaputt. Lass dir bloß nicht helfen.«

Sie ging hinaus, zerrte ihren Mantel so heftig vom Garderobenständer, dass er umfiel, und riss die Wohnungstür auf. Ich hörte ihre Absätze auf den Holzstufen klappern.

Ich sprang auf und rannte hinterher.

»Susanne! Warte.«

Sie blieb am Treppenabsatz stehen und blickte hoheitsvoll zu mir hoch.

»Tut mir leid. Entschuldige.«

»Was ist bloß mit dir los?«, fragte sie. »Spinnst du?«

»Alle finden dich so toll, du organisierst so gut und bist so großartig, und ich – ich komme mir nur noch blöd vor.«

Sie schnitt eine Grimasse und kam wieder herauf.

»Sei nicht albern. Du bist viel toller. Du hast so viel geschafft seit Roberts Tod. Du warst unbeschreiblich tapfer. Ich helfe nur aus, jetzt wo du mal nicht mehr kannst.«

Ich schwankte. Sie griff mir unter den Arm.

»Du siehst aus wie ein Gespenst. Leg dich wieder hin.«

Sie bettete mich aufs Sofa, ging in die Küche und brachte eine Tüte mit dem Aufdruck des Promidelikatessengeschäfts mit, bei dem Wanda immer bestellte.

»Das ist von der großen alten Dame aus dem ersten Stock. Ein kleiner Imbiss, sagt sie.« Sie sah in die Tüte. »Hummerkrabbensuppe. Ragout fin in Blätterteigpasteten. Champagnerpiccolos. Zabaione. Mhm.«

»O Mann«, sagte ich schwach.

»Bin gleich wieder da. Ich serviere hier.«

»Moment. Ich will dir noch was sagen.«

Sie blieb stehen.

»Es tut mir leid, dass ich nicht zurückgerufen habe. Damals, vor zehn Jahren. Ich wollte eigentlich, aber als ich gelesen habe, dass du eine Rolle in dieser Serie bekommen hast, habe ich es gelassen. Dir ging's ja wieder besser. Ich war egoistisch. Ich wollte keinen Stress mehr mit dir. Ich wollte bloß noch glücklich sein mit Robert.«

Sie machte eine wegwerfende Handbewegung.

»Ist okay. Ich hätte auch noch mal anrufen können und hab's nicht getan. Ich war neidisch. Du hattest so einen guten Mann gefunden. So einen hätte ich auch gerne gehabt. Und der war auch noch reich und mächtig und trug dich auf Händen. Wie im Märchen. Das habe ich nicht ausgehalten. Deswegen war ich oft so zickig. Vergiss es. Wir sind quitt.«

Sie ging schnell hinaus und kam nach einer Weile mit Suppentassen und Champagnergläsern zurück. Ich schaffte nur einen Löffel von der Suppe und einen Schluck vom Champagner, dann schlief ich ein. Als ich aufwachte, lag Sofie in meinem Arm und betrachtete mich aufmerksam.

»Susanne hat gesagt, ich soll auf dich aufpassen, bis du wach bist. Jetzt bist du wach.«

Ich nickte. »Du brauchst nicht mehr aufzupassen. Auch sonst nicht. Ich bin wieder gesund und passe auf dich auf.«

»Wir können doch beide aufpassen. Du auf mich und ich auf dich.«

Ich zögerte.

»Ich bin schon groß«, sagte sie ernst. »Ich bin sechs. Nächstes Jahr komme ich in die Schule.«

»Okay. Aber sag mal: Willst du das wirklich? Jeden Nachmittag woanders sein?«

»Sicher doch«, sagte sie, genauso wie Susanne es sagte.

»Und du sagst sofort Bescheid, wenn du es nicht mehr willst?«

»Sicher doch«, wiederholte sie, aber sie war mit ihren Gedanken schon woanders.

»In der Küche gibt's Nachtisch. Soll ich den holen?«

Ich nickte. Sie rannte hinaus und kam mit einem Tablett zurück, auf dem ein Becher Zabaione stand, ein extragroßer Becher Mousse au Chocolat und eine Dose Sprühsahne. An der Dose klebte ein Zettel, auf den ein Herz gemalt war.

Danke, Susanne, dachte ich.

Er stand im Flur, als ich aufschloss, und hatte schon die Daunenjacke an und den Riemen der Tasche über der Schulter.

»Wie geht es Ihnen?«, fragte er. »Ihre Freundin, die angerufen hat, hat gesagt, Sie wären ziemlich krank.«

»So schlimm war es nicht. Ich musste nur ein paar Tage ins Bett.«

»Wo ist Sofie?«

»Die ist jetzt montags immer bei meiner Freundin.«

»Na dann …«

Die Wohnungstür war offen. Er wollte gehen. Ich schaltete meinen Verstand ganz schnell ab und schlug sie zu. Er stand einen Moment regungslos vor der geschlossenen Tür, drehte sich um und sah mich an.

Wir zogen uns gleich dort aus, ruhig, konzentriert und so schnell wie möglich. Als wir ganz nackt waren, nahm er meine Hand und ging mit mir ins Schlafzimmer.

Ich liebte ihn nicht. Ich war nicht in ihn verliebt. Ich fand ihn ganz nett. Wieso war es so aufregend, mit einem Mann zu schlafen, den ich nur ganz nett fand? Es war so wunderbar, dass ich immer weitermachen wollte, und das taten wir. Wir hörten auf, und nach einer Pause, in der wir eng umarmt dalagen, machten wir weiter. Er war dreiunddreißig, und die Pausen dauerten bei ihm nicht endlos lange.

Als ich auf die Uhr sah, war es sieben.

»Oh, verdammt. In einer halben Stunde muss ich Sofie abholen. Und deine Wohnung und die Wäsche und …«

»Halleluja«, sagte er. »Wir kehren nicht sofort zum Sie zurück. Wir müssen auch nicht so tun, als wäre nichts gewesen. Vergiss die Wohnung und die Wäsche. Und ich zahle natürlich. Du hast ja Verdienstausfall.«

»Kommt gar nicht infrage. Ich lasse mich doch nicht dafür bezahlen, dass ich mit dir schlafe.«

»Ist ja gut. Sag bloß nicht wieder Sie zu mir.«

Ich stand auf.

»Ich muss pünktlich sein. Ich brauche ein Taxi. Rufst du mir eins?«

Er stand auch auf.

»Ich fahre dich. Wohin?«

»Regnierplatz.«

Am Regnierplatz hielt er vor Susannes Haus.

»Donnerstag?«, fragte er.

»Da komme ich vormittags. Mit Sofie.«

»Und nächsten Montag?«

»Montags ist sie jetzt immer hier.«

»Also bis dann.«

»Bis dann.«

Oben stand Susanne im Türrahmen, und Sofie lief mir entgegen und warf sich in meine Arme.

»War's schön bei Susanne?«, fragte ich.

»Sehr. Aber es ist auch schön, dass du wieder da bist.«

Drinnen, im Licht der Flurlampe, sah sie mich genauer an. »Du siehst ganz anders aus.«

»Ja«, sagte Susanne. »So weich und rosig. Was ist passiert?«

Ein paar Stunden ungewöhnlich guter Sex, dachte ich.

»Ach, das ist bloß der Kreislauf. Ich habe Tropfen genommen und bin all die Treppen raufgestiegen und jetzt habe ich Blutandrang im Kopf.«

Immer dieser Kreislauf, hätte Theo spöttisch gesagt. Aber Susanne merkte es nicht, Gott sei Dank.

Sofie zog ihren Mantel an und den Rucksack über. »Wir müssen gleich weiter. Susanne hat eine Verabredung.«

»Dann bis nächste Woche, Sofie«, sagte Susanne.

»Bis nächste Woche. Ich freue mich schon darauf. Es hat mir wirklich gut gefallen bei dir.«

Wenn sie so furchtbar erwachsen tat, brauchte sie Trost. Auf der Treppe streckte ich ihr die Hand hin, und sie griff begierig danach und hielt sie ganz fest.

Zu Hause schob ich Pizza in den Ofen und holte Eis aus dem Tiefkühlfach, und zum Einschlafen erzählte ich ihr noch eine Geschichte von dem kleinen Mädchen, das bei seiner Oma lebte und über das alle Raben der Stadt wachten, denn Raben sind Wächter des Guten und passen auf kleine Mädchen auf.

Wer erzählt mir Geschichten, die mich beruhigen und gut schlafen lassen, dachte ich, als ich die Schlafzimmertür schloss. Ich muss sie mir selber erzählen.

Ich ging in die Küche und zog das Heft, in dem ich alles aufschrieb, damit mir leichter wurde, zwischen den Kochbüchern hervor.

Das Telefon klingelte. Julia. Oder Susanne. Jemand zum Reden. Ich lief in den Flur und riss es aus der Station.

Es war Anita.

»Anita Althoff hier«, sagte sie so kühl, als wären wir nicht jahrelang befreundet gewesen.

»Ja?«

»Ich rufe wegen der Wohnung an. Ich brauche sie.«

»Die Wohnung? Aber es war doch klar, dass ich … Wir haben vereinbart, dass du sie mir überlässt. Schriftlich. Und ich habe die Zusage vom Verwalter, dass er mich in den Mietvertrag übernimmt, sobald ich ein regelmäßiges Einkommen nachweisen kann.«

»Wir haben nicht vereinbart, dass ich dir auch den Mietvertrag überlasse. Nur die Wohnung, solange du Miete zahlst. Du bist meine Untermieterin, das ist alles.«

Ach verdammt, dachte ich. Und ich hab's nicht gemerkt. Ich bin so dämlich.

»Anita! Ihr könnt jede Wohnung kriegen. Ihr habt so viel Geld. Ich nicht.«

»Wir sind kein Wohlfahrtsverein. Und was wir dir schuldig sein sollen, weiß ich schon gar nicht. Unser Sohn zieht raus aufs Land und braucht eine Stadtwohnung.«

Ihr Sohn hieß Oliver. Ich kannte ihn gut. Er war Roberts Patenkind, an vielen Wochenenden bei uns gewesen und manchmal mit uns verreist.

»Und wann?«

»Die Kündigungsfrist für diese Art von Untermietverhältnis beträgt drei Monate. Wir haben jetzt Ende November. Also zum ersten März. Wäre schön, wenn du es früher schaffst. Unser Sohn ist bei Gerhard in die Kanzlei eingestiegen und stark eingespannt. Er müsste dringend Urlaub machen. Aber erst, wenn das Wohnungsproblem gelöst ist. Es wäre ein gutes Werk, wenn du dich ein bisschen beeilst.«

Ich stand noch unter Schock, doch das machte mich vorübergehend wieder munter.

»Ach, der arme Oliver«, sagte ich. »Da werde ich ihn enttäuschen müssen. Ich ziehe erst aus, wenn ich etwas Vernünftiges gefunden habe. Es kann also eine Weile dauern. Aber ihr könnt mich ja verklagen. Und zwangsräumen lassen. Zur Erinnerung an Robert zum Beispiel. Das wäre doch ein hübsches Gedenken. Zum ersten Todestag vielleicht?«

Darauf wusste sie nicht gleich eine Antwort, und ich legte schnell auf, denn für mehr würde es nicht reichen.

Danach saß ich in der Küche und versuchte nachzudenken. Zu planen. Mir zu überlegen, was ich tun konnte, um eine Wohnung zu finden. Aber mir fiel nichts ein.

Ich verkroch mich aufs Sofa, zog die Decke über mich und flüchtete in die Erinnerung. Zu Robert. Wie wir morgens frühstückten und abends durch die Felder gingen, wie wir zusammen einschliefen, aufwachten und uns erzählten, was wir geträumt hatten. Wie wir reisten, essen gingen oder ins Kino. Wie ich oft einfach nur dasaß und ihn ansah. Wie er im Sommer den Garten goss und im Winter Schnee schippte. Wie ich seinen Wagen kommen und ihn den Schlüssel im Schloss drehen hörte und mich jedes Mal freute, dass er kam, jedes einzelne Mal in all den Jahren.

Ich schlief ein und wachte auf, weil ich fror. Ich drehte

mich zu Robert, um mich an ihm zu wärmen, doch da war nur die Wand. Ich warf mich auf die andere Seite. Das Licht unter dem grünen Schirm seiner Schreibtischlampe schien auf seinen roten Fernsehsessel, und auf seiner Schreibtischuhr war es halb fünf. Seine Sachen waren da, aber er nicht mehr, unser Haus war nicht mehr da, ich hatte nur noch diese kleine Wohnung, und auch die war bald nicht mehr da. O Gott!

Ich sah nach Sofie, die fest schlief, ging zurück ins Wohnzimmer, setzte mich aufs Sofa und wartete darauf, dass es hell wurde.

Die Wohnung lag an einer lauten Straße, aber in der Nähe einer U-Bahn-Station, hatte zwei große Zimmer und einen Balkon zum Hof, und ich konnte sie bezahlen. Leider war sie auch voll mit anderen Bewerbern, jungen Paaren, die betonten, dass sie beide berufstätig waren, adretten Rentnern, die ihren Rentenbescheid mitbrachten, und Studenten, die einen zahlungskräftigen Elternteil dabeihatten.

Ich hatte nur meinen Gewerbeschein, der mich als Kleingewerbetreibende in Sachen Wohnungsreinigung auswies, Kontoauszüge, die belegten, dass ich im Oktober genug verdient hatte, um die Miete zu zahlen, und Bescheinigungen meiner Kunden, zu welchem monatlichen Honorar sie mich beschäftigten und dass sie das auch weiterhin auf jeden Fall und mit Freuden tun würden.

Ich wusste, dass es sinnlos war, aber ich füllte in dieser und den anderen Wohnungen, die ich besichtigte, die Auskunftsbögen aus, klammerte Kopien des Gewerbescheins, der Kontoauszüge und Bescheinigungen daran, gab sie ab und versuchte, mit den Maklern ins Gespräch zu kommen, damit sie sich vielleicht daran erinnerten, wie sympathisch und vertrauenswürdig ich war, aber das war natürlich ebenso sinnlos. Als ich die letzte Wohnung hinter mir hatte, setzte ich ein heiteres Gesicht auf und fuhr zum Regnierplatz, um Sofie abzuholen, die bei Susanne war und davon nichts wissen sollte.

»Bist du gesund?«, fragte sie besorgt, noch bevor wir uns begrüßt hatten.

»Wieso?«

»Du warst doch beim Doktor.«

Ich hatte behauptet, ich müsse zum Arzt.

»Ach so. Ja, natürlich. Es war nur eine Untersuchung, die man regelmäßig macht, ohne dass man krank ist, verstehst du?«

Sie atmete auf.

Vielleicht ist es doch nicht so gut, sie mit der Wirklichkeit zu verschonen und mir dumme Lügen auszudenken, dachte ich. Aber vielleicht schaffe ich es auch, eine neue Wohnung zu finden, bevor ich es ihr erzähle.

Susanne sah mich fragend an.

Ich schüttelte den Kopf und umarmte Sofie.

»Alles total in Ordnung, Liebes. Du brauchst dir keine Sorgen zu machen.«

Zu Hause blinkte der Anrufbeantworter, aber es war keine Nachricht darauf, nur die Nummer war gespeichert. Es war die von Herrn Dimitroff, dem Hausverwalter, dem ich seit Tagen Nachrichten hinterließ und der nie zurückrief.

Sofie verteilte schon die Memorykarten auf dem Küchentisch.

»Ich bin gleich da. Ich muss nur noch schnell telefonieren«, sagte ich und ging mit dem Telefon ins Schlafzimmer.

»Dimitroff?«

»Guten Abend, Herr Dimitroff. Hier ist Nina Feldmann. Ich wollte fragen, ob Sie eine freie Wohnung …«

»Ich weiß«, sagte er ärgerlich. »Sie haben es mir ja oft genug nachrichtlich mitgeteilt. Aber ich habe nichts.«

»Auch nicht in den beiden anderen Häusern?«

»Nein.«

»Auch nicht irgendwann in der nächsten Zeit?«

»Meine liebe Frau Feldmann. Es ist durchaus möglich, dass in drei Minuten, drei Tagen, drei Monaten oder drei Jahren jemand kündigt. Es ist sogar sehr wahrscheinlich. Ich bin jedoch kein Hellseher. Ich kann es nicht wissen. Beim besten Willen nicht.«

»Sagen Sie mir Bescheid, wenn …«

»Sicher«, sagte er ungeduldig, aber ich hörte an seiner Stimme, dass er es nicht tun würde.

»Ich melde mich auch immer mal wieder, ja?«

Er gab einen Laut des Missfallens von sich und legte auf.

Ich überlegte, wann ich ihn wieder anrufen konnte. Übermorgen vielleicht? Ich musste auch weiter Wohnungsanzeigen studieren und Wohnungen besichtigen, obwohl es ziemlich sinnlos war, und jeden, den ich kannte, fragen, ob er von einer freien, bezahlbaren Wohnung wusste. Ich kannte nicht so viele Leute, ich hatte schon fast alle durch, und jeder schüttelte achselzuckend den Kopf. Doch irgendetwas musste ich tun.

Du hast keine Chance, aber nutze sie, dachte ich. Das hatte mal jemand in einem Film gesagt, bevor er in den Atlantik stieg, um ihn zu durchschwimmen, weil kein Schiff kam. Robert hatte es wunderbar komisch gefunden und auf dem ganzen Nachhauseweg vom Kino darüber gelacht. Ach, Robert. Verdammt, verdammt.

Wanda trug Schwarz, die großen Perlen ihrer langen Kette schillerten in dunklem Grau, selbst das Taschentuch in ihrer Hand hatte einen schwarzen Rand. Ihr Bruder war letzte Woche gestorben, Theo und Mathis waren mit ihr zur Beerdigung und Trauerfeier nach Dortmund gefahren und gestern zurückgekommen.

»Mein herzliches Beileid.«

»Ach ja.« Sie drückte das schwarz geränderte Tuch gegen die Augen. »Er hat mir das Leben sehr schwer gemacht. Er war ein schrecklicher Spießbürger. Aber als Kind war er so nett.«

Sie schluchzte auf, putzte sich die Nase und verschwand im Schlafzimmer.

Sofie ging zu ihrem Puzzletisch in Theos altem Zimmer, ich brachte Zeitung und Brötchen in die Küche, kochte Kaffee, schaltete die Waschmaschine an und machte mich an die Arbeit. Als ich fertig war, klopfte ich an die angelehnte Tür des Schlafzimmers, in das Wanda sich nach dem Frühstück gleich wieder zurückgezogen hatte.

»Kommen Sie rein.«

Auf dem Bett waren schwarze Kleidungsstücke ausgebreitet, auf dem Boden schwarze Schuhe aufgereiht.

»Wir gehen dann. Sofie isst bei Theo und Mathis zu Mittag.«

Sie nickte. »Nächste Woche wieder bei mir.«

»Kann ich noch was für Sie tun?«

Sie schüttelte den Kopf. Sie hatte die Rougebäckchen aus Trauergründen weggelassen und wirkte blass und eingefallen.

»Ach, übrigens«, sagte ich. »Ich muss aus meiner Wohnung raus. Wenn Sie von einer freien …«

Sie fuhr auf. »Wieso müssen Sie aus Ihrer Wohnung raus? Man kann Ihnen unmöglich kündigen.«

»Doch. Ich bin nur zur Untermiete drin.«

»So was Dummes. Haben Sie den Hausverwalter gefragt, ob etwas frei wird?«

»Der weiß von nichts. Aber der will auch nichts wissen.«

Sie schüttelte ungeduldig den Kopf.

»Vergessen Sie's«, sagte ich. »Ich hätte gar nicht fragen sollen. Und sagen Sie Sofie nichts davon. Vielleicht finde ich eine neue, bevor sie es erfahren muss.«

Unten im Hausflur nahm ich die Post aus dem Briefkasten, während Sofie vorauslief und schon in Mathis' Atelier verschwunden war, als ich in die Galerie kam. Ich fand Theo im Büro.

»Wegen Sofies Mittagessen«, sagte ich. »Sie braucht bald was. Ich hole noch eine Tiefkühlpizza, die müsstest du gegen zwölf …«

»Himmel noch mal. Denkst du, wir schaffen es nicht, das Kind durch den Tag zu bringen, ohne dass es verhungert?«

»Okay. Danke. Ich mache heute den großen Einkauf, dann bin ich so gegen …«

»Ist ja gut«, sagte er. »Lass dir Zeit. Wann immer du kommst, wir sind hier und sie auch.«

»Danke. Ach, noch was. Ich muss aus meiner Wohnung raus …«

»Seit wann denn das?«

»Seit einer Woche. Seit ihr weggefahren seid. Die Frau, die sie mir überlassen hat, will sie für ihren Sohn. Sagst du mir Bescheid, wenn du von einer hörst, die frei wird? Am liebsten hier in der Nähe.«

»Hast du schon mit Wanda gesprochen?«

»Ja. Eben. Aber ihr ist jetzt alles zu viel. Und sag Sofie nichts. Ich hab's ihr noch nicht erzählt.«

In der U-Bahn ging ich die Post durch. Ein Umschlag mit dem Absender *Althoff & Kollegen* war dabei, der die Kündigung zum 29. Februar enthielt, unterschrieben von Anita. Dazu der Brief einer Rechtsanwältin aus Gerhards Kanzlei, die mir mitteilte, dass sie Frau Anita Althoff vertrete und vorsorglich Räumungsklage erheben werde, was möglich sei, weil ich Frau Althoff mündlich mitgeteilt hätte, dass ich die Kündigungsfrist nicht einhalten und in der Wohnung verbleiben wolle. Ich könne die Klage abwenden, indem ich schriftlich versicherte, zum 29. Februar auszuziehen. Andernfalls würde eine zügige Räumung angestrebt. Sie wolle mich auch darauf aufmerksam machen, dass ich bei Klageerfolg die Gerichtskosten sowie sämtliche anwaltlichen Kosten zu tragen hätte.

Es war so schrecklich, dass es mein Gehirn lähmte. Scarlett O'Hara fiel mir ein. Ich denke morgen darüber nach, dachte ich, faltete die Bögen zusammen und versteckte sie in meiner Tasche. Morgen ist auch ein Tag.

Ich schaffte es tatsächlich, den Brief und die Kündigung zu vergessen. Erst als ich abends die Tür der Galerie öffnete, dachte ich wieder daran. Ich musste mit Sofie darüber sprechen. Ich konnte Wohnungssuche und Räumungsklage, Angst und Sorge nicht mehr vor ihr verstecken. Die Wahrheit würde ihr weniger schaden als das So-tun-als-ob.

Theo kam mir entgegen und nahm mir die Einkaufstüten ab.

»Ist was?«, fragte ich. »Ist irgendwas mit Sofie?«

»Nein, nein. Der geht's gut. Die sitzt mit Mathis in der Küche und isst Räucherfisch. Hermann Dimitroff wartet auf dich. In meinem Büro.«

»Hermann Dimitroff?«

»Der Hausverwalter. Komm.«

Herr Dimitroff war ein kleiner, dicker Mann mit grauen Locken und einem schwarzen Schnurrbart, der aufstand, als ich hereinkam, und eine knappe, altmodische Verbeugung machte.

»Herr Dimitroff. Es tut mir leid, wenn Sie … Ich meine, ich wusste ja nicht, dass Sie …«

»Völlig richtig«, sagte er. »Ich habe eine Wohnung für Sie. Hier im Haus. Wir können sie gleich anschauen.«

Ich starrte ihn sprachlos an.

»Geh schon«, sagte Theo. »Ich sage Sofie, du hast angerufen und kommst später.«

Die Wohnung lag im zweiten Stock, hatte zwei Zimmer nach vorne und eines nach hinten, einen Balkon nach vorne und einen kleinen zum Hof, einen großen Flur, Fischgrätparkett und einfachen, hübschen Stuck an den Zimmerdecken und sollte achthundert Euro kosten. Warm.

»Das liegt doch in Ihrem finanziellen Rahmen, oder?«, fragte Herr Dimitroff.

Ich nickte stumm.

In der Wohnküche gab es eine weiße Einbauküche, die praktisch neu war.

»Die müssen Sie mir allerdings ablösen«, sagte der Mieter.

»Das macht der Vermieter«, sagte Herr Dimitroff. »Hier sollte schon lange eine Küche rein.«

Ich bemühte mich, meine Gedanken zu sammeln und nicht nur stumm dazustehen.

»Und wann ziehen Sie aus?«, fragte ich den Mieter.

»Zum ersten Januar bin ich draußen.«

»Gut«, sagte Herr Dimitroff und öffnete die Wohnungstür. »Und Sie bekommen am Montag den Mietvertrag von mir, Frau Feldmann.«

Ich folgte Herrn Dimitroff die Treppe hinunter.

»Wie ist das nur möglich?«, fragte ich. »So eine schöne Wohnung. So plötzlich. Achthundert Euro warm. Unglaublich. Es ist ein Wunder.«

Er schnaubte ungeduldig.

»Ganz und gar nicht. Die Wohnung war reserviert. Warum haben Sie nicht gleich gesagt, dass Sie den Hausbesitzer persönlich kennen und auf der VIP-Liste ganz oben stehen? Dann hätten Sie das Wunder viel eher haben können.«

»Aber ich kenne den Hausbesitzer nicht. Und welche VIP-Liste?«

»Sie putzen doch da.«

»Ich putze für viele Leute.«

Jetzt wurde er wieder so ärgerlich wie am Telefon.

»Ach, Frau Feldmann. Wanda Schmitt ist die Hausbesitzerin. Ihr gehört hier alles, die drei Häuser, das leere Grundstück gegenüber, praktisch der ganze Platz. Wussten Sie das wirklich nicht? Sie hat mich heute Mittag angerufen. Irgendetwas müssen Sie sehr richtig gemacht haben. Ich habe schon lange nicht mehr erlebt, dass es ihr so wichtig war, jemanden mit einer Wohnung zu versorgen. Mit sehr bezahlbarer Miete und ablösefreier Küche.«

Ich blieb stehen und starrte ihn an. Er nahm meinen Arm, zog mich die Treppe hinunter, klingelte an der Tür der Galerie und schob mich hinein, als Theo öffnete.

»Montag kommt der Mietvertrag, per Einschreiben. Ich adressiere ihn an die Galerie, ihr seid ja immer da. Sie soll ihn unterschreiben und gleich zurückschicken, auch per Einschreiben. Alles klar, Theo?«

»Alles klar, Hermann. Bis dann«, sagte Theo und machte die Tür wieder zu.

Er sah mich an und grinste. »Na, Schätzchen? Komm wieder zu dir. Sag was.«

»Ich hatte ja keine Ahnung, dass Wanda …«

»Deswegen habe ich dich gefragt, ob du schon mit ihr gesprochen hast.«

Ich fing an zu weinen.

»Was ist?«

»Ich bin so froh. Jetzt kann ich es endlich Sofie sagen. Wir können hierbleiben. Und niemand kann mich verklagen.«

»Natürlich nicht. Das will doch sowieso niemand.«

»Manche Leute schon.« Ich schluchzte laut. »Aber jetzt geht's nicht mehr.«

Er nahm mich in die Arme und tätschelte meinen Rücken.

»Na, siehst du. Alles wird gut.«

Es sieht beinahe so aus, dachte ich. Ich kann es kaum glauben. Ich hätte es nicht zu hoffen gewagt. Danke, Wanda. Danke, Schicksal. Oder wer immer dafür verantwortlich ist.

12

Wir zogen um, Sofie und ich.

Erst hatte sie sich heftig dagegen gewehrt. Seit Sven ihr Leben so sehr verändert hatte, hasste sie jede Art von Veränderung. Manchmal wurde sie schon wütend, wenn der Salzstreuer nicht an seinem gewohnten Platz auf dem Küchentisch stand.

»Ich will aber nicht weg!«

»Die neue Wohnung ist so schön.«

»Nein, nein, nein. Hier ist es viel schöner.«

»Sie ist auch viel größer. Wir haben ein Wohnzimmer, und jeder hat ein Zimmer für sich. Du kriegst das größte. Mama kann bei dir schlafen, wenn sie kommt, und so lange bleiben, wie sie will.«

Ihr Gesicht hellte sich auf, ihre Augen wurden groß, und ich konnte sehen, wie es in ihrem Kopf arbeitete.

»Dann kann Papa auch kommen und so lange bleiben, wie er will, oder?«

Um Gottes willen, dachte ich.

»Natürlich«, sagte ich.

»Er sagt, er telefoniert nicht mehr so oft mit mir, weil er

mich sehen will. Dass ich wieder nach Hause soll. Aber wenn er hier ist, kann er mich ja sehen, oder?«

»Genau.«

Er kommt bestimmt nicht, hatte ich gedacht. Und wenn doch, trage ich es mit Fassung und Würde. Es ist für einen guten Zweck.

Wir zogen um, und Sofie wurde immer glücklicher und ich immer unglücklicher, denn ich musste das Dachbodenabteil räumen und alles hervorholen, was ich vor einem halben Jahr darin verstaut und für lange Zeit dort hatte lassen wollen.

Im Flur lehnten die naiv-bunten Bilder von Roberts Lieblingsmaler an der Wand.

»Hängen wir die auf?«, fragte Sofie.

Ich nickte. Die Männer vom Hausmeisterservice, die den Umzug machten, hätten sie hinuntertragen können in das Kellerabteil, das zur neuen Wohnung gehörte. Aber es war feucht, dort konnten sie nicht bleiben.

»Dann sieht's hier aus wie im Robert-Haus. Und mein Zimmer ist auch wie im Robert-Haus.«

Ja, verdammt, dachte ich.

Die rosa Vorhänge mit den eingestickten goldenen Kronen hingen an den Fenstern, der Teppich mit dem Sternenmuster lag auf dem Boden, die kleine Art-déco-Kommode stand neben ihrem Bett. Im Wohnzimmer war Platz für den Sessel aus seinem Arbeitszimmer, den Schrank aus dem oberen Flur, den großen alten Perser aus der Diele, die Leinenvorhänge aus unserem Schlafzimmer.

Robert, Robert, Robert, klopfte mein Herz.

Zwei Männer vom Hausmeisterservice brachten mein Bett, ein dritter trug die zusammengerollte Matratze. Ich ging hinter ihnen her.

Am Fenster stand schon mein Schreibtisch mit der großen Platte und den vielen Schubladen, nach Maß gefertigt aus honigfarbenem Pinienholz, davor mein Drehsessel in rostrotem Leder, eine Sonderanfertigung, denn Rostrot war meine Lieblingsfarbe. Robert hatte ihn mir zum vierzigsten Geburtstag geschenkt.

Ich setzte mich aufs Bett und fing an zu weinen. Eine Weile hörte ich nur mein eigenes Schluchzen, dann klopfte jemand an die angelehnte Zimmertür.

»Ja?«

Der Jemand kam herein und um das Bett herum. Es war Wanda.

»Die Tür stand offen«, sagte sie. »Ich habe mich umgesehen. Schöne Sachen haben Sie. Ihr Wohnzimmer gefällt mir. Und Sie sitzen hier und heulen?«

»Wegen der Möbel. Sie waren die ganze Zeit auf dem Dachboden. Sie erinnern mich so an ihn. Es tut so weh. Ich habe nicht geglaubt, dass es noch mal so schlimm wird. Ich dachte, es ist schon viel besser.«

Sie ließ sich mit einem Seufzer auf dem Drehsessel nieder. Sein Rot sah gut aus zu ihrem schwarzen Chanelkostüm und der langen Kette riesengroßer, schwarz schillernder Perlen, die, wenn ihr all das hier gehörte, vermutlich echt und sehr kostbar waren. Sie trug wieder ihre Rougebäckchen und wirkte nicht mehr so verhärmt.

»Wann war das noch mal mit Ihrem Mann?«

»Am 14. April.«

»Das erste Jahr ist das schlimmste. Hatte ich Ihnen das nicht gesagt? Sie haben noch drei Monate, an denen kommen Sie nicht vorbei, da hilft nichts. Danach wird's besser. Falls Sie nicht zu den Menschen gehören, die sich an ihre Probleme klammern. Das kann ich mir bei Ihnen aber nicht vorstellen.«

»Ich war siebenunddreißig, als wir uns kennengelernt haben«, weinte ich. »Ich hatte nicht geglaubt, dass mir so was noch passiert. Eine richtige große Liebe. Und dann stirbt er einfach. Schon nach elf Jahren.«

Die Männer vom Hausmeisterservice stapften herein und stellten geräuschvoll Umzugskartons aufeinander.

Wanda vollführte eine verscheuchende Handbewegung. »Machen Sie Pause. Und schließen Sie die Tür.«

Die drei gehorchten, gingen auf leisen Sohlen hinaus und zogen die Wohnungstür behutsam hinter sich zu.

»Gehört Ihnen der Hausmeisterservice auch?«, fragte ich.

Sie erlaubte sich ein kleines Lächeln. »Er gehört Dimitroff. Aber ich bin seine beste Kundin.«

Sie drehte sich in dem Drehsessel hin und her. »Der gefällt mir. So einen hätte ich auch gerne.«

Sie hielt an.

»Ich erzähle Ihnen jetzt etwas. Sagen Sie es nicht weiter, ich erzähle es nicht jedem. Ich war neununddreißig, als ich Theos Vater traf, und ich hatte noch viel weniger mit der großen Liebe gerechnet als Sie, das ist sicher. Ich wollte sogar noch ein Kind von ihm und bin sofort schwanger geworden. Es war ein kleines Wunder. Aber er war schon sehr krank, auch wenn er es nicht wusste. Er hatte Lungenkrebs. Er war Pole, Schlosser auf der Danziger Werft, und nach dem Arbeiteraufstand 1970 nach Deutschland gekommen. Auf der Werft hatten sie mit giftigen Stoffen gearbeitet. Ich habe ihn von Arzt zu Arzt geschleppt, aber man konnte nichts mehr machen. Keine Operation, keine Chemotherapie. Es hatte alles keinen Sinn. Er hat Theo noch gesehen. Er starb zwei Tage nach seiner Geburt.«

Sie drehte sich wieder hin und her mit dem Sessel, hielt und sah mich direkt an mit ihren dunklen Augen, die glänzten und ganz jung waren.

»Ich hatte nicht mal zwei Jahre. Und viele schwere Tage. Er war so krank und ich zum ersten Mal schwanger, mit fast vierzig. Sie hatten elf Jahre. Und wie viele schwere Tage?«

»Keinen einzigen. Sie waren alle schön.«

»Na also. Was wollen Sie? Elf gute Jahre. Seien Sie froh, dass er da war. Jammern Sie nicht, dass er nicht mehr da ist.«

Hinter mir hörte ich Schritte.

»Wo sind meine Puzzles?«, fragte Sofie.

Wanda stand auf.

»Nina muss jetzt nachdenken«, sagte sie. »Zeigst du mir mal dein Zimmer? Ist es so hübsch wie euer Wohnzimmer?«

Sie gingen hinüber, und ich hörte Sofies eifrige Erklärungen und Wandas Fragen und Kommentare.

Schließlich kamen sie wieder in den Flur.

»Was machen Sie heute Abend?«, fragte Wanda hinter mir.

»Nichts.«

»Silvester soll man feiern. Und das neue Jahr begrüßen.«

Nicht ohne Robert, dachte ich.

»Ich habe ein paar Gäste. Es gibt einen kleinen Imbiss und etwas Vernünftiges zu trinken. Das Kind legen wir irgendwann schlafen und wecken es zum Feuerwerk.«

Ich will aber nicht, dachte ich.

Ich hörte, wie sie die Wohnungstür öffnete.

»Richte ihr aus, sie soll sich zusammenreißen und den Hintern hochkriegen. Ich erwarte euch um halb neun. Verstanden?«

»Ja, Wanda«, sagte Sofie wie ein kleiner Soldat.

Sie kam herein und setzte sich neben mich aufs Bett.

»Ich soll dir ausrichten, du sollst dich zusammenreißen und den Hintern hochkriegen. Sie erwartet uns um halb neun.«

Aus ihrem Mund klang es wunderbar komisch.

Sie drückte sich an mich. »Feuerwerk, Nina. Ich habe noch nie Feuerwerk gesehen. Ich habe immer schon geschlafen.«

»Na gut. Aber wir machen uns schön, wenn wir schon mal bei Wanda eingeladen sind. Was willst du anziehen?«

Es war gut, dass wir uns schön machten, denn der Imbiss, von einer Kellnerin serviert, war luxuriös, und Wandas andere Gäste waren zwar auch alle um die achtzig, aber wach, weltläufig und elegant, liebenswürdig zu mir und herzlich zu Sofie, die in ihrem neuen roten Kleid neben

Wanda saß und aus dem Kristallglas Limonade statt Champagner trank. Sie schlief eine Weile in Wandas Baldachinbett, und dann stand sie auf einem Hocker zwischen uns auf dem Balkon mit der bröckelnden Balustrade, hielt meine Hand umklammert und sah gebannt in den Himmel, aus dem glitzernde Sterne regneten.

Ich sah auch hinauf und wünschte mir, ich könne wie sie glauben, dass Robert von dort auf uns herabsah, aber ich konnte es nicht. Dass er nicht neben mir stand, den Arm um mich gelegt, wie jedes Jahr, ließ mich nur kalt und hoffnungslos werden.

Noch drei Monate, dachte ich. Das erste Jahr ist das schlimmste. Danach wird es besser. Hoffentlich.

Bis Silvester hatte es geschneit, doch in der Neujahrsnacht wurde es warm. Der Schlitten, den Mathis Sofie geschenkt hatte, blieb neben ihrem Bett stehen, neu und unbenutzt, denn es fing an zu regnen und hörte nicht mehr auf.

Anfangs hatten wir noch Ferien, aber als ich wieder arbeiten musste und wir immer mit Regenmantel, Gummistiefeln und Schirm unterwegs waren, wurde es quälend.

»Ich hasse Regen. Wann hört der endlich auf?«, jammerte Sofie, wenn wir abends durch die Wildnis nach Hause gingen. Von den Zweigen der Bäume fielen große Tropfen auf uns, und die hochgeschossenen Gräser, die wir streiften, verteilten noch mehr Feuchtigkeit auf uns.

»Er hört bestimmt bald auf. Und bald ist Wochenende, da müssen wir nicht raus.«

Warmes Licht fiel durch die Schaufenster der Galerie

auf das nasse Pflaster. Unter dem schützenden Balkonvorsprung war ein Motorrad geparkt.

»Das ist doch …«

»Papa! Papa ist da!«, schrie Sofie, rannte hinüber, drückte die Eingangstür mit ihrem Körper auf und stürzte hinein.

Ich blieb vor dem Motorrad stehen, strich über die Lenkstange, die Griffe, streichelte den Sitz. Es war nicht mehr so gepflegt wie früher, das Leder der Satteltaschen nicht mehr so glatt, die Chromteile nicht mehr so glänzend, aber es war seines. Roberts Motorrad.

Die Tür wurde geöffnet.

»Na? Was ist? Kommst du?«, fragte Theo. Drinnen war Sven in die Knie gegangen und hielt Sofie umarmt. Von ihrem Regenmantel tropfte es, und ihre Gummistiefel hatten nasse Abdrücke auf dem Boden hinterlassen.

»Das ist dann wohl der ungetreue Kindsvater«, sagte Theo. »Immerhin ein hübscher Mann. Und die Maschine ist wunderschön.«

»Die hat er ja auch von mir. Die hat meinem Mann gehört. Hat er die einfach so vors Fenster gestellt?«

»Nein. Er hat gefragt.«

Sven ließ Sofie los und kam hoch. Er trug eine lederne Motorradmontur und zum zerzausten Haarschopf und den hellgrauen Augen einen Dreitagebart und sah wirklich sehr hübsch aus.

»Hallo, Nina.«

»Was machst du denn hier?«

»Sofie hat gesagt, ich könnte kommen. Weil ihr in der neuen Wohnung genug Platz habt.«

»Schon. Aber kannst du nicht vorher anrufen?«

Er legte einen schuldbewussten Ausdruck über sein schönes Gesicht.

»Du hast recht. Tut mir leid. Ich bin einfach losgefahren. Ich hatte solche Sehnsucht nach Sofie.«

Dagegen gab es nichts zu sagen. Gar nichts. Ich durchquerte die Galerie, riss die Tür zum Hausflur auf und stapfte die Treppe hinauf, und Sven beeilte sich hinterherzukommen, mit Sofie an der Hand und seinen Sachen unter dem Arm.

Oben suchte er nach einem Platz, wo seine Regenkombi und die Regenüberschuhe trocknen konnten, und fragte, ob er gleich schlafen gehen könne, denn er war ohne Pause durchgefahren und die Fahrt im Regen anstrengend gewesen.

Ich machte ihm das Bett auf der Liege in Sofies Zimmer, und er verschwand nur kurz im Bad und legte sich sofort hinein. Sofie, die sonst nie so früh müde war und eigentlich großen Hunger hatte, kroch zu ihm unter die Decke.

Ich ging in die Küche, hatte jetzt auch keinen Hunger mehr, wünschte mir dringend ein Fläschchen Prosecco, suchte zwischen den Kochbüchern das Notizheft hervor, in dem ich alles aufschrieb, was mein Herz beschwerte, damit es vielleicht leichter wurde, und füllte ein paar seiner Seiten mit den Erinnerungen an Robert und das Motorrad.

Danach lag ich im Bett, lauschte auf den Regen, der wie eine Wand aus Wasser vor dem Fenster niederfiel, und dachte: noch ein Problem. Draußen Regen und Arbeit und drinnen ein nichtsnutziger Schmarotzer, zu dem ich auch noch nett sein muss, weil er Sofies Vater ist und sie ihn so liebt.

Ich wachte am anderen Morgen davon auf, dass Sofie mich küsste.

»Guten Morgen, Nina.«

Ich fuhr hoch. »Ist was? Habe ich verschlafen? Müssen wir los?«

»Nein, nein. Papa will nur wissen, ob du Kaffee ans Bett möchtest oder einen Early Morning Tea.«

»Einen was?«

»Einen Early Morning Tea. Papa sagt, manche Menschen wollen morgens im Bett als Erstes Tee trinken.«

Ich hatte noch nie darüber nachgedacht, was ich morgens im Bett als Erstes trinken wollte.

»Tee, bitte.«

Sie hüpfte eifrig davon und kam mit einem Teebecher und einem Glas mit Zucker, in dem ein Löffel steckte, zurück.

»Papa möchte wissen, wie du dein Frühstücksei willst. Weich, mittel oder hart?«

Dieser Frage war ich gewachsen. »Weich.«

»Toast oder Brötchen?«

»Brötchen.«

Ich tat Zucker in den Tee und lehnte mich zurück, um ihn gemächlich zu trinken, aber es hielt mich nicht im Bett. Ich musste sehen, was in der Küche passierte.

Sofie saß im Bademantel am Tisch, Sven war barfuß, trug Jeans und ein himmelblaues Muskelshirt und machte Rührei, und der warme, weiche Duft nach Eiern und Butter hing im Raum und vermischte sich mit dem von frischem Kaffee.

Ich setzte mich vor den Teller mit dem bunten Zettel, auf den Sofie ein Herz gemalt hatte, in dem *Nina* stand. Ein Glas mit Orangensaft stand davor und ein Eierbecher, über den eine Wollsocke von Sofie gezogen war.

Sven schob den Inhalt der Pfanne auf Sofies Teller. »Möchtest du vielleicht auch Rührei, Nina? Wir haben vergessen, dich zu fragen.«

»Nein, nein. Ich nehme gerne das – äh …«

Mir versagte die Stimme. Es war alles ein bisschen viel.

Er brachte warme Brötchen, schenkte mir Kaffee ein, schob Salz und Butter in meine Richtung und setzte sich. Neben seinem Teller lag ein Blatt Papier mit Notizen.

»Ich kümmere mich um Sofie und den Haushalt«, sagte er. »Wenn es dir recht ist.«

Ich nickte.

»Wegen des Essens«, fuhr er fort. »Ich müsste wissen, wann du mittags hier bist, wann du abends kommst und was du magst. Und ich brauche die Telefonnummer von Rosenthals. Sofie sagt, dass Ruth heute Nachmittag auf sie wartet. Ich will anrufen, damit sie wissen, dass ich mitkomme.«

Ich aß das Ei, trank den Orangensaft und den Kaffee und ging ein wenig taumelig ins Bad.

Es ist nur ein Trick, dachte ich, während ich mir die

Zähne putzte, er will sich einschmeicheln und entpuppt sich bald als der elende Nichtstuer, der er in Wirklichkeit ist, doch auch wenn es ein Trick ist, ich werde es genießen, solange es dauert.

Es war keiner. Es blieb so. Sven machte jeden Morgen ein gutes Frühstück und jeden Abend ein gutes Abendessen. Die Wohnung war sauber, wenn ich kam, die Wäsche gewaschen, die Blumen waren gegossen, der Kühlschrank voll und Sofie glücklich. Sie saß neben mir am Küchentisch und erzählte, was sie den Tag über getan hatten, während Sven lächelnd lauschte und zwischendurch fragte, ob es mir schmeckte.

Es war das Paradies, aber mir war unheimlich zumute, denn ich fing an, ihn zu mögen. Ich wechselte nie schnell die Seiten, und schon gar nicht hätte ich mir vorstellen können, es je bei Sven zu tun.

»Was ist mit ihm?«, fragte ich Julia, als wir telefonierten. »Stimmt was nicht? Spielt er ein Spiel? Er ist doch nicht wirklich so nett.«

»Ach, Mama!«, sagte sie ärgerlich. »Natürlich ist er nett. Was glaubst du denn, warum ich mit ihm zusammen war? Warum ich ein Kind mit ihm habe? Er ist kein Ekel, und ich bin keine Masochistin!«

»Das sage ich ja gar nicht, aber …«

»Du hast ihn nie so nett erlebt. Er hat sich bei dir und Robert immer ziemlich rotzig aufgeführt.«

»Warum?«

»Weil Robert für ihn ein ausbeuterischer Kapitalist war.«

»Verdammter Scheißkerl.«

»Robert hat ihn einen nichtsnutzigen Schmarotzer genannt«, gab sie vorwurfsvoll zurück.

Das ist er ja auch, wollte ich antworten, aber es klopfte an der Tür.

»Ja?«

Sven streckte den Kopf herein.

»Tut mir leid, wenn ich störe, aber der Film fängt an. Der mit deinem Lieblingsschauspieler, den du unbedingt sehen willst. Oder soll ich im Internet schauen, wo es den billig als DVD gibt?«

Was sollte ich machen? Ich mochte ihn wieder.

Alle anderen mochten ihn auch. Theo, Wanda, die Rosenthals, Susanne, David und Cora vom Coffeeshop, wo er jeden Tag mit Sofie auf einen Cappuccino vorbeikam, sogar Bernd vom Drogeriemarkt, denn sie waren Fans desselben Fußballklubs.

Nur Mathis nicht. Mathis wechselte nie ein Wort mit ihm, interessierte sich überhaupt nicht für das Motorrad und verschwand sofort, wenn Sven auftauchte.

»Ich geh dann mal wieder an die Arbeit«, murmelte er, rückte polternd seinen Stuhl zurück, schob sich hinter dem Küchentisch hervor und stapfte hinaus.

»Da habe ich ja gleich einen Platz«, sagte Sven freudig.

»Wieso muss Mathis jetzt so viel arbeiten?«, fragte Sofie.

»Wie kommst du darauf?«, fragte Theo.

»Er sagt immer, er geht wieder an die Arbeit.«

Immer wenn Sven da ist, dachte ich.

»Ach, das ist eben manchmal so«, sagte Theo lahm.

Sie sah nachdenklich von ihm zu mir und dann zu Sven, der da saß, wo Mathis eben noch gesessen hatte, und sich hungrig von der Platte mit Räucherfisch bediente. Ich wusste nicht, worüber sie nachdachte und was sie verstand, aber ich hoffte, es war das Richtige.

»Glaubst du, ich kann ihn trotzdem mal besuchen?«, fragte sie schließlich.

»Natürlich«, sagte Theo. »Klar. Jederzeit. Da wird er sich sehr, sehr freuen.«

Am anderen Tag verschwand sie nach dem Mittagessen in ihrem Zimmer und kehrte mit der Kunstmappe unter dem Arm zurück, die Mathis für sie gemacht und mit ihrem Namen versehen hatte.

»Ich gehe Mathis besuchen.«

»Wieso gehst du Mathis besuchen?«, fragte Sven.

»Wieso nicht? Mathis ist mein Freund. Ich will ihm meine neuen Bilder zeigen«, sagte sie und setzte ihr Erwachsenengesicht auf, um anzuzeigen, dass sie nicht verhandlungsbereit war. Sie ließ die Wohnungstür offen, damit ich ihre Schritte auf der Treppe hören konnte, ihr Klingeln und die Stimme von Theo, der unten öffnete.

Ich ging hinaus, machte die Tür wieder zu und begann, die Spülmaschine einzuräumen.

Sven räusperte sich heftig.

»Mathis ist ein erwachsener Mann. Was soll das heißen: Er ist ihr Freund?«

Ich drehte mich um.

»Genau das. Als sie zu mir kam, hatte ihr Vater gerade sie

und ihre Mutter verlassen, weil er sich in eine andere Frau verliebt hatte. Dann wurde die andere Frau auch noch schwanger. Das war schrecklich für Sofie. Aber Mathis war da. Auf ihn war Verlass. Sie durfte sogar zu ihm ins Atelier, wann immer sie wollte. Da gibt's einen Kaminofen und ein altes geschwungenes Sofa, auf dem konnte sie sich unter eine Decke kuscheln und schlafen oder Bilder malen oder ihm bei der Arbeit zusehen. Es gab immer Tee und braune Kuchen. Und alle möglichen Sorten Lakritze. Oder Räucherfisch, wie gestern. Mathis hat ihr den Vater ersetzt, den sie gerade nicht mehr hatte. Der ihr nur Schwierigkeiten machte. Ich war sehr froh darüber, denn das konnte ich nicht. Dafür muss man ein Mann sein.«

Erst sah er mich entsetzt an. Dann verwandelte sich das Entsetzen in seinem Gesicht in Wut.

»Aber jetzt hat sie ihren Vater wieder!«

»Darüber bin ich auch sehr froh. Und du kannst gerne noch eine Weile bleiben, mir gefällt's nämlich ausgesprochen gut mit dir. Aber es dreht die Zeit nicht zurück und macht nichts ungeschehen. Sofie hat Menschen gefunden, die für sie da waren, als du es nicht warst, und sie lässt jetzt nicht alles stehen und liegen, nur weil du beschlossen hast, dich wieder um sie zu kümmern!«

Ich schlug die Spülmaschine so fest zu, dass Gläser gegeneinander fielen und mit scharfem Klirren zerbrachen.

In Svens Gesicht wurde aus der Wut Hilflosigkeit. Er wollte etwas sagen und öffnete den Mund, aber es kam nichts heraus, und er sah aus wie ein Fisch auf dem Trockenen. Schließlich sprang er auf, stürmte in Sofies Zimmer und polterte dann aus der Wohnung, und ich meinte beinahe zu hören, wie unten die Maschine aufdröhnte und sich lärmend entfernte.

Ich stürmte auch in Sofies Zimmer, aber er hatte nur den Motorradhelm mitgenommen. Seine anderen Sachen waren noch da. Er kam wieder. Gott sei Dank.

Ich stand im Flur, war ausnahmsweise mal allein und kam mir komisch vor. Es gab niemanden, um den ich mich kümmern und nichts, was ich tun musste. Die Wohnung war sauber, die Wäsche gewaschen, der Wochenendeinkauf erledigt. Dafür hatte Sven gesorgt. Ich konnte einfach tun, was ich wollte.

Aber was? Und mit wem? Sofie war bei Mathis, Susanne hatte Theaterprobe, Wanda Besuch, bei Rosenthals war Sabbat. Ich ging hinunter in die Galerie und fand Theo am Schreibtisch im Büro.

»Was ist denn mit dem Kindsvater los?«, fragte er. »Der ist wie ein Irrer losgefahren. Hätte mir mit der Maschine beinahe die Schaufensterscheibe eingedrückt.«

Ich erzählte es ihm.

Er kicherte zufrieden. »Ach ja. Eifersucht, wohin man blickt. Erst war Mathis eifersüchtig, weil der Kindsvater da ist und Sofie nicht mehr ins Atelier kommt. Und nun ist der Kindsvater eifersüchtig, weil Sofie Mathis wieder besucht. Schön. Mal was anderes. Sonst bin immer ich derjenige, der eifersüchtig ist, und keiner versteht mich.«

Er sah mich genauer an. »Und du? Was ist mit dir?«

»Ich weiß nicht, was ich tun soll. Niemand braucht mich, und alles ist erledigt.«

Er stand auf. »Komm mit ins Kino. Ich mache den Laden zu, und Sofie bleibt solange bei Mathis.«

Wir gingen in das Kino in der Nähe der Discounter, in dem es noch zwei große Kinosäle gab und nicht viele kleine. Theo nahm die besten Plätze ganz hinten und besorgte Popcorn und eine Tüte Weingummis für mich.

»Ist das schön«, sagte ich. »Ich war so lange nicht mehr im Kino. Und schon gar nicht mit einem Mann.«

Er legte den Arm um mich. »Und ich nicht mit einer Frau. Nicht mehr, seit ich siebzehn war. Irgendwann danach wurde mir klar, dass ich schwul bin, und das war es dann mit den Frauen. Im Kino und überhaupt. Aber mit der richtigen Frau hat's doch wieder was.«

Ich ließ den Kopf an seine Schulter sinken und stopfte mir den Mund mit Weingummis voll.

Danke, Theo, dachte ich.

Wir küssten uns schon lange, Adrian und ich, aber ich hatte immer noch nicht genug. Ich wollte nie wieder damit aufhören, denn es war so besonders wie alles, was ich mit ihm tat.

Vielleicht, weil es nur das war. Nur küssen, streicheln und so weiter. Wir mussten uns nichts beweisen. Nicht dass es die große Liebe war, er der Mann fürs Leben, ich die Frau für immer. Wir konnten es einfach nur tun. Weil es schön war. Weil es uns gefiel. Ich musste nicht mal einen Orgasmus kriegen, damit er sicher sein konnte, dass er mich glücklich machte. Es ging auch ohne. Obwohl man praktisch jedes Mal einen hatte, wenn man keinen haben musste.

Er löste seine Lippen von meinen und seufzte zufrieden.

»Ich liebe deinen Schwiegersohn«, sagte er.

»Er ist nicht mein Schwiegersohn. Bloß Sofies Vater.«

»Dann liebe ich Sofies Vater. Hoffentlich bleibt er noch lange.«

Seit Sven da war, hatten wir nicht nur den Montagnachmittag für uns, sondern auch den Mittwochvormittag, weil Sofie nicht mitkam. Und die Mittagspausen, wenn ich es schaffte und Adrian Zeit hatte. Und manchmal am Abend noch zwei, drei Stunden, wenn ich bei meinem letzten Job früh genug wegkam.

Ich wollte ihn wieder küssen, aber er schob mich weg.

»Ich muss erst mit dir reden.«

»Worüber?«

»Über Geld.«

»Über Geld? Jetzt?«

»Ja. Wenn du während deiner Arbeitszeit hier nicht putzt, sondern mit mir schläfst, verlierst du Geld. Jedes Mal etwa achtzig Euro. Bei einem Termin in der Woche sind das dreihundertzwanzig Euro im Monat, bei zwei Terminen sechshundertvierzig Euro.«

»Du redest wie ein verdammter Buchhalter.«

Er runzelte die Stirn, kniff die Lippen zusammen und sah mich auch an wie ein Buchhalter. »Das sind Ausfallkosten, die du dir nicht leisten kannst. Lass sie mich übernehmen. Ich verdiene so viel mehr als du. Ich merke es gar nicht. Es wäre nur fair.«

»Ist schon klar. Du bist der hochbezahlte Profi, ich bin die minderbezahlte Putze. Wer hat mich noch mal so genannt? Ach ja. Deine Freundin Sandra.«

Er lehnte sich mit so viel Schwung gegen das hölzerne Kopfteil, dass es klang, als würde es brechen.

»Hör auf mit dem Blödsinn. Das sind schlichte Fakten. Und was Sandra sagt, dafür kann ich nichts.«

»Ich lasse mich doch nicht dafür bezahlen, dass ich mit dir …«

»Noch mehr Blödsinn. Du hast achtzig Euro Einnahmeverlust pro Treffen. Tatsächlich bezahlst du dafür, dass wir miteinander schlafen. Kapiert?«

»Ach, so. Ja, stimmt. Du hast recht. Na gut.«

Er seufzte erleichtert.

»Dann übernehme ich deine Ausfallkosten. Auch rückwirkend. Wenn's dir lieber ist, kannst du mir ja was zurückzahlen, sobald du wieder gut verdienst. So wie du drauf bist, verdienst du bald wieder gut.«

»Glaubst du?«

»Da bin ich ganz sicher.«

»Danke.«

»Auch bloß eine Tatsache«, sagte er trocken.

»Ich meine, danke wegen dem Geld. Dass du daran gedacht hast. Ich bin manchmal ein bisschen dämlich.«

»Gar nicht. Im Gegenteil.«

»Können wir jetzt wieder was anderes tun als reden?«

Er rutschte zu mir herüber und nahm mich in die Arme, und als er in mich eindrang, explodierte die Lust in mir, überall in meinem Körper, es waren lauter große und kleine Explosionen der Lust, sogar in den Zehen und in meiner Stirn.

Die Türklingel schrillte, und ich dachte erst, das Geräusch gehöre zu den Explosionen, doch sie schrillte immer wieder, und dann fing das Telefon an zu klingeln, bis der Anrufbeantworter sich einschaltete, und schließlich piepte Adrians Handy.

Er ließ mich los. »Ich sehe mal nach.«

Er kam mit dem Handy zurück. Sandras Stimme ertönte von der Mailbox, hoch und aufgeregt: »Wo bist du? Überall ist Licht, und dein Wagen steht da. Meine Fortbildung ist ausgefallen, ich wollte vorbeischauen, aber ich habe den Schlüssel nicht dabei. Ich mache mir Sorgen. Du lässt doch nie das Licht an, wenn du weggehst. Mach auf, Adrian.«

Er stöhnte. »Ich muss sie anrufen. Beeil' dich.«

Ich zog mich hastig an, küsste ihn kurz und rannte die Treppen hinunter. Als ich die Hoftür aufmachte, hörte ich ihn oben telefonieren. Ich ging nach vorne zum Tor und wartete, bis der Öffner summte und bestimmt niemand mehr vor der Tür stand, bevor ich auf die Straße trat. Ich kam mir idiotisch und unwürdig vor und ärgerte mich über mich selbst, aber so war es eben, wenn man mit einem Mann schlief, der eine Freundin hatte.

Zu Hause stand die Tür zu Sofies Zimmer offen, Licht brannte darin, Svens Bettwäsche war abgezogen, seine Sachen lagen herum. Sofies Bett war leer.

Mein Herz fing an zu rasen.

Sven kam aus dem Bad, nur mit Thermounterwäsche bekleidet.

»Wo ist Sofie?«

Er legte den Finger auf die Lippen. »Sie schläft in deinem Bett, damit sie morgen früh nicht allein aufwacht. Okay?«

»Ja, aber …«

»Ich muss weg. Ich habe nur gewartet, bis du wieder da bist.«

»Weg wie weg? Du meinst, ganz weg?«

Er nickte. »Jasmin hat angerufen.«

»Ist was passiert? Mit dem Baby?«

»Nein, nein. Gar nichts. Sie will bloß, dass ich zurückkomme. Sofort.«

»Einfach so?«

Er nickte.

»Heute Nacht noch?«

Er nickte wieder. »Ich ziehe mich nur eben an und packe zu Ende, ja?«

Im Wohnzimmer lief der Fernseher. Fußball. Svens Lieblingsmannschaft mit den gelben Trikots und dem Maskottchen, das aussah wie eine verungluckte Biene, spielte gegen eine Mannschaft in Knallrot.

»Nina?«

Er stand schon im Flur, den Helm unter dem einem, die Satteltaschen unter dem anderen Arm, den Rucksack über der Schulter.

»Also dann.« Er hielt inne, legte Helm und Gepäck auf den Boden, zögerte kurz und nahm mich in die Arme.

Nach einer Weile lockerte er die Umklammerung und sah mich an.

»Danke, Nina. Es war so schön bei dir. Ich kann hoffentlich bald wiederkommen. So bald wie möglich.«

»Aber Sofie geht doch zurück nach Köln. Es dauert nicht mehr ewig mit der Wohnung. Julia hat ja was in Aussicht.«

Er runzelte die Stirn. »Das ist nicht dasselbe. Hier ist es einfach besonders schön. Also, dann. Grüß Susanne und Wanda und Frau Rosenthal und – ach, grüß sie einfach alle. Sie werden mir sehr fehlen.«

Er küsste mich auf die Wangen.

»Bis bald, Nina. Bis ganz bald.«

Er riss die Wohnungstür auf, bückte sich nach seinen Sachen, richtete sich mit rotem Kopf wieder auf, war schon draußen und trampelte die Treppe hinunter.

»Gute Fahrt. Pass auf dich auf«, rief ich hinter ihm her.

»Mache ich«, kam es dumpf von unten, und die Haustür schlug zu.

Irgendetwas stimmt nicht, dachte ich. Erst will er Sofie unbedingt zurückhaben, und jetzt ist er überhaupt nicht begeistert von der Aussicht, dass sie bald wieder da ist. Bedankt sich bei mir, weil es hier so schön war. Umarmt und küsst mich. Komisch.

Im Fernsehen hatte die gelbe Mannschaft gewonnen. Gelbe Fahnen wurden geschwenkt, Männer rannten jubelnd über den Rasen und zerrten sich gelbe Trikots vom Leib, während die in den roten zu Boden sanken oder vom Platz schlurften. Sven hätte auch gejubelt. Jasmin musste viel Druck gemacht haben, wenn er sich nicht mal die Zeit genommen hatte, das Spiel zu Ende zu sehen.

Ich war plotzlich schrecklich müde. Ich hatte geputzt, geliebt und war vor der Hauptfrau davongerannt. Dann der rasche, rätselhafte Abgang meines Nicht-Schwiegersohns. Und morgen musste ich wieder früh aufstehen, und keiner brachte mir Early Morning Tea ans Bett.

Ich machte den Fernseher aus, ging nicht mehr ins Bad, sondern ließ den Schweiß des Putzens und Liebens an meinem Körper, kroch im Dunkeln zu Sofie ins Bett, tastete nach dem Wecker und löste die Wecktaste. Mir war schwer und hoffnungslos zumute, und ich dachte: Ich schaffe es nicht mehr. Doch dann drückte Sofie sich an mich und seufzte im Schlaf, und ich legte den Arm um sie und spürte ihre Wärme und ihren zarten Atem an meinem Hals und wusste wieder, dass es weitergehen würde.

13

Ich hörte seine Stimme und erkannte sie erst nicht, vielleicht weil ich so sicher gewesen war, sie nie wieder zu hören.

»Hallo, Nina. Wie geht's denn so?«

»Gut. Äh – wer …«

»Alex hier.«

»Ach, Alex. Hallo.«

»Ich sagte dir ja, ich würde mich wieder melden, wenn …« Er machte eine Kunstpause. Er klang so freundlich, dass ich dachte, er hätte es sich überlegt und würde mich doch am Erbe beteiligen.

»… etwas mit dem Motorrad und wo es geblieben ist, nicht in Ordnung wäre.«

»Ja?«

»Und das ist ja nun der Fall.«

»Wieso?«

»Du hast es gestohlen – nein, unterschlagen. Es war in deinem Gewahrsam. Ein Gewahrsamsbruch war nicht nötig, darum ist es kein Diebstahl. Das ändert aber nichts. Im Gegenteil. Bei Unterschlagung fällt der Geldwert einer

Sache nicht unbedingt ins Gewicht, dafür kann der Vertrauensbruch umso mehr von Bedeutung sein. Und das ist hier zweifelsfrei der Fall.«

»Alex! Ich habe keine Ahnung, wovon du redest. Klartext, bitte.«

»Das Motorrad meines Vaters stand einige Zeit vor dem Haus, in dem Oliver Althoff seine Stadtwohnung hat. Er sagte zu dem Mann, der es fuhr, er würde es kennen, es wäre das von Robert Nideck, und der Mann sagte, er hätte es von seiner Schwiegermutter bekommen, die mit Robert Nideck zusammengelebt hätte, und zwar kurz nach seinem Tod. Klar genug?«

O Gott, ja. Oliver Althoff, Anitas Sohn und Roberts Patenkind. Er hatte auf der Maschine das Motorradfahren gelernt. Er kannte sie gut. Und er hatte Sven ganz harmlos danach gefragt, und Sven hatte ganz harmlos geantwortet, und dann hatte Oliver es Alex erzählt. Auch ganz harmlos.

Aber jetzt war es nicht mehr harmlos. Nicht, wenn Alex daran beteiligt war.

»Sehr klar«, sagte ich. »Besser geht's nicht.«

»Mehr fällt dir nicht dazu ein?«

»Doch. Willst du es wiederhaben? Ich gebe es dir zurück.«

»Was soll ich noch damit? Oliver hat mir erzählt, dass es ziemlich heruntergekommen ist. Es ist nicht mehr das Motorrad meines Vaters. Das hatte einen emotionalen Wert für mich, und der ist natürlich dahin. Das ist also keine Lösung.«

»Eine andere weiß ich nicht, Alex. Außer, dass du dir ein

neues Motorrad kaufen kannst. Nicht nur eines. Zehn. Hundert.«

»Ein neues Motorrad ändert nichts an dem, was du getan hast. Und das werde ich nicht einfach so stehen lassen, als wäre nichts gewesen«, sagte er kleinkrämerisch. »Ich zeige dich an. Wegen Unterschlagung. Das ist nach § 246 StGB eine Straftat, die mit bis zu drei Jahren Freiheitsstrafe geahndet wird.«

Anzeige, Unterschlagung, Freiheitsstrafe – schwere, dunkle Worte, die mir Angst machten, auch wenn ich eigentlich wusste, dass mir nicht viel passieren konnte. Aber ich musste mir einen Anwalt nehmen. Und ich hatte keine Rechtsschutzversicherung. Sie war mir zu teuer gewesen.

Ich schob die Angst beiseite.

»Na gut«, sagte ich locker. Die einzige Freude, die mir blieb, war so zu tun, als berühre es mich nicht. Als könne er mich mit nichts beeindrucken. Damit konnte man ihn wunderbar ärgern. »Dann mach mal, Alex. Wenn du nichts Besseres zu tun hast.«

»Dann mache ich mal«, wiederholte er, und ich hörte an seiner Stimme, dass ich ihn getroffen hatte. »Vielleicht finde ich ja noch was Besseres.«

Ich legte auf und versuchte auch für mich so zu tun, als wäre es mir egal, aber es gelang mir nicht. Wenn ich aufwachte, dachte ich als Erstes an Alex und das schreckliche Wort Unterschlagung, und wenn ich den Briefkasten öffnete, auch. Eigentlich wollte ich ihn gar nicht mehr aufmachen.

Aber Sofie ließ mich nicht.

»Die Post, Nina. Du musst die Post rausnehmen.«

»Nachher.«

»Jetzt. Du musst nachsehen, ob was da ist.«

Sie konnte es immer noch nicht ertragen, wenn etwas anders lief als gewohnt.

Ich nahm die Briefe heraus und wollte sie in die Tasche schieben.

»Du musst schauen, was gekommen ist. Das muss man machen.«

Ich ging schnell die Umschläge durch. Nichts von Alex, der Kanzlei Althoff oder irgendeiner anderen Kanzlei. Dafür gab es einen rosa Umschlag, auf dem über der Adresse in großen Blockbuchstaben *Sofie Feldmann* stand, damit sie es selbst lesen konnte. Und als Absender bloß *Papa*. Auch in Blockbuchstaben.

Ich reichte ihn ihr. Sie buchstabierte sich durch ihren Namen und drehte ihn um. Was da stand, war schnell und leicht zu lesen.

»Von meinem Papa! Das ist ein Brief für mich von meinem Papa.«

Sie versuchte den Umschlag zu öffnen, aber er war fest zugeklebt.

»Lass das lieber Mathis machen. Mit seinem Federmesser.«

In der Galerie lief sie zur Ateliertür, klopfte und wurde hereingelassen. Ich ging ins Büro. Theo saß am Schreibtisch über einem Katalog und sah hoch.

»Sofie ist im Atelier. Kann sie bei euch zu Mittag essen? Ich wollte sie nicht bei Wanda lassen.«

Er nickte.

»Irgendwas stimmt nicht mit ihr«, sagte ich. »Ich mache mir Sorgen.«

Er nickte wieder. Das Telefon klingelte, er hob ab und bedeutete mir, mich auf den Besucherstuhl zu setzen.

Ich dachte an Wanda.

Sie war ohnehin sehr schlank, doch jetzt wurde sie mager, weil sie fast nichts mehr aß. Sie war immer perfekt angezogen, hatte sich auch sonst im Griff und erlaubte sich keine Nachlässigkeiten. Aber jetzt lief sie den ganzen Tag in einem ihrer gesteppten, seidenen Morgenmäntel herum oder blieb im Bett, ließ den Fernseher laufen und döste vor sich hin.

Theo legte auf und sagte: »Ich auch.«

»Was hat sie?«

Er seufzte so tief, dass es wie ein Stöhnen klang. »Es ist wegen ihrem Bruder. Sie kommt nicht darüber weg, dass er tot ist. Dabei war der Kerl ein Ekel. Ein widerlicher Spießer. Aber das will sie nicht mehr wissen. Für sie gibt's nur noch die Kindheit in dieser Dortmunder Arbeitersiedlung mit den Gemüsegärten und Kaninchenställen und dem Taubenschlag auf dem Dach. Und er war doch so ein nettes Kind.«

»Und später?«

»Später wurde er Bürovorsteher in einer Steuerkanzlei. Sie ist von Dortmund weggegangen und hat ihr Geld mit Nachtklubs gemacht, hier in der Stadt. Er hat sie nur ›die Hure‹ genannt. Dabei waren ihre Klubs so sauber wie Mädchenpensionate. Er hat die ganze Familie gegen sie aufgebracht. Keiner durfte Kontakt zu ihr haben. Mein

Vater kam aus Polen. Der war für ihn nur der Pollacke. Als sie die Klubs verkauft hat und eine wohlhabende Immobilienbesitzerin wurde, hat er sich großzügig mit ihr versöhnt. Und sie immer wieder angepumpt. Ich habe den Kerl gehasst. Ich bin froh, dass er endlich unter der Erde ist. Aber sie stößt sich jetzt das Herz ab wegen ihm.«

Mathis und Sofie kamen aus dem Atelier, und Theo sagte, sie könnten schon mal Pizza holen und ihm eine mit allem mitbringen.

»Und was machen wir mit Wanda?«, fragte ich, als sie draußen waren.

»Ich versuch's mit Kempinski.«

»Womit?«

»Das Kempinski in Berchtesgaden. Fünf-Sterne-Edelschuppen mit einem Wahnsinnsblick in die Berge und jedem erdenklichen Luxus. Das ist normalerweise das Allheilmittel. Ein paar Tage in der Präsidentensuite, nichts auslassen, was gut und teuer ist, und sie ist wieder wie neu.«

Er rieb sich das Gesicht mit den Händen und sah so angestrengt und besorgt aus, wie ich ihn noch nie gesehen hatte.

Ich stand auf und legte die Hand auf seine Schulter, und zu meiner Überraschung legte er seine darauf.

»Wenn ich was tun kann, sag Bescheid.«

Er nickte und hielt meine Hand so fest, dass es wehtat.

Das Kempinski half nicht. Sie blieben eine ganze Woche, Wanda gab sich große Mühe, ging zur Massage und in den Kosmetiksalon, kaufte in den Luxusboutiquen in der Hotelhalle ein, trank Champagner an der Bar und aß jeden Abend im Sternerestaurant. Doch kaum war sie wieder zu Hause, fiel sie zurück in den alten Trott, schlimmer als vorher. Sie lag nur noch im Bett und wollte nicht mal aufstehen, damit ich es machen oder frisch beziehen konnte.

An dem Morgen, an dem wir kamen und die Wohnung und das Bett leer fanden, dachte ich erst, Theo habe sie kurz entschlossen wieder nach Berchtesgaden verfrachtet, um es noch mal mit der Kempinski-Therapie zu probieren.

Sein Handy war abgeschaltet. Ich versuchte es bei Mathis. Er meldete sich mit gehetzter Stimme.

»He, Nina. Tut mir leid. Wir hätten Bescheid sagen sollen. Wanda ist im Krankenhaus. Ein Schlaganfall. Aber nur ein ganz kleiner. Sie kann in ein paar Tagen wieder nach Hause, kriegt ein bisschen Krankengymnastik, und in zwei, drei Monaten ist sie wieder wie vorher, sagt der Arzt. Also alles gut. Ich melde mich nachher noch mal.«

»Was ist mit Wanda?«, fragte Sofie alarmiert, als ich auflegte.

»Nichts. Sie ist im Krankenhaus, weil sie …«

»Stirbt sie jetzt?«

»Nein.«

»Wenn man ins Krankenhaus kommt, stirbt man. Wie mein Opa und mein Lieblings-Robert.«

»Nein! Sie stirbt nicht. Sie wird wieder gesund.«

Sie sah mich beschwörend an.

»Versprichst du es?«

»Ja.«

»Sag es.«

»Ich verspreche es dir. Bei meiner Ehre und meinem Leben, wie Robert gesagt hat. Weißt du noch?«

Ihr Gesicht hellte sich auf, und sie nickte erleichtert.

Ich nutzte die Gelegenheit und bezog Wandas Bett mit frischer Wäsche, und dann gingen wir in das Luxuskaufhaus in der Fußgängerzone und vergnügten uns in der Spielzeugabteilung und bei Schmuck und Parfüm, bevor ich Sofie zu Frau Rosenthal brachte und weiterfuhr zu Adrian.

Er kam aus seinem Arbeitszimmer, als ich die Wohnungstür aufschloss. Ich zog ihn ins Schlafzimmer, zerrte mir die Kleider vom Leib, half ihm hastig, seine loszuwerden, und fiel mit ihm ins Bett. Er kam nicht dazu, etwas zu sagen, aber das störte ihn nicht.

Doch nach einer Weile hielt er inne und schob mich weg.

»Was machen wir hier eigentlich?«

»Wieso?«

»Ich hätte ja nichts dagegen, wirklich das zu tun, was wir vorgeben zu tun, aber nur so zu tun als ob, dazu habe ich keine Lust.«

Er drückte sich manchmal etwas umständlich aus, aber ich ahnte, was er sagen wollte.

»Du meinst …«

»Ich meine, ich ficke dich gerne, wirklich sehr gern, aber dir etwas wegzuficken, während du eigentlich gar keine Lust darauf hast, ist mir zu blöd.«

Jetzt war es ganz klar. Ich nickte.

»Und? Was ist?«

Ich erzählte ihm von Wanda und ihrer Trauer und dem

Schlaganfall und vor allem von Alex und der Sache mit dem Motorrad und der Unterschlagung.

Er legte den Arm um mich.

»Aber das ist doch kein Problem. Wenn er dich anzeigt, kriegst du einen Brief von der Polizei, mit dem Brief gehst du zum Anwalt, und der sagt dir, was du tun sollst. Oder regelt es für dich.«

»Ich wollte es eigentlich selber machen.«

»Sei nicht albern. Das kostet Zeit und bedeutet Stress.«

»Ich habe keine Rechtsschutzversicherung. Wenn es länger dauert, wird es teuer.«

Er seufzte tief.

»Ein Freund von mir ist Anwalt«, sagte er. »Ich kümmere mich nebenbei um die Datenverarbeitung in seiner Kanzlei. Dafür kümmert er sich jetzt um meine halbkriminelle Bettgenossin. Er ist froh, wenn er sich mal revanchieren kann.«

Ich überlegte kurz, ob ich beleidigt sein sollte. Aber dafür war ich viel zu erleichtert.

»Danke, Adrian.«

»Nichts zu danken. Sag's doch gleich. Wir sind ja nicht nur zum Ficken hier, oder?«

Bis jetzt schon, dachte ich. Und das war nicht schlecht.

Er zog die Decke über uns, stopfte sie fest und nahm auch mich so fest in die Arme, als wolle er den Gedanken an alles, was mit Bewegung zu tun hatte, im Keim ersticken. Ich hätte mich gerne ein bisschen bewegt, aber ich wollte ihm nicht widersprechen. Wir lagen still da, die Zeit wurde immer unwichtiger, und nach einer Weile kam es mir so vor, als wäre einfach nur Daliegen mit ihm das Schönste auf der Welt.

Wanda blieb nur eine Woche auf der Privatstation, doch als sie wieder nach Hause kam, war sie so munter, als hätte sie einen längeren Aufenthalt im Kempinski hinter sich. Sie schickte als Erstes die Pflegerin weg, die Theo engagiert hatte, und ließ ihn dann die Termine mit der Krankengymnastin absagen.

»Aber Wanda«, sagte Theo. »Du musst …«

»Ich will keine von der Sorte hier haben. Die riechen alle nach Krankenhaus. Davon habe ich erstmal genug.«

Sie wandte sich zu mir und sah mich streng an.

»Haben Sie bestellt, was ich Ihnen aufgetragen habe?«

Ich nickte.

»Dann bringen Sie Champagner für drei, Buttertoast und drei Döschen Kaviar. Das Essen auf dieser Station war ekelhaft. Die haben gesagt, ich muss zunehmen, aber wie soll das gehen, wenn sie einem solchen Fraß vorsetzen?«

Es war sonderbar, aber der Schlaganfall hatte ihr gutgetan. Er hatte sie in die Gegenwart zurückgeholt, mit der Trauer um ihren Bruder aufgeräumt und ihre Tatkraft wiederhergestellt. Und man bemerkte ihn nicht mal sehr, ein Arm, ein Bein und die eine Gesichtshälfte waren ein wenig schwächer, aber sie bewegte sich einfach noch hoheitsvoller als sonst, und so fiel es kaum auf.

Wir aßen im Wohnzimmer, weil sie da bequemer sitzen konnte, und nach dem ungewohnten Champagner ließ sie es immerhin zu, dass ich sie zum Bad begleitete und zum Schlafzimmer und vor der angelehnten Tür wartete, bis sie herausrief, dass sie im Bett liege.

Im Wohnzimmer standen frische Champagnerfläschchen auf dem Tisch, und Theo hatte unsere Gläser wieder gefüllt.

»Ich besaufe mich jetzt mit dem Zeug«, sagte er. »O Gott, bin ich froh. Ihr geht's gut. Wenn sie so ist wie jetzt und auf alles schießt, was sich bewegt, geht's ihr richtig gut.«

Er schob einen Schlüssel und ein goldfarbenes Armband über den Tisch. Es hatte eine Taste und daneben ein winziges Mikrofon.

»Das ist ein Notrufarmband. Wenn sie auf die Taste drückt, klingelt zuerst mein Handy. Dann das von Mathis. Und als letztes deines, wenn's dir recht ist.«

»Klar.«

»Hier ist der Wohnungsschlüssel, damit du reinkommst.«

Ich strich über das Armband. »Es sieht aus, als wäre es aus Gold.«

Er lachte. »Es ist aus Plastik. Ich hab's vergolden lassen. Sonst trägt sie es nicht. Es ist ihr zu hässlich. Da stirbt sie lieber, sagt sie. Aber das kommt gar nicht infrage. Ohne mich. Hier wird nicht so einfach gestorben.«

Er öffnete das nächste Fläschchen und wollte nachgießen, aber ich hielt die Hand über das Glas.

»Ich muss Sofie abholen.«

»Wo? Name und Adresse, bitte.«

»Rosenthal, Weidingerstraße 13, zweiter Hof.«

Er drückte auf eine Taste an seinem Handy. »Mathis? Kannst du bitte Sofie abholen? Bei Rosenthals, Weidingerstraße 13, zweiter Hof. Kommt rauf zu Wanda. Wir feiern ihr Fest.«

Wir feierten Wandas Fest, während sie den Schlaf nachholte, den sie, wie sie sagte, in diesem grässlichen Krankenhaus nicht hatte finden können, weil dort ständig jemand die Tür aufgerissen und etwas von ihr gewollt hätte. Wir aßen ihren Kaviar auf, machten uns über die Salate des Promidelikatessengeschäfts her, tranken ihren Champagner aus und erzählten uns noch Geschichten aus unserem Leben, als Sofie, auf dem Sofa an Mathis gekuschelt, auch schon längst schlief.

Schließlich räumten wir auf, Theo versprach, nachzubestellen, was wir gegessen und getrunken hatten, und die beiden kamen noch mit hinauf in den zweiten Stock, Theo übermütig und betrunken, Mathis, der die schlafende Sofie trug, aufrecht wie ein Baum, als hätte auch er nur Limonade getrunken wie sie.

Mathis legte Sofie auf ihr Bett, und Theo umarmte mich heftig zum Abschied. Ich hörte ihre Schritte auf der Treppe, bevor ich die Tür zumachte, Theos leicht, Mathis' fest, und Theos Stimme, alkoholschwer und glücklich: »Siehst du, Mathis. Ich hab's dir doch gesagt. Alles wird gut. Alles wird gut!«

Der Brief kam nicht von Alex, seinem Anwalt oder der Polizei, sondern von *Nideck Bauen und Wohnen*, Abteilung Bauplanung. Dipl. Ing. Daniela Kalkmeyer hatte ihn geschrieben.

Sehr geehrte Frau Feldmann,
das Grundstück Am Feldhain 12 in Sassenwald wurde letzte Woche baufertig gemacht. Dabei blieb die Bepflanzung weit-

gehend erhalten. Herr Nideck hat mich gebeten, Ihnen mitzuteilen, dass Sie von diesen z. T. sehr wertvollen Pflanzen, die für Sie vielleicht auch Erinnerungswert haben, gerne übernehmen können, so viele Sie wollen. Baubeginn ist frühestens April dieses Jahres, Sie können dafür also wärmere Tage abwarten. Das Grundstück ist mit einer Bandabsperrung gesichert, die Sie für den Abtransport entfernen können. Wir bitten nur, die Absperrung danach wieder anzubringen.
Mit freundlichen Grüßen
Daniela Kalkmeyer

Ich verstand nicht, was das heißen sollte, und las den Brief noch mal. Eigentlich wusste ich, was es bedeutete, aber mein Kopf weigerte sich, es zu begreifen. Vielleicht war es auch mein Herz, das nicht verstehen wollte.

Frau Kalkmeyer hatte ihre Durchwahl angegeben, und ich rief sie an.

»Oh, hallo, Frau Feldmann«, sagte sie mit fröhlicher Mädchenstimme. »Was kann für Sie tun?«

»Was bedeutet ›baufertig machen‹?«, fragte ich.

»Baufertig machen? Oh, ach so. Man reißt das eventuell auf einem Grundstück befindliche Gebäude ab und bereitet den Untergrund so vor, dass der Neubau ohne Probleme erstellt werden kann«, antwortete sie so eifrig, als hätte ich ihr eine Prüfungsfrage gestellt.

»Und das haben Sie am Feldhain 12 in Sassenwald gemacht?«

»Äh – ja … Auf Anweisung von Herrn Nideck natürlich.«

»Natürlich«, sagte ich und legte auf.

Ich rief meine Kunden vom Freitagnachmittag an, sagte, dass ich nicht kommen könne, weil ich plötzlich hohes Fieber hätte, suchte nach dem Wagen, den ich lange nicht gefahren hatte, fand ihn sofort, war froh, dass er ansprang, und fuhr hinaus. Ich war nie mehr dort gewesen. Sofie hatte manchmal hinfahren wollen, zum Robert-Haus, wie sie es nannte, aber ich hatte immer gesagt: Später. Im Sommer vielleicht.

Die Birken und Holunderbüsche an der Straße zum Haus waren noch kahl, aber trotzdem schön. Die Felder, die das Haus umgaben, waren braun und stoppelig, aber trotzdem schön.

Ich parkte den Wagen, wo ich ihn immer geparkt hatte, da, wo der vordere Rasen gewesen war und die flachen Stufen, die zur Haustür führten. Den Rasen und die Stufen gab es nicht mehr, und wo das Haus gestanden hatte, war eine weite, sandige Fläche. Der hintere Rasen, die Obstwiese, die Bäume und Büsche, sogar die Blumenbeete, alles war noch da. Nur das Haus nicht mehr.

Ich stand da und starrte auf die leere Fläche. Ich spürte einen scharfen Schmerz. Als hätte mir jemand das Herz herausgerissen. Als wäre Robert noch einmal gestorben. Nicht friedlich gestorben. Als hätte ihn jemand erschlagen.

Meine eigene Stimme hallte in meinem Kopf: »Dann mach mal. Wenn du nichts Besseres zu tun hast.« Ich hatte es gesagt, als Alex mit der Anzeige drohte. Um ihm zu zeigen, dass er mich mit nichts berühren konnte. Und er hatte geantwortet: »Dann mache ich mal. Vielleicht finde ich ja noch was Besseres.«

Es schien so dahingesagt. Aber er hatte es ernst gemeint. Er hatte etwas Besseres gefunden. Das Beste, was er finden konnte, um mich zu berühren.

Wäre ich doch nicht so kindisch gewesen, dachte ich. So gemein. Ich wollte ihm zeigen, wie machtlos er ist, weil ich weiß, wie sehr es ihn kränkt. Er war immer so machtlos neben seinem großartigen Vater. Aber nun hat er mir seine Macht gezeigt. Und ich könnte nicht mal mehr so tun, als wäre es mir egal. Er weiß genau, wie weh er mir damit tut.

Ich ging zum Wagen und fuhr zurück. Auf der Landstraße war viel Verkehr, wie immer am Freitagnachmittag. Früher war ich um diese Zeit nie hier gefahren. Es dauerte lange, bis ich wieder zu Hause war, einen Parkplatz gefunden hatte und die Wohnungstür aufschloss.

Die Bilder von Roberts Lieblingsmaler im Flur. Die Möbel aus unserem Haus. Roberts Sachen überall. Nur Robert war nicht mehr da. Das Haus war nicht mehr da. Robert war mein Zuhause gewesen. Das Haus war mein Zuhause gewesen. Dies war bloß eine Wohnung, in der lauter Dinge aus meinem alten Leben und meinem alten Zuhause herumstanden wie in einem Museum.

Ich lief die Treppe hinunter und klingelte bei Wanda. Ich klingelte immer wieder, doch sie öffnete nicht. Ich wusste, dann wollte sie in Ruhe gelassen werden, weil sie gerade keine Lust auf Gesellschaft hatte. Aber jetzt konnte auch etwas passiert sein. Ich holte ihren Schlüssel aus der Tasche, schloss auf und bewegte mich vorsichtig durch den Flur.

»Was machen Sie denn da? Wie kommen Sie überhaupt rein?«

Sie saß auf dem Sofa im Wohnzimmer, die Beine hochgelegt, die rote Kaschmirdecke über den Knien.

»Theo hat mir den Schlüssel gegeben. Meine Telefonnummer ist auf Ihrem Notrufarmband.«

»Ich habe nicht draufgedrückt auf dieses komische Ding«, sagte sie. »Nicht dass ich wüsste. Und wieso vergibt Theo meinen Schlüssel an jeden, der mal eben Lust hat, mich mit seiner Gegenwart zu beglücken?«

»Er hätte es Ihnen sagen müssen. Und ich hätte nicht einfach so reinkommen dürfen. Tut mir leid.«

Ich legte den Schlüssel auf die Flurkommode und wandte mich zur Tür.

»Und? Was wollten Sie?«, rief sie hinter mir her.

»Ich weiß nicht. Irgendwo ... unterschlüpfen. Nicht allein sein. Mit jemandem reden.«

»Dann tun Sie's doch. Setzen Sie sich. Was ist denn?«

Ich setzte mich in den Polstersessel mit dem Mohnblütenbezug.

»Mein Stiefsohn hat das Haus abreißen lassen, das mein Mann für uns gebaut hat. Einfach so. Nein, nicht einfach so. Er wollte mir wehtun. Jetzt ist alles weg. Abgeräumt, plattgemacht. Nur der Garten ist noch da.«

Sie sog hörbar die Luft ein. Zum schwarzen Chanelkostüm trug sie eine weiße Rüschenbluse, ihre schwarz schillernden Perlen und das goldene Notfallarmband und sah großartig aus mit der roten Decke auf den Knien.

»Dieser Mann ist ohne Zweifel ein widerwärtiges Ekel«,

sagte sie. »Ein schleimiges Etwas, unter einem Stein hervorgekrochen. Aber seien Sie froh, dass er so ist. Seien Sie dankbar, dass er Sie nicht am Erbe beteiligt und aus dem Haus geworfen hat. Sonst hätten Sie bis ans Ende Ihrer Tage da draußen gehockt und um Ihren toten Mann getrauert. Und nun hat er Ihnen auch noch den Gefallen getan, die Bude abzureißen. Jetzt sind Sie ganz frei. Sie finden einen neuen Mann. Und ein neues Haus.«

Vielleicht war ich errötet, oder etwas in meinem Gesicht hatte sich verändert. Sie sah mich scharf an.

»Sie haben schon einen.«

Nun wurde ich wirklich rot. »Wir schlafen nur miteinander.«

»Das ist doch schon mal ein Anfang.«

»Daraus wird nichts. Er hat eine Freundin. Und er ist viel zu jung für mich.«

Sie hob fragend die Augenbrauen.

»Dreiunddreißig.«

»Das ist genau das richtige Alter. Da wissen sie schon, wie es geht, und haben noch genug Kraft dafür. Alte Männer sind nur was für junge Frauen, die keine Ahnung haben, was wirklich gut ist.«

Ich musste lachen.

»Na, sehen Sie. Jetzt lachen Sie schon wieder.«

»Aber jetzt habe ich gar kein Zuhause mehr. Mein Mann ist tot, das Haus ist weg …«

Sie verzog angewidert das Gesicht.

»Seien Sie nicht albern. Und jammern Sie nicht. Ein Zuhause hat man nicht, das schafft man sich. Das haben Sie in Ihrer Wohnung schon sehr gut gemacht, mit dem Kind und all Ihren hübschen Sachen.«

Das Kind. Ich sah auf die Uhr.

»Ich muss Sofie abholen. Pünktlich. Theo und Mathis haben heute Abend was vor.«

»Gießen Sie mir noch einen Tee ein«, sagte sie und zeigte auf ihre Tasse. »Und bringen Sie mir ein paar von den schottischen Butterkeksen.«

Ich ging die Kekse holen, und als ich zurückkam, war sie in Gedanken verloren, bemerkte mich nicht und hatte sich noch nicht wieder unter Kontrolle, und ich begriff, dass die Folgen des Schlaganfalls schlimmer waren, als sie uns sonst zu sehen erlaubte. Ihr Mundwinkel und ihr Augenlid hingen, und die Hand lag schlaff auf der roten Decke.

Ich goss Tee ein und schob ihr die Kekse hin. Ich hätte sie gern an die Krankengymnastik erinnert, die sie unbedingt machen sollte, aber sie hasste schon den Gedanken daran, und ich wollte sie jetzt nicht damit quälen. Morgen.

»Danke«, sagte ich. »Das war sehr gut, was Sie gesagt haben.«

»Nichts zu danken. Es ist meistens gut, was ich sage. Praktisch immer. Und nehmen Sie den Schlüssel wieder mit. Dann können Sie selber aufschließen, wenn Sie kommen, und ich muss wegen Ihnen nicht aufstehen.«

14

Das Taxi hielt am kleinen Platz. Die nostalgischen Straßenlaternen brannten, aus den Fenstern der Häuser schien freundliches Licht, und die Wildnis gegenüber lag still und dunkel.

»Hübsch haben Sie's hier«, sagte der Fahrer. »Richtig romantisch.«

Ich war zu müde, um irgendetwas noch hübsch oder romantisch zu finden, und der Weg in meine Wohnung erschien mir endlos, auch wenn ich nur in den zweiten Stock musste.

Aber oben war es warm und hell, und Susanne wartete auf mich.

Ich gab ihr die Tüte mit dem, was vom Buffet übrig geblieben war.

Sie packte sie aus. »Mhm. Roastbeef, Sushi. Und was ist das?«

»Hummerkrabbenmayonnaise.«

»So eine Steuerberaterin hätte ich auch gerne. Wie heißt die noch mal?«

»Ulrike Bogner.«

»Vielleicht sollte ich wechseln. Mein Steuerberater ist alt und nörgelig. Und Feste feiert er auch nicht.«

»Ich war nicht als Gast da. Die Party war nur für Kollegen und gute Kunden. Und das hier ist nur für dich. Ich habe so viel Roastbeefränder und Sushibrocken von den Tellern gewischt, dass ich schon das Kotzen kriege, wenn ich bloß hinsehe.«

Sie zog Schüssel und Teller zu sich und griff nach der Sektflasche.

»Kriegst du auch das Kotzen, wenn ich die Flasche aufmache?«

Ich schüttelte den Kopf und legte die Füße hoch.

Sie aß erst hungrig, dann genießerisch, und ich sah ihr dabei zu und dachte dankbar daran, dass sie bis morgen blieb und ich ausschlafen konnte. Dass Wochenende war. Zwei Tage ohne Wischtuch und Staubsauger, es sei denn, ich musste unseren herausholen und die Wohnung saugen. Aber das ließ sich noch eine Weile aufschieben.

Susanne war fertig und schob den Teller weg.

»Film?«, fragte ich. »Mehr schaffe ich nicht mehr. Ich habe einen mit dem *sexiest man alive*.«

»Welchen meinst du?«

»Den Besten. *Absolutely the sexiest man alive. Of all times*.«

Ich griff nach der Sektflasche. Zwischen den Kochbüchern im Regal über dem Küchentisch steckte das rote Notizheft, in das ich hineinschrieb, was schwer gewesen war, weil es dann vielleicht leichter wurde. Aber es war nicht wie sonst weit nach hinten geschoben, damit niemand es bemerkte, sondern gut sichtbar, und sein roter Umschlag leuchtete.

»Wieso …«

In Susannes schuldbewusstem Gesicht stand die Antwort.

»Du hast es gelesen?«

Sie nickte.

»Bist du verrückt? Das ist persönlich. Privat! So was liest man nicht.«

»Ich weiß. Es tut mir leid. Ich wollte es gar nicht. Es ging nicht anders. Ich habe nur reingeschaut, und dann musste ich einfach weiterlesen. Es tut mir leid. Wirklich.«

»Du machst immer, was du willst. Dann sagst du, es tut dir leid und denkst, nun ist alles wieder gut«, schrie ich.

»Das stimmt nicht. Du bist ungerecht. Und wieso schreist du gleich? Was hast du?«

»Mir reicht's. Den ganzen Tag habe ich geputzt. Den ganzen Abend habe ich Leuten beim Essen und Reden zugesehen, ihr dreckiges Geschirr weggeräumt und in der verdammten Toilette kontrolliert, ob das Klo sauber ist und noch genug Papier und Handtücher da sind. Dann komme ich nach Hause, und jemand hat meine geheimsten Geheimnisse gelesen. Meine Geschichte mit Robert. Mir reicht's. Ich will mich nur noch vor die Glotze werfen. Lass uns was trinken und den Film sehen.«

Wir sahen den Film und tranken die Flasche leer, und danach ließ ich mich ins Bett fallen und freute mich darauf auszuschlafen.

Mitten in der Nacht wachte ich auf. Ich machte Licht

und sah auf die Uhr. Halb vier. Keine Zeit zum Aufwachen. Es gab auch keinen Grund dafür. Ich machte das Licht wieder aus, aber ich lag mit offenen Augen da, bis mir klar wurde, dass es doch einen Grund gab, warum ich aufgewacht war.

Ich stand auf, ging ins Wohnzimmer, wo Susanne auf dem Sofa schlief, und berührte sie am Arm.

»Susanne?«

Sie war sofort wach, erschrak nicht, fragte nicht, was los sei. So war sie schon immer. Sie wachte auf wie ein Soldat.

»Ja?«

»Wegen meinem roten Heft. Warum hast du gesagt, du musstest es lesen, es ging nicht anders?«

Sie wusste sofort, wovon ich sprach. »Weil es spannend ist, was du geschrieben hast. Es nimmt einen gefangen. Wie ein guter Film. Den muss man auch zu Ende sehen. Da kann man auch nicht anders.«

Ich küsste sie. »Danke.«

Ich holte das Notizheft aus der Küche, zog Roberts Bademantel an, setzte mich an den Schreibtisch, schlug das Heft auf und machte den Laptop an.

Ich öffnete eine Seite, gab ihr eine Kopfzeile und die Seitenzahl eins und schrieb *Buch* in die Kopfzeile. Ich hatte noch nie versucht, ein Buch zu schreiben, und schon gar keinen Roman, doch als es anfing hell zu werden, war ich auf Seite fünf, und als es schon lange hell war, hatte ich fast zehn Seiten geschrieben.

Es klopfte, die Tür wurde geöffnet, und Susanne streckte den Kopf herein.

»Frühstück ist fertig … Was machst du?«

»Ich schreibe.«

»Was?«

»Einen Roman.«

»Einen Roman?«

»Eine Liebesgeschichte. Sie fängt an, als der Mann auf der Intensivstation liegt und stirbt, und die Frau sitzt bei ihm und erinnert sich, wie alles begonnen hat zwischen ihnen. Ich weiß noch nicht, wie es ausgeht, aber …«

Sie kam herüber und küsste mich.

»Gott sei Lob und Dank. Meine Gebete wurden erhört. Du schreibst wieder. Das Ende des Putzens ist in Sicht. Ich hatte schon Angst, dabei würde es bleiben, für den Rest deiner Tage. Du bist ja manchmal so furchtbar genügsam.«

Ich wollte sagen, dass ein vorsichtiger Schreibversuch noch nicht das Ende des Putzens bedeutete, doch ich kam nicht dazu.

»Bleib sitzen. Schreib weiter. Ich bringe dir was.«

Sie brachte einen großen Becher Kaffee und ein reichlich und liebevoll mit Schinken und Gewürzgurkenfächern belegtes Brötchen. Ich liebte Schinkenbrötchen mit Gewürzgurkenfächern.

»Danke«, sagte ich. »Kannst du noch ein bisschen bleiben? Ich bin gerade so gut drin. Und kannst du vielleicht an den Wochenenden manchmal was mit Sofie unternehmen, damit ich …«

»Sicher doch«, sagte sie und ging, aber an der Tür kehrte sie um und kam zurück.

»Das machen wir anders. Ganz anders. Jedenfalls in den

nächsten fünf Wochen, bis ich Premiere habe. Bis dahin bin ich jedes Wochenende hier, und du schreibst. *Fulltime.*«

Ich wollte etwas sagen, aber ich kam nicht dazu. Sie fuhr schon weiter auf der Schiene ihrer Begeisterung.

»Außerdem schreibst du abends. Jeden Abend. Sofie geht um halb acht ins Bett und schläft um acht, dann hast du noch drei bis vier Stunden. Je eher das Buch fertig ist, desto eher war's das mit dem blöden Putzen.«

Ihr Glaube an mich und meine Fähigkeit, ein so erfolgreiches Buch zu schreiben, dass ich nie wieder putzen musste, tat gut, aber ich blieb realistisch. Auch was Sofie anging.

»Vergiss es. Das läuft nicht mit Sofie. Die kriegst du nicht um halb acht ins Bett und zum Schlafen.«

»Okay, okay«, sagte sie. »Schreib du mal.«

Sie schob mir mit einem mütterlichen Lächeln den Teller mit dem Schinkenbrötchen hin, ging auf Zehenspitzen hinaus und zog sanft die Tür hinter sich zu.

Sie blieb bis Sonntagvormittag. Am Nachmittag gingen Sofie und ich ins Kino, in den Film mit der tapferen Hasenpolizistin und dem schlauen Fuchs, und danach zum Schlemmen in den Coffeeshop, denn nach sechs gab es die Bagels und Wraps, die noch da waren, zum halben Preis.

Als wir wieder zu Hause waren, verschwand sie sofort in ihrem Zimmer und kam erst nach einer Weile zu mir ins Wohnzimmer. Sie trug schon ihren Schlafanzug und zeigte mir die Zähne, um zu beweisen, dass sie geputzt waren.

»Was ist?«, fragte ich.

»Ich gehe ins Bett.«

»Wieso?«

»Es ist halb acht.«

»Ja. Aber warum?«

»Dann schlafe ich um acht, und du kannst arbeiten.«

»Wie kommst du darauf?«

Sie setzte sich dicht neben mich und sagte leise: »Ich weiß es. Susanne hat es mir erzählt.«

»Was denn?«

»Alles. Ich bin doch Geheimnisträger Nummer eins.«

»Wirklich? Und was ist das Geheimnis?«

»Es ist kein Geheimnis. Es ist ein Geheimplan. Er heißt ›Geheimplan Ninas Buch‹.«

Ich fing an zu verstehen.

»O ja. Richtig. Stimmt. Wer sind die anderen Geheimnisträger?«

»Mama und Susanne. Sonst darf es noch keiner wissen. Nicht, bevor das Buch fertig ist. Susanne sagt, es soll bald fertig werden, damit du nicht mehr putzen musst. Darum gehe ich jetzt schlafen, und du kannst arbeiten.«

Ich küsste sie. »Danke. Du bist toll. Das hilft mir sehr.«

Sie nickte stolz.

»Soll ich dir noch eine Gutenachtgeschichte erzählen?«

»Brauchst du nicht«, sagte sie großartig. »Ich habe ein neues Hörbuch. Hat Susanne mir gekauft.«

Um kurz vor acht sah ich nach ihr. Sie schlief schon. Ich nahm ihr den Kopfhörer ab, machte den Player und die Lampe aus, ging in mein Zimmer und setzte mich an den Schreibtisch.

Danke, Susanne, dachte ich.

Dass ich wieder schrieb, machte mich glücklich. Ich hatte vergessen, wie schön es sein konnte. Jetzt, nach all den Jahren, in denen ich nicht geschrieben hatte, war es wie Fliegen. Fliegen in einem Himmel voller Glück.

»Was ist mit dir?«, fragte Adrian. »Du bist so anders. So … So fröhlich.«

»Mir geht's gut.«

Er zog mich an sich.

»Mir auch«, sagte er so leise, als sollte ich es gar nicht hören. »Mir geht es auch sehr gut.«

Wir schliefen miteinander, und auch das war wie Fliegen. Fliegen in einem Himmel voller Lust und dann erlöst herabschweben und sanft landen.

Adrian war eingeschlafen nach der Landung, ich spürte es an der Schwere seines Körpers und dem Rhythmus seines Atems. Ich wäre gerne geblieben, um mit ihm aufzuwachen, aber ich wusste auch ohne auf die Uhr zu sehen, dass es Zeit war. Ich zog mich leise an, malte ein Herz, ein Ausrufezeichen und ein großes N auf einen Zettel und klebte ihn an den Schirm der Nachttischlampe.

Sofie trug Mantel und Rucksack und stand schon an der Tür, als ich kam.

»Alles klar?«, fragte ich Susanne.

»Alles klar. Geheimnisträger Nummer eins fertig zum Abflug. Mit neuem Material versehen.«

Ich küsste sie. »Der Verdienstorden in Platin mit Brillanten ist dir gewiss.«

Das neue Material war ein Pop-up-Bilderbuch über Vögel, deren Gesang von den Soundchips zwischen den

Seiten ertönte, wenn man sie umblätterte. Eine Geheimregel besagte, dass Susannes Geschenke nur im Bett angesehen und gehört werden durften, und das hieß, dass Sofie an diesem Abend einen neuen Rekord in der Geschwindigkeit des Zubettgehens aufstellte und ich schon um halb acht am Schreibtisch saß.

Ich öffnete den Ordner, den ich aus einer der Umzugskisten im Keller geholt hatte. Robert hatte darin Briefe abgeheftet, vor allem Briefe von mir, denn ich hatte ihm viele geschrieben. Ich fürchtete mich davor, sie zu lesen, aber ich brauchte sie für das Buch.

Er hatte auch alle Bilder aufgehoben, die Sofie für ihn gemalt und Julia ihm geschickt hatte. Auf jedem war das Datum notiert und manchmal auch, was es darstellte, wie »Ostern bei uns« oder »Geburtstag in Köln: das neue Fahrrad«. Ich sah auf seine Schrift und spürte, wie die Tränen in mir hochstiegen. Ich schluckte sie runter, nahm meine Briefe heraus, schlug den Ordner zu und schob ihn unter den Schreibtisch. Aber ich hatte den Klemmer nicht festgedrückt, und zwei Postkarten und ein Zettel fielen heraus. Auf den Postkarten waren quietschgrüne Palmen und grelltürkises Meer zu sehen, auf dem Zettel stand in Roberts Schrift *Alex* und darunter *Testament*. Es war ein Einlieferungsbeleg für ein Einschreiben.

Ich machte den Ordner wieder auf, blätterte durch die Korrespondenz mit Alex und fand es bald: Roberts Testament als Entwurf mit ein paar handschriftlichen Korrekturen, ohne Datum und Unterschrift, dazu der Begleitbrief an Alex.

»Lieber Alex«, stand da, »hier schicke ich mein Testament. Ich habe mich kurz gefasst, nur das formal Nötige niedergeschrieben, wir haben ja alles besprochen. Herzliche Grüße.«

Das Datum des Briefes und das auf dem Einlieferungsbeleg war dasselbe. 8. August 2010. Zum ersten August hatte Robert die Firma an Alex übergeben. Und danach ein neues Testament verfasst, weil nun das meiste schon Alex gehörte und er nur noch über sein Privatvermögen verfügte.

Auch der Brief war nicht unterschrieben. Es war eine Kopie. Das Original hatte er, zusammen mit dem Testament, an Alex geschickt, und dann wie immer, wenn etwas wichtig war, einen Entwurf oder eine Kopie aufbewahrt.

Oh, Robert, dachte ich. Verzeih mir. Verzeih mir bitte. Wie habe ich nur denken können, du hättest nicht für mich gesorgt. Ich hätte es wissen müssen. Ich hätte dich besser kennen sollen. Es tut mir so leid.

Ich sah auf das Testament.

»Mein Letzter Wille. Ich vererbe meiner geliebten Lebensgefährtin Nina Feldmann 5 (in Worten: fünf) Millionen Euro in Vermögenswerten und Grundstück und Haus Am Feldrain 12 in Sassenwald mit allem beweglichen und unbeweglichen Inventar.«

Es gab noch allerhand Vermächtnisse und Legate, aber ich las nicht weiter.

Fünf Millionen, dachte ich. Damit lasse ich dich nicht davonkommen, Alex. Ich habe alles, was beweist, dass Robert ein Testament gemacht und es dir geschickt hat. Damit gehe ich zum Anwalt und vor Gericht. Vielleicht kriege ich nicht die ganzen fünf Millionen. Vielleicht gibt es einen Vergleich. Vielleicht kriege ich nur die Hälfte. Oder nur eine. Die würde ja auch reichen.

Aus Sofies Zimmer klangen Vogelstimmen. Ich ging hinüber. Sie schlief, das aufgeklappte Buch lag so in ihrem Arm, dass die Seiten von selber zufielen. Ich gab der letzten einen Schubs, und jubelnder Gesang ertönte. Ich sah hinein. Es waren die Vögel der Frühe, stand da, die den neuen Morgen feierten, allen voran die Lerche.

Ich legte das Buch weg, zog die Decke über Sofie und sah auf ihr zartes, entspanntes Gesicht.

Ab jetzt ist es leichter, dachte ich. Eine Million kriege ich bestimmt. Damit haben wir nie wieder Geldprobleme, du und ich und Julia.

Ich küsste sie auf die rosige Wange.

»Aber weißt du, was noch schöner ist?«, flüsterte ich. »Dass Robert an mich gedacht und für uns gesorgt hat. Das macht mich unglaublich froh.«

Ich rief Adrian an und fragte nach seinem Anwaltsfreund.

»Gibt's jetzt doch Schwierigkeiten wegen dem Motorrad?«

»Nein. Es ist derselbe Gegner, aber ein anderes Problem.«

Er nannte mir den Namen und die Nummer. »Warte noch, bevor du anrufst. Ich spreche erst mit Tobias. Dann kriegst du gleich einen Termin.«

Tobias Frank hatte braune Augen und rote Haare und

erinnerte mich an die irische Butterwerbung. Ich erklärte ihm, worum es ging, er breitete vor sich aus, was ich aus dem Umschlag geholt hatte, und ließ den Blick darüber gleiten.

»Ist das alles, was Sie haben? Sonst nichts?«

»Ja.«

»Tut mir leid, Frau Feldmann. Lassen Sie mich gleich ganz offen sein: Damit haben Sie keine Chance.«

Ich tippte auf den Testamentsentwurf, die Briefkopie, den Einschreibebeleg. »Das beweist doch eindeutig, dass mein Mann ein Testament gemacht und es seinem Sohn geschickt hat.«

»Stimmt. Und wenn dies ein Indizienprozess wäre, würden Sie ihn vermutlich gewinnen. Aber es ist eine Erbsache, und in Erbsachen braucht man Eindeutigkeit. Mit anderen Worten: ein gültiges Testament. Entweder ein eigenhändiges, das handschriftlich verfasst und mit Ort, Datum und Unterschrift versehen ist. Oder ein notariell bestätigtes. Daran führt kein Weg vorbei. Ohne das eine oder das andere sind Sie nicht erbberechtigt.«

»Das kann nicht sein. Mein Stiefsohn hat das Testament einfach verschwinden lassen, und es gibt nichts, was ich tun kann?«

Er sah mich ehrlich betrübt an.

»Richtig. So ist es. Leider.«

»Wirklich?«

Er nickte.

»Das glaube ich nicht.«

»Kann ich verstehen. Holen Sie sich eine zweite Meinung. Eine dritte. Eine vierte. Kein Kollege wird Ihnen etwas anderes sagen.«

Ich sprang auf.

»Na gut. Aber auch wenn ich mein Erbe nicht kriege, meinen Anwalt kann ich immer noch selber bezahlen«, sagte ich wütend. »Schicken Sie mir die Rechnung.«

Er lachte.

»Nein, nein. Ich bin froh, dass ich mich bei Adrian revanchieren kann. Er kümmert sich um meine Datenverarbeitung, wissen Sie? Also kommen Sie beim nächsten juristischen Problem gerne wieder. Auch wieder kostenfrei.«

Die Kanzlei lag in der Nähe von Adrians Wohnung, und der Fluss war nicht weit. Ich ging am Ufer entlang zur nächsten U-Bahn-Station. Ich konnte jetzt nicht unter die Erde. Ich hatte das Gefühl, ich würde jeden Moment explodieren, und wenn ich das dort unten tat, wäre die Detonation furchtbar. In der frischen Luft, mit der Weite des Himmels über mir und dem rasch dahineilenden Fluss an meiner Seite, war die Wut erträglicher.

Alex hatte mich um alles betrogen, was mir gehörte, was Robert mir hatte geben wollen, das Geld, das Haus, den Garten, alles. Und ich konnte nichts dagegen tun. Gar nichts. Dass ich nichts tun konnte, war fast schlimmer als der Verlust. Ich fluchte laut, und ein Mann, der an mir vorbeikam, sah erschrocken zu mir herüber.

Ich lief immer weiter, an der U-Bahn-Station vorbei und unter der Brücke mit den steinernen Riesen hindurch. Die Kraft der Wut trieb mich voran, und ich wäre weitergelaufen bis zu den Flusswiesen vor der Stadt, wenn mir nicht etwas eingefallen wäre. Etwas, was ich doch tun konnte.

Ich fuhr nach Hause. Im Copyshop an der U-Bahn kopierte ich, was ich hatte, kaufte Umschläge und bei der Post Briefmarken.

Ich klappte den Laptop auf und schrieb einen Brief. »Alex«, schrieb ich. »Ich bitte Robert um Verzeihung, dass ich auch nur einen Moment lang geglaubt habe, er hätte nicht für mich gesorgt und kein Testament gemacht. Aber das zu glauben war immer noch leichter, als auf die Idee zu kommen, dass Du sein Testament unterschlagen und mich um mein Erbe betrogen hast. Nina.«

Ich druckte den Brief aus, unterzeichnete die Ausdrucke, klammerte sie an die Kopien, schob alles in die Umschläge und schrieb die Adressen darauf: Alex' Adresse, die von Gerhard und Anita, von Marion Lemkau und all den anderen, die Roberts Freunde gewesen waren. Als ich den letzten Umschlag zuklebte, war es kurz vor sechs.

Ich rannte aus der Wohnung, über den Platz und durch die Wildnis zum Briefkasten neben dem Coffeeshop. Der gelbe Transporter stand schon am Straßenrand, und ich warf die Umschläge in den Ledersack, den der Fahrer bereitwillig für mich öffnete.

Ich ging langsam und nach Luft ringend zurück. Ein leichter Wind wehte und ließ die trockenen Gräser der Wildnis rascheln, es lag schon eine Ahnung von Frühling darin, obwohl erst Mitte Februar war. Die Fenster der Häuser waren noch dunkel. Nur in Wandas Wohnzimmer zuckte bläuliches Fernsehlicht, und aus dem Schaufenster der Galerie fiel warmer gelber Schein auf die Straße.

Ich öffnete die Ladentür. Sofie kam aus der Küche gerannt und schlang die Arme um mich.

»Es gibt Fisch. Mathis hat ganz viel Fisch gekauft. Und Susanne ist da.«

Susanne erzählte gerade eine komische Geschichte von den Theaterproben, und Mathis und Theo hörten gespannt zu. Ich schob mich neben Sofie auf die Bank und lud mir einen Haufen Nordseekrabben auf den Teller, und während ich die würzigen Krabben kaute, in die Gesichter sah und auf Susannes kräftige Stimme hörte, war ich plötzlich glücklich.

Wenn ich das Geld bekommen und unser Haus behalten hätte, hätte ich das hier nicht, dachte ich. Dieses Leben, diese Menschen. Ich hätte sie nie kennengelernt. Wanda, Mathis und Theo. Adrian. Sofie wäre nicht bei mir, und Susanne wäre nicht zurückgekommen. Fünf Millionen Euro und unser schönes Haus sind ein hoher Preis. Aber womöglich war's das wert.

15

Wanda stand am Fenster ihres Schlafzimmers und starrte hinaus. Sie war noch nicht angezogen. Immerhin trug sie nicht einen ihrer hässlichen gesteppten Morgenröcke, sondern einen schwarzseidenen Pyjama mit bunten Streifen, die sich aus dem Schriftzug einer edlen italienischen Modemarke zusammensetzten.

Ihr Haar war frisch gefärbt, sie hatte sich sorgfältig frisiert und ihre Rougebäckchen aufgelegt. Notfallalarm war noch nicht angesagt.

Oder doch? Ich saugte demonstrativ um sie herum. Sie bewegte sich nicht.

Ich sagte: »Gehen Sie mal ein Stück nach links«, aber sie schien mich nicht zu hören.

»Wanda!«

Sie kam zu sich und sah mich an.

»Ich will das nicht mehr«, sagte sie.

Ich machte den Staubsauger aus.

»Was?«

Sie strich über ihre linke Körperhälfte und vollführte

eine Bewegung, die den Raum umfasste, die Stadt, das Land, die Welt. »Das. Das alles.«

Ich wollte nicht wieder von der Krankengymnastik anfangen. Ich hatte sie schon tausendmal daran erinnert, und dies schien mir nicht der passende Moment zu sein, es zum tausendundersten Mal zu tun.

»Ich mache ein Ende«, sagte sie, sachlich und undramatisch.

»Hören Sie auf mit dem Unsinn. Wie denn?«

»Sauber und leise. Ich habe alles dafür da. Ich habe es mir schon vor ein paar Jahren von meinem Arzt geben lassen. Ich bin zweiundachtzig. Ich sterbe sowieso irgendwann in den nächsten Jahren. Dann kann ich es ebenso gut gleich tun. Jetzt, wo mir danach ist und ich es selber in der Hand habe. Warum muss ich warten, bis ich sterbenskrank und hilflos bin?«

Ich ging hinaus und sah in Theos Zimmer. Sofie saß auf dem Bett und blätterte zufrieden in seinen alten Bilderbüchern. Auf dem Schreibtisch lag der Anfang ihres neuen Puzzles.

»Ich bin mit Wanda im Schlafzimmer. Wenn was ist, komme rüber und klopfe, ja?«

Sie nickte.

Ich ging zurück ins Schlafzimmer und machte die Tür hinter mir zu.

»Das können Sie nicht machen, Wanda. Das dürfen Sie Theo nicht antun.«

»Theo ist kein Kind mehr. Ich habe lange gut für ihn gesorgt. Jetzt ist er erwachsen und wird es verkraften, wenn seine Mutter ein paar Jahre früher stirbt, als das Schicksal es will. Ich bin auch sicher, dass er es verstehen wird. Vielleicht nicht gleich, aber bald. Er hat dieselbe Einstellung dazu wie ich. Ich habe ihn schließlich erzogen.«

Sie war cool wie immer. Und sie hatte recht. Auch wie immer.

»Okay«, sagte ich. »Dagegen kann ich nichts sagen. Es stimmt, und es geht mich eigentlich nichts an. Aber können Sie bitte noch warten?«

Sie sah mich verblüfft an. »Wieso?«

»Wegen Sofie. Als Sie im Krankenhaus waren, hatte sie schreckliche Angst, Sie würden sterben. Weil alle Leute, die ins Krankenhaus kommen, sterben. So hat sie es erlebt. Ich habe ihr versprochen, dass Sie nicht sterben. Bei meiner Ehre und meinem Leben. Das ist so was wie ein heiliges Versprechen, und darauf verlässt sie sich nun. Mein Mann ist tot, ihr Vater hat sie und ihre Mutter verlassen, und wenn Sie sich jetzt auch noch davonmachen, ist es ein bisschen viel für sie.«

Sie fuhr auf und wollte etwas sagen, aber sie machte den Mund wieder zu. Diesmal hatte ich recht, und sie wusste es.

»Und? Wie lange soll ich warten?«

»Bis Sofie wieder in Köln ist. Dann ist sie zu Hause und weit weg. Und Sie sind nicht mehr so wichtig für sie.«

Sie nickte. »Wann wird das sein?«

»Wahrscheinlich in zwei Monaten. Meine Tochter kann eine Wohnung in einer Wohnanlage bekommen, die noch nicht ganz fertig ist. Auf jeden Fall im August. Da muss Sofie nach Köln, weil im September die Schule anfängt.«

Sie seufzte. »Na gut. Das sehe ich ein. Es ist richtig. Und ich habe das Kind ja auch sehr gerne.«

»Sie halten sich bestimmt dran?«

»Natürlich. Was denken Sie denn?«

Ich konnte es kaum glauben, dass ich so leicht gegen Wanda gewonnen hatte, und wurde übermütig: »Da wäre noch was.«

»Was?«

»Wenn ich bis zu Ihrem Tod hier putzen soll, müssen Sie Krankengymnastik machen. Es wenigstens versuchen. Vielleicht hilft's ja. Vielleicht wollen Sie dann nicht mehr sterben.«

»Verflucht«, sagte sie. Das hatte ich sie noch nie sagen hören.

»Sie können sich auch eine andere Putzfrau suchen.«

Sie stöhnte gequält auf. »Für die kurze Zeit noch eine Neue? Nein, wirklich nicht. Dann lieber Krankengymnastik. In Gottes Namen. Aber ich will keines von diesen Krankenhausmädchen in weißen Hosen.«

»Keine Sorge. Ich suche Ihnen einen Mann. Was für einen möchten Sie? Groß, klein, breit, schlank, hell, dunkel, viele Haare, Glatze?«

»Wie wollen Sie den denn finden?«

»Im Internet. Da gibt's genug Webseiten von Physiotherapeuten.«

»Groß, schlank, graue Augen, hellbraune Locken.«

Ich hatte es im Scherz gesagt, aber sie hatte es ernst genommen.

Mir fiel die kleine gerahmte Zeichnung über Theos

Schreibtisch ein, die Mathis nach einem Foto von Theos Vater gemacht hatte: ein schlanker Mann mit hellen Augen in einem schmalen Gesicht, die bräunlichen Locken ganz kurz über der hohen Stirn.

Jetzt musste ich es auch ernst nehmen.

»Okay. So einen finde ich.«

»Was für ein Unsinn. Das Aussehen ist doch völlig egal«, sagte sie mit plötzlich aufflammendem Ärger. »Ist das Wohnzimmer schon sauber?«

Ich nickte.

»Irgendeinen Ort muss es ja geben, wo ich meine Ruhe habe«, raunzte sie, ging hinaus und schlug die Wohnzimmertür laut hinter sich zu.

Die Sonne schien und wärmte sogar ein bisschen, Vögel zwitscherten, und Sofie wurde zu einem Flugzeug. Sie breitete die Arme aus und rannte mit lautem Motorengeräusch die Straße entlang bis zu Adrians Wohnung, vollführte eine kühne Wendung und kam zurück zu mir.

»Es ist ganz warm. Ist schon bald Ostern?«

»In vier Wochen. Anfang April.«

»Dann kommt Mama«, verkündete sie glücklich und flog wieder voran. Die Treppen hinauf zu Adrians Wohnung brachte sie mit leisem Brummen hinter sich, und als wir oben waren, kurvte sie zum Puzzleregal ins Wohnzimmer und rief: »Nina, ich lande!«

Ich ging in die Küche und prallte zurück. Am Besenschrank lehnte die große hübsche Blondine, die uns beim ersten Mal die Tür aufgemacht hatte. Sandra. Sie sah mich finster an.

»Nina«, sagte sie. »Sie heißen Nina. Ich hab's mir doch gedacht.«

»Was haben Sie sich gedacht?«

Sie hielt mir einen gelben Zettel hin. Ein Herz, ein Ausrufezeichen und ein großes N waren darauf gemalt, und ich hatte ihn vor zwei Wochen an den Schirm der Nachttischlampe geklebt, als ich ging.

»Wo haben Sie den her?«

»Adrian hatte ihn in seinem Planer.«

Verdammt noch mal, Adrian, dachte ich. Warum hast du ihn nicht weggeworfen?

»Weiß er, dass Sie den Zettel ...«

»Nein. Er ist heute früh nach Frankfurt geflogen und kommt morgen wieder. Ich will das mit Ihnen geklärt haben, bevor er wieder da ist.«

Ich sah auf den Schrank, an dem sie lehnte, und wünschte mir, ich hätte die Macht, einen anderen Film einzulegen. Einen, in dem der Zettel nicht existierte und Sandra nicht da war und ich die Schranktür öffnen, Tücher und Sprühflaschen herausnehmen und mit der Arbeit anfangen konnte.

»Ich denke gar nicht daran«, sagte ich. »Reden Sie mit Adrian. Das ist vor allem eine Sache zwischen Ihnen beiden. Wenn's unbedingt sein muss, können wir dann immer noch zu dritt ...«

Sie starrte mich wütend an.

»Sie miese Tussi«, sagte sie mit schriller Stimme. »Schleichen sich als Putzfrau hier ein und machen meinen Freund an. So was Mieses, so was Hinterhältiges. Legen sich mit ihm ins Bett. Ich habe mich schon gewundert, warum er ständig die Bettwäsche wechselt. Na, jetzt ist mir alles …«

»Schreien Sie nicht so. Meine Enkelin ist drüben im Wohnzimmer. Die muss das nicht hören. Und gehen Sie da weg. Damit ich an die Putzsachen komme.«

Sie drückte sich gegen den Schrank und schüttelte den Kopf.

»Dann gehe ich. Und Sie erklären Adrian, warum er selber putzen und einkaufen und seine Hemden bügeln muss.«

Sie merkte, dass sie auf der Verliererstraße war. Ganz ohne Chance zu gewinnen. Sie stieß einen zornigen Laut aus, stöckelte ins Wohnzimmer, kam mit ihrer Handtasche und einer Netbooktasche zurück, zerrte den Mantel vom Garderobenständer und schlüpfte ungeschickt hinein, weil sie ihre Sachen nicht abstellen wollte. Ich machte die Wohnungstür auf, und sie warf mir einen wilden Blick zu, bevor sie hinaus und mit klackernden Absätzen die Treppe hinunterrannte.

Ich knallte die Tür zu. Sofie war aus dem Wohnzimmer gekommen und sah mich mit großen Augen an.

»Alles okay?«, fragte ich.

»Das ist doch die böse Hexe. Die war da, als wir das erste Mal hergekommen sind. Und jetzt hast du sie rausgeschmissen«, sagte sie zufrieden und kehrte zum Puzzleregal zurück.

Ich dachte, dass die böse Hexe Grund hatte, böse zu sein, auf Adrian und auch auf mich, und ging in die Küche.

Abends rief Adrian an. »Tut mir leid, Nina.«

»Warum hast du bloß den Zettel da reingeklebt?«

»Ich konnte doch nicht ahnen, dass sie in meinen Planer schaut.«

Das ist keine Antwort auf meine Frage, dachte ich.

»Und was nun?«

»Ich bin morgen Abend zurück. Hast du Samstag Zeit?«

Er wartete an der U-Bahn-Station auf mich, und weil es wieder einer dieser zarten, lieblichen Vorfrühlingstage war, gingen wir zum Fluss. Unten an den Uferwiesen nahmen wir uns an der Hand. Es war das erste Mal, dass wir zusammen draußen waren und etwas so Einfaches, Alltägliches taten wie Spazierengehen. Wir gingen eine ganze Weile, bis wir an die Brücke mit den steinernen Riesen kamen. Er blieb stehen und ließ meine Hand los.

»Sandra will, dass du auch nicht mehr zum Putzen kommst. Dass wir uns gar nicht mehr sehen. Klar. Kann ich gut verstehen.«

Er sah mich an. Er hatte sich nicht rasiert, seine grünen Augen waren gerötet und sein Gesicht müde.

»Ich habe darüber nachgedacht. Ich will dich weiter sehen.«

»Wie denn? Wir können uns doch nicht im Hotel treffen. Oder? Warum eigentlich nicht?«

Er schüttelte den Kopf.

»Ich will mehr. Etwas Verbindliches. Keine Bettgeschichte. Eine Beziehung.«

»Eine Beziehung? Ich kann jetzt keine Beziehung haben. Mein Mann ist noch kein Jahr tot.«

»Das ist doch keine Frage der Zeit.«

»Doch, ist es. Wanda sagt …«

»Wer ist Wanda?«

»Die Frau, der das Haus gehört, in dem ich wohne. Sie sagt, das erste Jahr ist das schlimmste, wenn ein geliebter Mensch gestorben ist. Da muss man loskommen, da tut's vor allem weh. Da geht sonst gar nichts. Erst danach wird es besser.«

»Wann ist dein Mann gestorben?«

»Am 14. April.«

»Das sind nur noch fünf Wochen. Ich warte so lange.«

»Und wenn es länger dauert? Ich kann's nicht wissen. Stell dir vor, du trennst dich von Sandra, und ich merke irgendwann im Sommer, dass ich doch keine Beziehung haben kann. Oder keine will. Oder was weiß ich. Ich weiß ja nicht, was wird.«

»Verdammte Scheiße«, sagte er, drehte sich weg, kickte einen großen Kieselstein auf die Flusswiesen und starrte auf den bewegt dahinrauschenden Fluss, dessen Wasser allmählich heller wurde und nicht mehr so graubraun war wie im Winter.

»Ich wünschte, ich hätte den blöden Zettel nicht geschrieben und du hättest ihn nicht in deinen blöden Planer geklebt. Dann könnte es bleiben, wie es war. So gut. So ohne Stress.«

»Du willst ja nur mit mir ins Bett«, sagte er vorwurfsvoll.

»Na und? Das würden viele Männer richtig toll finden.«

»Und viele Frauen wären total begeistert von einem Mann, der unbedingt eine Beziehung will.«

Wir wandten uns gleichzeitig einander zu, nahmen uns in die Arme und hielten uns fest. Nach einer Weile schob er mich weg und sah mich an.

»Denk noch mal darüber nach. Bitte.«

Ich wollte etwas sagen, aber er legte mir die Finger auf den Mund.

»Und sag mir bald Bescheid.«

Er drehte sich um und ging den Weg zurück, rasch und mit großen Schritten. Ich stieg die Böschung zur Straße hinauf und lief zur U-Bahn-Station.

Zu Hause saß Theo auf der Bank vor dem Schaufenster der Galerie und rauchte eine Zigarette. Ich blieb bei ihm stehen.

»Ist was?«, fragte er. »Du siehst komisch aus.«

»Ich habe einen Antrag gekriegt.«

»Interessant. Setz dich. Was für einen Antrag und von wem?«

»Einen Beziehungsantrag. Von einem Mann.«

»Dass er nicht von einem Eichhörnchen kam, habe ich vermutet. Was für ein Mann?«

»Ein Kunde. Wir schlafen nur miteinander.«

»Tatsächlich? Sex only? Hätte ich dir gar nicht zugetraut.«

»Sag's nicht weiter.«

»Wofür hältst du mich? Und? Was ist mit dem Antrag? Wenn du ihn angenommen hättest, wärst du vermutlich fröhlicher.«

»Ich kann nicht. Ich kann jetzt keine Beziehung haben. Mein Mann ist noch kein Jahr tot. Irgendwann im Sommer vielleicht. Oder im Herbst. Ich weiß nicht. Keine Ahnung. Jedenfalls nicht jetzt.«

»Vielleicht fragt er dich später noch mal. Falls er in der Zwischenzeit keine andere findet.«

»Er hat schon eine. Seine Freundin. Er muss sich jetzt entscheiden. Und ich auch. Aber ich kann doch nicht Ja sagen und es nicht so meinen. Oder?«

»Kannst du schon. Aber ich würd's nicht tun. So was macht man nicht. Es ist nicht fair.«

»Eben.«

Er sah mich von der Seite an. »Er ist ein guter Mann, oder?«

»Das ist es ja«, sagte ich mit dünner, versagender Stimme und musste heftig husten.

Er drückte die Zigarette in dem altmodischen Drehaschenbecher auf der Schaufensterbrüstung aus, betätigte den lärmenden Mechanismus, der die Kippe verschwinden ließ, und klopfte mir geduldig den Rücken.

»Lass dir Zeit, Schätzchen«, sagte er schließlich. »Wart's ab. Wenn du so weit bist, findest du wieder einen. Du hast eine Nase für gute Männer. Dein letzter war doch auch einer, oder?«

Ich nickte.

»Und sieh mich an. Und Mathis. Wir sind sehr gute Männer. Fürs Bett sind wir nicht zu gebrauchen, jedenfalls nicht, was dich betrifft, aber sonst sind wir so ziemlich das Beste, was du kriegen kannst. Uns hast du auch gefunden.«

Es war eigentlich gar nicht so komisch, aber ich bekam

einen Lachanfall. Als ich fertig war mit Lachen, stand ich auf.

»Danke, Theo.«

»Es war mir ein ganz besonderes Vergnügen, meine Liebe.«

Er zündete sich noch eine Zigarette an, und ich ging ins Haus.

Im Treppenhaus traf ich Heiko. Er war groß und schlank, hatte helle Augen und hellbraune Locken und sogar das schmale Gesicht von Theos Vater. Heikos Foto war auf der Website einer Physiotherapiepraxis eingestellt, und ich hatte nicht lange gebraucht, ihn zu finden. Es war seine erste Stelle, er hatte erst vor Kurzem sein Examen als Physiotherapeut gemacht, und das Feuer der Begeisterung loderte noch in ihm.

»Es sollte gar kein Problem sein, Frau Schmitt Muskelkontrolle und Bewegungsfreiheit zurückzugeben«, hatte er gesagt, als er zum ersten Mal da war. »Durch gezieltes Muskeltraining aktivieren wir freie Areale im Gehirn, die die Funktionen der durch den Schlaganfall geschädigten Bereiche übernehmen. Aber wir lassen es langsam angehen, um Frau Schmitt nicht durch Anstrengung zu demotivieren. Wir haben ja Zeit.«

»O nein. Haben wir nicht. Lassen Sie es lieber schnell angehen, damit sie bald sieht, dass es funktioniert.«

Er runzelte die Stirn und sah mich ernst an.

»Ein demotivierter Patient ist kein guter Patient. Wir müssen auch immer psychologisch vorgehen, wissen Sie.«

Ich hatte so ziemlich über alles geschrieben, was die

Psychologie hergab, und beeilte mich, in meinem Gedächtnis ein paar wissenschaftlich klingende Brocken zu finden, die ihn auf den rechten Weg bringen sollten.

»Genau. Sie haben so recht. Frau Schmitt ist im Moment ausschließlich extrinsisch motiviert. Also von außen. Sie macht nur mit, weil ihr Sohn und ich sie dazu gedrängt haben. Sie glaubt nicht daran. Wenn sie bald Erfolge sieht, wird aus ihrer extrinsischen Motivation eine intrinsische. Eine, die von innen kommt und viel stabiler ist. Verstehen Sie?«

Seine Augen hatten aufgeleuchtet.

»O ja, natürlich. Selbstverständlich. Absolut richtig. Dann machen wir es so. Sie sind vom Fach, nicht wahr?«

Ich hatte bescheiden beiseite geblickt und so getan, als wolle ich inkognito bleiben.

Heiko verließ gerade Wandas Wohnung, als ich die Treppe heraufkam.

»Hallo, Frau Feldmann.«

»Hallo. Lassen Sie offen. Ich schaue noch nach ihr.«

Ich klopfte an die angelehnte Schlafzimmertür und drückte sie auf. Wanda lag unter einer Wolldecke auf der edlen Behandlungsliege aus Holz und Lederpolstern, die Theo für sie besorgt hatte. Ihr Gesicht unter den Rougebäckchen war weich und entspannt.

Ich strich über ihren Arm, und sie öffnete die Augen.

»Wie geht's Ihnen?«

Sie verzog das Gesicht und seufzte.

»Ach, Liebchen. Ganz schön anstrengend, was der junge Mensch mit mir macht.«

»Soll ich Ihnen runterhelfen?«

»Lassen Sie nur, Liebchen. Das schaffe ich nachher allein. Ich ruhe mich noch ein bisschen aus.«

Sie sagte neuerdings Liebchen zu mir.

»Wieso sagt sie neuerdings Liebchen zu dir?«, hatte Theo gefragt, als er es zum ersten Mal gehört hatte.

Ich hatte die Schultern gehoben.

»Das tut sie nur bei einem ganz kleinen Kreis von Auserwählten.«

»Vielleicht gehöre ich neuerdings dazu.«

»Scheint so«, hatte er geantwortet, und ein Hauch von Eifersucht war zu spüren gewesen.

Oben in der Wohnung saßen Sofie und Susanne vor dem Fernseher und sahen Disneys *Dornröschen*. Sofie war so gebannt von der wunderbar bösen Fee Malefiz, dass sie mich gar nicht bemerkte, und auch Susanne löste nur kurz den Blick vom Bildschirm und winkte mir zu.

Ich ging in mein Zimmer und rief Adrian an. Ich wollte es hinter mich bringen. Er hob schon nach dem ersten Klingeln ab.

»Ja?«

In dem kurzen Ja schwang so viel Hoffnung mit.

»Ich bin's. Ich – ich kann nicht. Es geht einfach nicht. Ich …«

»Okay, okay. Alles klar«, sagte er schnell, und seine Stimme wurde sachlich und distanziert. »Das heißt, dass wir uns nicht mehr sehen. Ich kriege noch eine Rechnung von dir und du eine Überweisung von mir.«

»Es tut mir so leid. Ich …«

»Du hast zwei freie Termine, wenn du nicht mehr zu

mir kommst. Ein Kollege von mir wäre froh, wenn er die kriegen könnte. Soll ich ihm deine Nummer geben?«

»Ich will nicht über Termine nachdenken.«

»Du kannst dich ja bei mir melden, wenn du interessiert bist.«

»Hör auf damit. Darum geht's doch jetzt nicht. Du wirst mir schrecklich fehlen, Adrian.«

»Du mir auch. Weiß Gott«, sagte er wütend. »Also dann, Nina. Mach's gut.«

Er legte auf.

Ich legte auch auf, widerstand dem Drang, das Telefon an die Wand zu werfen und schob es weit weg. Ich machte den Laptop an und öffnete den Ordner, der einfach nur Buch hieß, weil ich mir noch gar nicht vorstellen konnte, welchen Titel es haben sollte.

Ich wollte weiterschreiben, aber ich konnte mich nicht konzentrieren. Ich dachte an den gelben Zettel, den ich an die Lampe geklebt hatte, und wünschte mir, ich könnte den Rücklauf einstellen: den Zettel von der Lampe verschwinden lassen, die Schrift vom Zettel, mich zurückbeamen ins Bett zu Adrian. Wenn ich dann aufstand, weil ich wegmusste, würde ich keine Nachricht schreiben, keine Spuren hinterlassen, nur leise gehen. Und alles würde bleiben, wie es war.

Blind starrte ich auf den Bildschirm, so lange, bis die weiße Manuskriptseite verschwand und der Schirm dunkel wurde. In seinem Glas spiegelten sich die Umrisse meines Kopfes und das Licht des farbigen Kristallleuchters über mir, dessen Glühbirnen brannten, weil es dämmerte.

Ich sah hinauf zu den bunten Lichtsplittern, die er an die Wände warf, und dachte an Robert. Abhaken, durchatmen, weitermachen, würdest du sagen, dachte ich. Nicht hängen bleiben. Loslassen, was nicht zu ändern ist. Also gut. Dann tue ich das.

Ich bewegte die Maus, damit der Bildschirm wieder hell wurde, las, was ich zuletzt geschrieben hatte, blätterte in meinen Notizen und zwang mich, an nichts anderes zu denken.

Als ich es gerade geschafft hatte, wurde die Tür aufgerissen.

»Essen ist fertig«, verkündete Sofie.

»Fangt schon an«, rief ich über die Schulter. »Ich bin endlich drin. Ich esse später.«

Sie verschwand, aber sie kam gleich wieder, einen Suppenteller vor sich hertragend, den sie vorsichtig auf den Schreibtisch stellte. In ihrer Hosentasche steckten ein Löffel und eine Serviette, die sie herauszog und danebenlegte.

»Susanne sagt, du musst was essen.«

Es gab Schweinefilet, grüne Bohnen und Bratkartoffeln, und Susanne hatte alles in kleine Stücke geschnitten, die sich gut löffeln ließen.

Ich küsste Sofie. »Danke. Was würde ich bloß ohne euch tun?«

»Nichts, nichts, gar nichts«, sang sie begeistert und hüpfte hinaus.

»Mach die Tür zu«, rief ich hinter ihr her.

Sie kam noch mal zurück und schloss sie behutsam.

Das Stück, in dem Susanne die Hauptrolle spielte, hatte Premiere, und wir waren alle dazu eingeladen, Wanda, Mathis, Theo und ich, auch zur Premierenfeier danach. Nur Sofie übernachtete bei Ruth Rosenthal und feierte den Sabbat mit, denn es war Freitag.

Als ich am anderen Morgen aufwachte, hatte ich einen Kater. Ich spürte dem Kopfschmerz nach und dem flauen Gefühl im Magen und überlegte, wann ich zuletzt einen gehabt hatte. Am Morgen nach der Nacht mit Bernd vom Drogeriemarkt. Das war ein scheußlicher Kater gewesen, verursacht von zu viel Bier, zu viel Sex zur falschen Zeit und einer großen Portion Reue. Dieser war eher ein fröhlicher.

Susanne war großartig gewesen als Lady Windermere in dem Stück von Oscar Wilde, alle anderen auch, die Vorstellung wurde begeistert beklatscht, und die Stimmung bei der Premierenfeier war rauschhaft. Wanda und Mathis fuhren nach Hause, aber Theo und ich feierten mit bis zum Schluss.

Susanne hatte uns heftig umarmt und geküsst, als wir gingen. Sie war nicht beschwipst, sie hatte kaum etwas getrunken, weil sie morgen wieder spielte, sie war nur überdreht vor Erleichterung, Erschöpfung und Glück.

»Auf Wiedersehen, ihr lieben Schätze. Ihr lieben, lieben Schätze! Bis hoffentlich bald. Wir spielen erst mal en suite, ihr wisst schon, jeden Abend, da kann ich nichts anderes tun, da bin ich ganz und gar aus der Welt. Ihr werdet mir schrecklich fehlen. Was soll ich nur ohne euch machen?«, hatte sie dramatisch gefragt, bevor sie uns ein weiteres Mal heftig umarmte.

Ich öffnete die Augen und sah auf die Uhr. Halb elf.

Und ich, dachte ich. Was mache ich ohne dich? Was wird aus dem Buch? Es ist noch nicht mal halb fertig. Der »Geheimplan Ninas Buch« hat nur mit dir und der Intensität und Begeisterungsfähigkeit funktioniert, mit der du die Wochenenden organisiert und Sofie dazu gebracht hast, freiwillig, ohne Genörgel und Gejammer ins Bett zu gehen, damit ich schreiben kann. Wie soll das gehen ohne dich?

Ich stand auf, nahm zwei Aspirin, trank jede Menge Wasser und machte mir einen Kamillentee.

Ich muss mit dem Weiterschreiben warten, bis Sofie wieder in Köln ist, dachte ich. Es läuft nur gerade so gut. Ob es in ein paar Monaten auch noch so leicht vorangeht? Keine Ahnung. Ich habe noch nie ein Buch geschrieben. Schon gar keinen Roman.

Ich holte die Zwiebacktüte aus dem Vorratsschrank, setzte mich im Wohnzimmer aufs Sofa, trank Kamillentee, stopfte Zwieback in mich hinein, starrte auf die graue Scheibe des Fernsehers und hoffte, dass mir etwas einfiel.

Aber wie sollte einem bei Zwieback und Kamillentee etwas einfallen?

Auf dem Tisch lagen die DVDs mit Susannes Disneyfilmen. Sie hatte Adressaufkleber auf die Hüllen geklebt, damit sie bestimmt zu ihr zurückkehrten. Ich starrte auf die Aufkleber mit dem schimmernden Regenbogenmuster, holte das Telefon und wählte ihre Nummer.

Sie hob sofort ab: »Ahlbeck?«

»Hier ist Nina.«

»Was willst du?«

»Ich weiß nicht, was ich tun soll. Kannst du mir …«

»Himmel, Nina! Ich habe doch gesagt, dass ich raus bin aus der Sache mit dir und erst mal nur mein eigenes Ding mache. Gibt's niemand anderen, den du fragen kannst?«

»Nein.«

Sie schwieg einen Moment. »Na gut. Mach's kurz.«

»Ohne freie Abende und Wochenenden kann ich nicht weiterschreiben. Ohne dich habe ich keine freien Abende und Wochenenden. Also kann ich nicht weiterschreiben. Ich will aber, weil es gerade so gut läuft. Ich weiß nicht, ob das so bleibt.«

»Lass mich nachdenken«, sagte sie, und ich schwieg, um sie nicht zu stören. Es dauerte nicht lange, wie immer bei ihr.

»Okay. Alles klar. Du brauchst einen Agenten.«

»Einen Agenten?«

»Ja. Jeder Künstler hat einen Agenten. Ich auch. Ich habe einen Schauspielagenten, und du als Schriftstellerin brauchst einen Literaturagenten.«

»Was soll ich mit einem Agenten? Der kommt doch nicht am Wochenende und passt auf Sofie auf. Oder bringt sie dazu, früh ins Bett zu gehen.«

»Nein. Aber er berät dich, ermutigt dich, hält dich bei der Stange. Vor allem liest er deinen Text und sagt dir, ob er was taugt – nicht, ob er gut ist, denn das ist er natürlich, sondern ob er Chancen hat, dass ein Verlag ihn nimmt und druckt und Leser das Buch kaufen. Verstehst du?«

Sie redete sich nun doch in Begeisterung.

»Und wenn das so ist, nimmst du ein bisschen Geld in die Hand, gehst auf Risiko, kündigst deinen Nachmittagskunden und schreibst in der Zeit. Und wenn das Buch fertig ist und dein Agent es an einen Verlag verkauft, dann gibt's einen Vorschuss, und das Geld ist wieder drin. Und dann schreibst du das nächste, und das war's mit Putzen. Verstehst du?«

»Toll«, sagte ich mit jeder Menge gespielter Begeisterung in der Stimme. Es war sicher nicht so einfach, aber dies war nicht der Moment zu nörgeln. »Supertoll. Das mache ich.«

»Okey-dokey«, sagte sie zufrieden. »Also dann. Den Agenten suchst du dir selber, ja? Das muss ich nicht auch noch tun, oder? Und sag mal Bescheid, wie's gelaufen ist.«

Sie legte auf.

Den Agenten suche ich mir morgen, dachte ich. Heute schaue ich mir einen Disneyfilm an. Ich nahm die Füße vom Tisch und sah die DVDs durch: *Cinderella, Susi und Strolch*, *Schneewittchen*, *Bambi*, *Die Hexe und der Zauberer*, *Dornröschen* und *Das Dschungelbuch*.

Die schönen Gesichter und das üppige, blonde Haar von Cinderella und Dornröschen erinnerten mich an jemanden, aber ich wusste nicht gleich, an wen. Doch dann fiel es mir ein. Svenja Holtau. Sie hatte auch so ein ebenmäßiges Märchenprinzessinnengesicht und so schöne blonde Haare. Sie war eine Klientin von Ulrike Bogner. Eine von den wichtigen, denn sie verdiente sehr gut als Literaturagentin. Ihr Büro war nicht weit entfernt von der Kanzlei. Ich nahm nach dem Putzen manchmal die Post mit, und die für Svenja Holtau brachte ich immer gleich selbst vorbei.

Ich ließ den Kamillentee stehen und machte mir Kaffee und eine Riesenportion Rührei. Während ich aß, dachte ich schon mal über einen Titel nach.

Ich hatte den ganzen Tag Zeit, denn Sofie kam erst abends zurück, wenn der Sabbat vorüber war und Benjamin Rosenthal wieder fahren durfte. Als es um halb acht klingelte, hatte ich das Manuskript, ein Exposé und meinen Lebenslauf gerade ausgedruckt und den Begleitbrief unterschrieben.

Sofie rannte die Treppen herauf und ließ ihren Mantel schon im Hausflur fallen.

»Ich habe Wein getrunken. Und ich durfte die Kerze halten, beim Segnen, weil ich die Jüngste bin!«

»Toll«, sagte ich und hob den Mantel auf.

»Der Becher mit dem Wein geht beim Sabbatmahl herum, und jeder nimmt einen Schluck«, sagte Benjamin Rosenthal und sah mich besorgt an. »Auch die Kinder. Wir hätten Sie vorher fragen sollen. Aber es war wirklich nur ein winziger Schluck.«

Wenn du wüsstest, wie viel ich gestern getrunken habe, dachte ich.

Ich strich über seinen Arm.

»Kein Problem. Ich bin sehr froh, dass sie bei Ihnen sein konnte. Danke.«

Er lächelte erleichtert und sprang mit großen Schritten die Treppe hinunter.

»Sabbat ist was Tolles«, sagte Sofie. »Man braucht nicht

arbeiten. Darf man gar nicht. Man darf bloß essen, reden, spazieren gehen, Spiele spielen. Sonst nichts.«

Ich hängte ihren Mantel weg und machte in der Küche Ordnung. Als ich ins Wohnzimmer kam, hatte sie sich mit ihren Puppen und Plüschtieren auf dem Sofa eingerichtet. Das hieß, dass sie froh war, wieder zu Hause zu sein, so schön es auch bei Rosenthals gewesen war.

Die Puppen und Plüschtiere auf ihrer rechten Seite mussten rücken, damit ich mich neben sie setzen und sie sich an mich kuscheln konnte.

»Ich will auch einen Sabbat«, sagte ich. »Sollen wir morgen noch einen machen?«

»Aber du darfst nicht arbeiten. Und nicht kochen.«

»Dann gehen wir essen.«

»Du darfst kein Portemonnaie mitnehmen und bezahlen«, sagte sie.

»Wirklich?«

»Hat Opa Rosenthal gesagt.«

»Wir essen einfach im Heaven's und lassen anschreiben. Und zwischendurch erzählen wir uns was oder gehen spazieren oder legen ein Puzzle. Und spielen Memory. Das dürfen wir doch, oder?«

Sie nickte begeistert.

Das wird himmlisch, dachte ich.

16

Svenja Holtaus Agentur lag im Hochparterre. Der Türöffner summte, ich lief die paar Stufen hinauf, drückte gegen die Etagentür und trat ins Sekretariat. Alles war wie sonst, wenn ich die Post brachte, nur die Frau hinter dem Schreibtisch war eine andere, eine jüngere, schlankere. Sie hatte ein blasses Gesicht und lange schwarze Haare und sah mich finster an. Wie ein unfreundliches Schneewittchen.

»Ja?«, sagte sie knapp.

»Ich bin Nina Feldmann. Ich bringe ein Manuskript zur Begutachtung.«

Sie machte eine lässig wedelnde Handbewegung in Richtung eines Ablagekorbes, in den schon viel Post unordentlich hineingeworfen worden war. »Legen Sie's da rein.«

»Bis wann kann Frau Holtau reinschauen?«

Sie gab einen verächtlichen Ton von sich. »Frau Holtau ist sehr beschäftigt.«

»Frau Holtau muss es ja nicht selber lesen. Es kann auch eine der Mitarbeiterinnen …«

»Die sind alle sehr beschäftigt. Im Moment ist Buchmesse in Leipzig, und danach sind Osterferien und dann …«

Ich verlor die Geduld. »Wie lange?«

Sie sah zur Decke, als müsse sie nachdenken. »Wir haben Ende März. April, Mai, Juni – vielleicht bis Ende Juni? So genau kann ich es nicht sagen. Wir sind sehr eingedeckt mit Anfragen und Einsendungen.«

Ich glaubte ihr nicht.

»Wann ist Frau Holtau wieder zurück? Und die Mitarbeiterin, die sonst hier sitzt?«

»Die ist in Urlaub. Drei Wochen. Wann Frau Holtau wieder da ist, kann ich Ihnen nicht sagen.«

Sie war eine Urlaubsvertretung und spielte ihre kleine, vorübergehende Macht aus. Es war kindisch und albern. Aber ich kam nicht an ihr vorbei. Nicht auf direktem Wege.

»Na gut. Dann nehme ich es wieder mit.«

»Wie Sie meinen«, sagte sie schnippisch, doch in ihrer Stimme lag Unsicherheit. »Bei anderen Agenturen geht's auch nicht schneller.«

Bei dieser Agentur wird es bald sehr viel schneller gehen, dachte ich.

Ich ging zurück zur Kanzlei. Ich hatte dort gerade geputzt, und Ulrike Bogner und ihre Sekretärin waren wahrscheinlich noch in der Mittagspause. Hoffentlich.

Alles war still, als ich aufschloss. Ich holte einen Umschlag mit dem Absenderaufdruck der Kanzlei aus dem Sekretariat, schrieb »Literaturagentur Holtau, Frau Holtau persönlich« darauf und schob das Manuskript hinein. Vor dem Flurspiegel löste ich meinen Pferdeschwanz, kämmte mir das Haar zur üppigen Mähne, trug Lippenstift auf und suchte meine Sonnenbrille aus der Tasche.

Drüben klingelte ich heftig, betrat mit Schwung das Sekretariat und knallte Schneewittchen den Umschlag auf den Schreibtisch.

»Steuerkanzlei Bogner, für Frau Holtau persönlich.«

»Aber Frau Holtau ist nicht da«, sagte sie erschrocken.

»Die ist auf der Messe, oder? Buchmesse Leipzig. Wann kommt sie zurück?«

»Morgen. Mittwoch ab acht ist sie wieder im Büro.«

»Das reicht«, sagte ich großzügig. »Es ist nicht wahnsinnig eilig, aber spätestens Mittwoch sollte sie es haben. Okay?«

Sie nickte eifrig.

Ich schob die Sonnenbrille ein Stück herunter und sah sie streng an. »Wir kennen uns nicht. Sonst ist immer jemand anders hier. Ich kann mich doch auf Sie verlassen?«

»Natürlich. Selbstverständlich.« Sie sprang auf. »Ich lege es gleich auf ihren Schreibtisch.«

»Okey-dokey«, sagte ich, ging schwungvoll hinaus und wäre die Stufen ins Erdgeschoss beinahe kopfüber hinabgestürzt, weil ich mit der Sonnenbrille im halbdunklen Treppenhaus kaum etwas sehen konnte.

Auf dem Weg zur U-Bahn kam ich an Adrians Haus vorbei. Es war unser Montagnachmittag. Eigentlich würde ich jetzt aufschließen und die Treppen hinauflaufen. Oben wäre die Wohnungstür einen Spalt offen, denn er würde schon auf mich warten und stünde im Flur, wenn ich hereinkäme. Er würde mich unter meinem Mantel umarmen, und wir würden uns küssen. Dieser erste Kuss war immer besonders schön.

Ich stand da und starrte auf die Haustür, in deren Holz Blätter und Blüten geschnitzt und bunt bemalt waren. Sie sah aus wie die Tür zum Paradies. Irgendwann fing es an zu regnen, ein zarter, nieselnder Frühlingsregen, der kaum zu spüren war. Erst als sich so viel Feuchtigkeit in meinem Gesicht gesammelt hatte, dass Wassertropfen wie Tränen über meine Wangen liefen, merkte ich, wie nass ich war.

Auf der anderen Straßenseite parkte ein Wagen, der aussah wie Adrians. Er stieg aus, sah nach dem Verkehr und richtete den Blick über die Straße. Hitze schoss in mir hoch. Ich zerrte die Sonnenbrille aus dem feuchten Haar, setzte sie auf und ging rasch weiter. Es regnete immer stärker, Passanten sahen mich erstaunt an, aber ich nahm sie erst ab, als ich auf der Rolltreppe zur U-Bahn stand.

Sofie saß am Tisch und bemalte Eier mit Wasserfarben, und ich stand am Herd und färbte sie biologisch. Wir konnten uns an den schönen Mustern und edlen Farbtönen nicht sattsehen, und ich besorgte noch zwei Kartons voll, aber schließlich waren auch sie leer und das Eiernest mit dem Schokoladenosterhasen in der Mitte riesengroß.

Sofie brachte das Bambuskörbchen, das sie bei Karstadt ausgesucht hatte, legte grünes Holzwollegras hinein und das schönste ihrer bemalten Eier, an dem sie lange gearbeitet hatte. Es war für Mathis.

»Gehst du mit mir runter und trägst es?«

Ich nickte.

»Glaubst du, dass Theo traurig ist, wenn er keines kriegt?«

Ich schüttelte den Kopf.

»Bestimmt nicht?«, fragte sie besorgt.

Ich nahm einen Teller aus dem Schrank und gruppierte ein paar Eier um einen Schokoladenosterhasen mit einem Glöckchen am Hals, damit sie beruhigt war.

Unten verschwand sie gleich im Atelier, und ich fand Theo im Büro und stellte den Teller vor ihn auf den Schreibtisch. Er sah mich verständnislos an.

»Sofie bringt Mathis einen Osterkorb. Du musst auch was kriegen, damit du nicht traurig bist.«

Er grinste, ließ das Glöckchen klingeln und flüsterte: »Nebenan ist eine Kundin, die will eine Skulptur kaufen.«

Menschen, die Mathis' Skulpturen kaufen wollten, waren seltene Exemplare und wurden mit viel Achtsamkeit behandelt.

»Herr Schmitt?«, rief die Kundin, und er stürzte hinüber. Die Stimme kam mir bekannt vor. Ich ging hinterher. Marion Lemkau stand vor der Skulptur, die am meisten aussah wie ein Ungeheuer auf der Flucht, und betrachtete sie interessiert. Ihr volles graues Haar war sorgfältig frisiert, sie trug ein schönes Tweedkostüm und eine himbeerrote Ledertasche von der französischen Firma, deren Taschen so eine sichere Bank waren.

»Hallo, Marion«, sagte ich.

Sie drehte den Kopf.

»Ach. Hallo, Nina. Ich wollte zu dir, aber dann bin ich

hier hängen geblieben. Was für eine Überraschung, an diesem bezaubernden Ende der Welt so außerordentliche Arbeiten zu finden. Gib mir noch einen Moment«, sagte sie auf ihre kühle Art, bevor sie den Blick wieder auf die Skulptur richtete.

Zorn flammte in mir auf. Ich hatte auch ihr Roberts Testament und den Brief an Alex geschickt. Vor ungefähr drei Wochen. Ich hatte auch von ihr nicht viel erwartet. Eigentlich gar nichts. Aber dass sie plötzlich hier herumstand und so tat, als könne ich froh sein, wenn sie mit mir redete, machte mich wütend.

»Hetz dich bloß nicht«, sagte ich. »Ich gehe sowieso.«

Theo trat mir schmerzhaft gegen den Knöchel.

Marion zog die Augenbrauen hoch.

»Ach so. Na gut. Dann besprechen wir gleich, weswegen ich hier bin. Sie haben doch einen Moment Zeit, Herr Schmitt?«

»Für Sie habe ich alle Zeit der Welt«, sagte Theo überschwänglich.

»Und vielleicht einen Espresso?«, fragte sie, und er nickte, warf mir einen bösen Blick zu und ging in die Küche.

Sie setzte sich an den kleinen Tisch am Schaufenster, auf dem die Kataloge lagen, nahm aus ihrer Tasche ein schmales Stück Papier und reichte es mir. Es war ein Verrechnungsscheck der Deutschen Bank über hunderttausend Euro. Die Unterschrift konnte ich nicht entziffern.

»Was ist das?«, fragte ich. »Soll das ein Witz sein?«

Sie stellte die Tasche auf den Boden und sah mich ernst an.

»Ich finde unaussprechlich schrecklich, was da passiert ist. Dass Alex dich um dein Erbe betrogen hat. Dass man gar nichts dagegen tun kann. Aber ich habe mir gedacht, du solltest wenigstens ein bisschen entschädigt werden, und eine Geldsammlung unter Roberts Freunden veranstaltet. Das Ergebnis war so armselig, dass ich mich geschämt hätte, dir damit zu kommen. Ich habe dann mit meinem Sohn Frank gesprochen. Er findet Alex auch verabscheuungswürdig und hat meine kleine Sammlung auf hunderttausend aufgerundet. Als Geschenk an dich.«

»Das ist nicht dein Ernst.«

»Aber ja. Und du kannst es ganz entspannt annehmen. Frank holt sich das Geld von Alex zurück.«

»Wie denn?«

»Er baut eine neue Firmenzentrale. Am Königsgarten, allerbeste Lage. Es soll etwas Besonderes werden. Wer das entwerfen und bauen darf, kann sich glücklich schätzen. *Nideck Bauen und Wohnen* hat sich auch darum beworben. Alex kann den Zuschlag kriegen, sagt Frank. Sein Angebot ist gut. Aber er bekommt ihn nur, wenn er um hunderttausend runtergeht.«

Ich sah auf den Scheck. Wenn man es wusste, war die Unterschrift lesbar: Frank Lemkau.

Ich fing an zu kichern. Ziemlich hysterisch, das hörte ich selbst. Aber wann hielt man schon mal einen Scheck über hunderttausend Euro in der Hand? Mit dem eigenen Namen im Empfängerfeld?

Theo stellte eine Espressotasse und einen Zuckerstreuer vor Marion hin.

»Danke«, sagte ich.

»Du kriegst keinen Kaffee«, sagte er finster.

»Ich meine nicht dich. Ich meine Marion.«

»Sehr gern geschehen«, sagte sie ernsthaft. »Wirklich.«

Sie kippte den Espresso hinunter und stand auf. »Ich muss weiter.«

»Willst du nicht noch mit raufkommen?«, fragte ich.

»Ich hätte gern gesehen, wie du wohnst, und gehört, was du machst. Aber ich habe keine Zeit mehr. Ein andermal.«

Sie nahm eine Visitenkarte aus ihrer Tasche und reichte sie Theo.

»Ich fahre für drei Wochen weg. Sie reservieren mir die Skulptur, ja? Wenn ich zurück bin, telefonieren wir. Wegen Transport, Aufstellung und so weiter.«

»Sehr gern, Frau Lemkau. Soll ich Sie anrufen?«

»Ich melde mich.«

Sie reichte Theo die Hand, küsste mich huldvoll auf die Wangen und war draußen, bevor ich richtig Danke sagen konnte, stieg in ihren kleinen silbergrauen Mercedes und winkte noch mal, bevor sie losfuhr.

»Sei nie wieder zickig zu einer Kundin«, sagte Theo. »Besonders nicht zu einer, die eine Skulptur kaufen will.«

»Sei du lieber nicht zickig zu mir«, sagte ich und hielt ihm den Scheck vors Gesicht. »Ich bin jetzt auch eine gute Kundin. Ich kann jetzt auch jede Menge Skulpturen kaufen.«

Er starrte auf den Scheck und zählte die Nullen nach der Eins. »Soll das ein Scherz sein?«

Ich fing wieder an zu kichern. »O nein. Das ist blutiger Ernst. Sieh mal, wer den unterschrieben hat. Ihr Sohn. Frank Lemkau von den Lemkau-Werken.«

»Die Lemkau-Werke? Hier in der Stadt?«

Ich nickte.

»Und wieso? Was hast du dafür getan?«

Im hinteren Ausstellungsraum öffnete sich die Ateliertür, und Mathis und Sofie kamen herüber.

»Erkläre ich dir ein andermal.«

Ich faltete den Scheck behutsam zusammen und schob ihn in die Hosentasche.

»Mathis sagt, mein Osterei ist das schönste, das er in seinem ganzen Leben gekriegt hat«, sagte Sofie. »Er stellt es unter eine Glasglocke und hebt es für immer auf.«

»Ich habe übrigens gestern den Osterhasen getroffen«, sagte Mathis. »Er hat heute Nacht einen Termin bei uns. Wegen Sofie Feldmann. Er versteckt die Eier im Hof und in der Galerie. Wenn ihr morgen gegen elf vorbeikommt …«

»Mein Papa sagt, den Osterhasen gibt's nicht«, sagte Sofie.

»Das liegt vermutlich daran, dass dein Papa den Osterhasen noch nie getroffen hat. Dann kann er ja auch nicht wissen, dass es ihn gibt.«

»Und der Osterhase kommt extra wegen mir?«

»Klar doch. Du wohnst jetzt hier, du stehst auf seiner Liste. Also dann, bis morgen.«

Julia und ich saßen auf der Fensterbank im hinteren Ausstellungsraum der Galerie und sahen zu, wie Sofie im Hof Eier suchte.

Ich dachte an den Scheck. Zuerst hatte ich gar nicht gewusst, was ich damit machen sollte. Ich hätte ihn gerne in Sicherheit gebracht, aber die Banken waren erst Dienstag wieder offen. Ich hatte über Verstecke nachgedacht, die ich aus Filmen kannte – Toilettenwasserkasten, Gefrierfach, ein lockerer Mauerstein in der Kellerwand –, aber es war fraglich, ob er den Aufenthalt heil überstehen würde. Schließlich hatte ich ihn einfach in meine Schreibtischschublade gelegt, denn mir war klar geworden, dass er dort genauso gut aufgehoben war wie bei der Bank, weil niemand außer Theo und den Lemkaus wusste, dass es ihn überhaupt gab.

Theo war auch draußen im Hof. Sofie war so begeistert von ihrem ersten Ostereiersuchen, dass sie ihn angesteckt hatte und er eifrig mitsuchte. Er war für die Eier zuständig, die Mathis hoch oben versteckt hatte, in Astgabeln, Dachrinnen, auf Mauervorsprüngen. Er machte sie ausfindig und hob Sofie hoch, damit sie nach ihnen greifen konnte, und sie trug sie, jubelnd vor Freude, zu dem Korb, den Mathis ihr hinhielt.

»Ich weiß gar nicht, ob mir das recht ist«, sagte Julia.

»Was?«

»Diese Sache mit dem Osterhasen.«

»Wieso denn nicht? Sie freut sich doch so.«

»Das finde ich ja auch sehr schön. Aber er hätte nicht sagen sollen, dass der Osterhase die Eier versteckt hat. Das sind so kleinbürgerlich-spießige Vorstellungen, die Sven unbedingt vermeiden wollte. Es wird ihn sehr ärgern.«

»Ach, verdammt. Das ist doch jetzt egal. Sven hat sich

davongemacht. Der feiert Ostern mit Jasmin und bald mit dem neuen Kind.«

Sie runzelte die Stirn und blickte streng.

»Er ist immer noch Sofies Vater.«

Sie ging mir schrecklich auf die Nerven. Sie war launenhaft und missmutig, seit sie gekommen war, aber wenn ich fragte, was war, sagte sie: »Wieso? Was soll sein? Nichts ist. Alles ist okay. Total okay.«

Sie sah auch so aus, als ob alles total okay war. Sie war nicht mehr mager und angestrengt, sie hatte zugenommen und ihren wohlgeformten, runden Körper wieder und das weiche Gesicht, in dem ihre großen Augen nicht mehr übergroß waren, sondern nur noch schön. Ihr Haar glänzte, ihre Haut war rosig, und sie schien von innen zu leuchten, als hätte jemand ein Licht in ihr angezündet.

Nur ihre finstere Miene und ihr Genörgel passten nicht dazu.

Sofie hatte ein riesiges Ei aus bunt bemaltem Pappmaschee gefunden. Bestimmt waren gefüllte Schokoladeneier darin.

»Ich war so froh, dass es bei dir keine Süßigkeiten gibt«, nörgelte Julia. »Ich will kein Gramm mehr zunehmen. Und jetzt das.«

Sofie winkte uns von draußen zu und hielt den großen goldenen Osterhasen hoch, der hinter der Regentonne versteckt gewesen war.

»Noch mehr Billigschokolade«, stöhnte Julia.

»Reiß dich zusammen. Und lass Sofie nicht merken, dass es dir nicht recht ist. Sie hat sich so auf dich gefreut.«

Sie fuhr hoch.

»Du brauchst mir nicht zu sagen, wie ich mit meiner Tochter umgehen soll. Das weiß ich selber.«

Ich stand auf.

»Du kannst mich mal. Ich gehe jetzt rauf und schreibe. Stört mich nicht. Und sag Sofie, sie soll mir was vom Abendessen bringen. Sie weiß, wie das geht.«

Ich sah Julia erst wieder, als Sofie im Bett war. Sie öffnete vorsichtig die Tür, zeigte auf den Teller auf meinem Schreibtisch, den Sofie vorhin gebracht hatte, und fragte mit sanfter Stimme: »Bist du fertig? Kann ich den mitnehmen?«

Ich nickte.

Sie kam herüber. »Tut mir leid, Mama. Entschuldige.«

Ich sagte nichts.

»Kann ich mit dir reden? Vielleicht, wenn du fertig bist?«

Ich klappte den Laptop zu. »Ich bin fertig. Setz dich.«

Sie setzte sich aufs Bett.

»Was ist mit dir los?«

Sie verzog das Gesicht. »Alle sagen, ich bin verrückt, und ich komme mir ja auch komisch vor, aber – ich bin wieder mit Sven zusammen.«

»Mit Sven? Dem Sven? Deinem …«

Sie nickte.

»Bist du …« Ich schluckte es gerade noch runter. »Julia! Der hat dich verlassen. Der kriegt ein Kind mit Jasmin. Die ist im siebten Monat.«

Das Blut schoss ihr ins Gesicht.

»Er ist zu mir zurückgekommen«, sagte sie heftig. »Ich habe ihn nicht darum gebeten. Wirklich nicht. Er sagt, er weiß jetzt, dass er nur mich liebt und nur mit mir leben kann. Das ist ihm durch Jasmin klar geworden, sagt er.«

»Wieso?«

»Die macht alles falsch, was man mit Sven falsch machen kann. Sie will unbedingt heiraten, er soll im Geschäft mitarbeiten, einen tollen Wagen fahren und sich teuer anziehen, das Kind soll eine Nanny kriegen. Aber das geht nicht mit Sven. Er will nur zu Hause sein, sich um Kind und Haushalt kümmern, lesen, Fußball schauen und seine Ruhe haben. Du kannst ihn nicht dressieren. Er läuft dir davon, wenn du es versuchst. Man muss ihn lassen, wie er ist. Dann ist es gut mit ihm.«

Stimmt, dachte ich. Jetzt verstehe ich auch, warum er so gern hier war. Hier gab es keine Jasmin, und es war fast wie bei Julia.

»Und was wird jetzt?«

»Geld hat sie genug. Ihr gehören drei von diesen Biomärkten. Sie nimmt sich eine Haushälterin, und Sven sorgt natürlich auch für das Baby. Er bringt es mit zu uns, nachmittags, wenn Sofie aus der Schule kommt.«

»Was für ein schreckliches Durcheinander. Er wird immer unterwegs sein zwischen dir und ihr. Wie soll das gut gehen?«

Sie sah mich gequält an.

»Willst du ihn denn wirklich zurück? Willst du dir nicht einen anderen suchen?«

Einen guten, fügte ich in Gedanken hinzu.

»Ich habe einen Fünfzig-Stunden-Job und eine Tochter. Wie soll ich mir einen anderen suchen? Wann? Und Sofie würde das gar nicht wollen. Für sie ist es das größte Glück, wenn Sven zurückkommt.«

»Du musst auch an dich denken, Julia.«

Sie lächelte.

»Ich denke an mich, Mama. Und wie. Ich will keinen anderen. Ich will bloß Sven. Ich liebe ihn. Damit hört man ja nicht auf, nur weil einer Mist baut. Für mich ist es auch das größte Glück, wenn er wieder da ist.«

»Nach allem, was er getan hat?«

»Ja, verdammt«, sagte sie. »Wenn man nur Leute lieben darf, die perfekt sind, dann musst du die Liebe ändern.«

Ich hatte den Mund schon geöffnet, um etwas zu sagen, doch ich machte ihn wieder zu. Dies war die Wahrheit, und gegen die gab es nichts zu sagen.

»Na gut. Für Sofie freue ich mich. Er ist nun mal ihr Vater. Für dich hätte ich mir was Besseres gewünscht. Aber wenn Sven schon das Beste ist, was du dir wünschst …«

Sie nickte lächelnd.

»… und dein größtes Glück, dann freue ich mich eben auch für dich. Was bleibt mir übrig?«

Sie lächelte wieder. Es war ein kleines, klares Lächeln, das Lächeln eines Menschen, der weiß, was er will und gerade dabei ist, es zu bekommen.

Wanda hatte zu Ostern einen Karton Taittinger schicken lassen. Ich holte eine Flasche davon aus dem Kühlschrank, und wir tranken auf das Glück. Auf Sofies und

Julias Glück und auf das von Sven, der das meiste Glück von allen hatte, fand ich, weil sie ihn so freudig zurücknahmen, obwohl er ihnen so wehgetan hatte.

Bis mir etwas einfiel. »Wo wollt ihr wohnen? Die alte Wohnung hast du gekündigt, und die neue hat nur zwei Zimmer.«

»Ach, das geht schon. Ein Zimmer ist für Sofie, eines für Sven und mich.«

»Die Zimmer sind klein, hast du gesagt. Und die Küche auch.«

»Kein Problem. Hauptsache, wir sind zusammen. Wir müssen erst mehr Geld verdienen, dann suche ich uns was Größeres. Sven fährt Taxi, und ich habe mich für eine andere Stelle beworben. Als Leiterin einer Familienberatungsstelle in der Innenstadt. Da kriege ich viel mehr.«

»Aber …«

»Alles kein Problem. Mach dir keine Sorgen.«

Um mir keine Sorgen zu machen, hätte ich ein Labrador sein müssen. Oder ein Vogel oder ein Fisch. Ich war schon ziemlich beschwipst, aber selbst in diesem Zustand war mir klar, dass drei Menschen und das Baby einer anderen Frau, zusammen mit einem Haufen Probleme und viel zu wenig Geld nicht in eine winzige Zweizimmerwohnung passten. Und dass der Versuch, es passend zu machen, der beste Weg in die Katastrophe war.

»Das funktioniert nicht, Julia.«

»Wir schaffen das, Mama. Kein Problem.«

Sie war schon viel beschwipster als ich, denn sie vertrug noch viel weniger. Morgen würde sie wieder wissen, dass es ein Problem war. Und was für eines. Jetzt fing sie an zu singen: »Wir schaffen das, wir schaffen das, wir schaffen das«, griff nach der Flasche und goss langsam und ungeschickt die Gläser voll, bis sie fast überschwappten.

Ihr habt keine Chance, es zu schaffen, dachte ich, es wäre ein Wunder, und Wunder sind selten. Ich will nicht, dass du kaputtgehst an den Schwierigkeiten, die Sven verursacht hat, du nicht und schon gar nicht Sofie. Sven und das Baby sind mir egal, die können zur Not zu Jasmin flüchten. Aber wie soll es für euch gut enden?

Und dann wusste ich plötzlich, wie.

Ich nahm ihr die Flasche weg, holte den Scheck aus der Schreibtischschublade und legte ihn vor sie hin.

»Es gibt auch Eigentumswohnungen in dieser Wohnanlage, hast du gesagt. Kauf dir eine. Eine große, wo ihr alle Platz habt.«

Sie starrte auf den Scheck.

»Soll das ein Witz sein?«

»Nein. Der ist echt. Der ist von Frank Lemkau. Sein Vater war ein Freund von Robert. Und seine Mutter ist – eine Art Freundin von mir.«

»Aber wieso?«

»Das erkläre ich dir morgen.«

Sie schüttelte überwältigt den Kopf. Es dauerte noch einen Moment, bis sie es ganz fassen konnte, dann brach es aus ihr heraus: »O mein Gott, o mein Gott. Da sind so schöne Dachwohnungen. Mit großen Terrassen. Ich könnte einen kleinen Garten haben und Sofie im Sommer ein Planschbecken. Jeder hätte ein Zimmer, sogar das Baby. Ich könnte weiter das Frauenhaus leiten, und Sven müsste nicht Taxi fahren. O mein Gott, o mein Gott!«

Sie schien aufspringen zu wollen. »Ich muss sofort zurück nach Köln.«

Ich hielt ihre Hand fest.

»Aber nicht gleich. Morgen ist Ostermontag. Es reicht, wenn du Dienstagfrüh da bist.«

Sie sank zurück auf den Stuhl.

»Darauf trinken wir«, sagte ich. »Komm, stoß an.«

Wir stießen an, und es gab einen wunderschönen Klang, obwohl sie die Gläser viel zu voll gegossen hatte und unsere Hände vor Aufregung und Erleichterung zitterten. Oder vielleicht gerade deshalb.

17

»Soll ich dir was sagen?«, fragte Sofie, wie immer, wenn sie mir etwas Wichtiges erzählen wollte.

»Ja.«

»Willst du es wirklich wissen?«

»Unbedingt.«

»Es ist sehr schön, dass Papa zu uns zurückkommt und Mama eine Wohnung für uns kauft. Einfach wunderschön.«

Sie hatte ihr Erwachsenengesicht aufgesetzt und sprach im abgeklärten Erwachsenenton. Dann war es nicht nur wichtig, was sie sagen wollte, sondern sehr ernst.

»Aber ich bin auch froh, dass ich noch nicht gleich von dir weggehe.«

Mein Herz zog sich zusammen. »Und ich erst.«

»Mama sagt, dass wir bald in die neue Wohnung auf dem Dach ziehen. Aber ich könnte doch länger bei dir bleiben, oder? Vielleicht so lange, bis ich in die Schule komme?«

»Klar. Das wäre toll. Frag Mama.«

»Das mache ich«, sagte sie fröhlich und wieder mit Kinderstimme, küsste mich und hüpfte auf einem Bein in ihr Zimmer.

Das Telefon klingelte. Ich schleppte mich in den Flur und hob ab. »Ja?«

»Literary Agency Svenja Holtau, Schnitter am Apparat. Spreche ich mit Frau Nina Feldmann?«

»Ja.«

»Ich rufe im Auftrag von Frau Holtau an. Ich soll einen Termin mit Ihnen vereinbaren. Sie will Ihnen Ihr Manuskript zurückgeben.«

Es war die Stimme von Schneewittchen, der Aushilfe mit den langen schwarzen Haaren und der giftigen Art ihrer Stiefmutter.

»Ich soll mir bloß das Manuskript holen? Schicken Sie es mir. Oder werfen Sie es weg. Es ist nur ein Ausdruck.«

»Frau Holtau will ein paar Anmerkungen dazu machen. Das könnte sehr hilfreich für Sie sein. Kommen Sie morgen um elf. Da habe ich noch was frei.«

Morgen war der 14. April.

»Das geht nicht.«

»Dann um drei.«

»Auch nicht.«

»Frau Holtaus Anmerkungen sind immer sehr wertvoll für Autoren. Allerdings fliegt sie nächste Woche zur Australian Book Fair und wird nicht so bald zurück sein. Sie hängt ihren Jahresurlaub dran. In Neuseeland.«

»Das freut mich für Frau Holtau. Aber morgen geht gar nichts.«

»Wie Sie meinen«, sagte sie spitz und legte auf.

Na gut, dachte ich. Das mit dem Buch dauert, wenn überhaupt etwas daraus wird, es gibt keine Treffen mit Adrian mehr, und Sofie ist nur noch vier Monate da. Höchstens. Und morgen ist Roberts Todestag. Aber dann ist das erste Jahr vorüber, und das erste Jahr ist das schlimmste, sagt Wanda, danach wird's besser, sagt sie, und Wanda hat bisher noch immer recht gehabt.

Der 14. April war ein milder, feuchter Frühlingstag. Vor dem grauen Himmel leuchtete das zarte Grün der Bäume und Sträucher auf dem Friedhof. Ich hatte den Mann in der Pförtnerloge nach dem Grab von Robert Nideck gefragt, und er hatte im Computer nachgesehen und mir einen Lageplan mit nummerierten Rechtecken gegeben, auf dem die Nummer 56 angekreuzt war. »Grabfeld 56, Reihe zwei, Grab E. Das finden Sie leicht.«

Roberts Grab lag nahe der Aussegnungshalle, zwischen einem Urnentempel und einem großen Brunnen mit vielen bunten Plastikgießkannen. Ich hätte es auch sonst leicht gefunden, aber im Moment war es überhaupt kein Problem, denn Alex stand davor. Ich stellte mich neben ihn.

Er streifte mich mit einem Seitenblick und räusperte sich ablehnend.

Das Grab war sehr groß, mit Granitsteinen bedeckt, und an jeder Ecke stand ein Pflanztrog mit einem Buchsbaum. Typisch Alex. Adrett und ordentlich. Auch der Grabstein war groß, ebenso die Buchstaben der Inschrift: Robert Nideck, 1950–2014. Ein schöner Kranz, besteckt mit bunten Blumen, lehnte daran. Ich legte meinen Rosenstrauß davor, reihte drei Grablichter auf – eines von mir, eins von

Julia, eins von Sofie –, und zündete sie mit dem Feuerzeug an, das ich eingesteckt hatte.

Alex räusperte sich noch ablehnender.

Du kannst mich mal, dachte ich.

Ich hatte mich schrecklich davor gefürchtet herzukommen, aber nun war es gar nicht schlimm. Im Gegenteil. Unser Haus war abgerissen, Roberts Geist war fort, und es gab keinen Ort mehr, wo ich ihn noch finden konnte außer in meiner Erinnerung. Oder hier.

Ich sah auf den Stein, stellte mir Roberts Gesicht vor und fing an, leise mit ihm zu reden und ihm zu erzählen, was alles passiert war, seit ich zuletzt das Gefühl gehabt hatte, er sei da, an dem Abend im Haus, bevor ich am anderen Morgen ausgezogen war.

Als ich damit fertig war, fing ich an zu weinen, und dann begann es auch noch zu regnen, aber das merkte ich erst, als sich ein Arm um meine Schulter legte und ein Schirm über mich gehalten wurde und das Wasser nicht mehr von oben kam, sondern nur noch aus meinen Augen lief.

Ich sah auf. Alex blickte mich an, mit ausdruckslosem Gesicht, aber sein Arm hielt mich weiter fest, und sein Schirm blieb über mir, während es immer stärker regnete. Schließlich ließ er mich los, tippte auf das Zifferblatt seiner Uhr, reichte mir den Schirm, zog den Mantel über den Kopf und lief durch den Regen zum Ausgang.

Ich blieb stehen, bis mir einfiel, auch auf die Uhr zu sehen. Es war schon viel zu spät, um mit der U-Bahn zu Rosenthals zu fahren und Sofie abzuholen. Ich musste ein Taxi nehmen.

Ich warf dem Grabstein eine Kusshand zu und rannte los. Der Regen war so heftig geworden, dass große Pfützen auf den Kieswegen des Friedhofs standen und meine Hosenbeine nass waren, bevor ich den Taxistand erreichte. Es war kein Taxi da.

Ich winkte den vorüberfahrenden, aber sie waren alle besetzt, und weil ich fast auf der Straße stand, durchnässte das Spritzwasser der Autos auch meinen Mantel. Ein riesiger silberfarbener Range Rover bremste scharf und hupte, und der Fahrer schrie mir durchs offene Fenster etwas zu. Ich trat zurück auf den Randstein, aber er stieg aus und kam herübergerannt.

Es war Alex. »Steig ein, ich fahre dich.«

Ich zögerte.

»Du kriegst jetzt kein Taxi.« Er nahm mir den Schirm weg. »Komm schon.«

Er lief los, und ich musste mitlaufen, wenn ich nicht noch nasser werden wollte. Er öffnete die Beifahrertür, und ich stieg ein und sank in einen weich gepolsterten Ledersessel. Goldenes Licht umgab mich, das aus allen Ecken und Spalten zu dringen schien und einem das Gefühl gab zu schweben. Auch der Wagen schien zu schweben, als Alex anfuhr.

»Ich bin ganz nass«, sagte ich. »Ich mache lauter Flecken auf dein schönes Leder.«

»Kannst du gar nicht. Ist viel zu gut imprägniert. Ich schalte die Klimaautomatik an, dann bist du trocken, wenn wir da sind.«

Er tippte auf das bunt blinkende Display an der Konsole,

und milde Wärme wehte in meine Hosenbeine und um meine Schultern und durchströmte den ganzen Sitz.

»Toll.«

»Hinten kannst du dich auch massieren lassen.«

»Was?«

»Die Sitze im Fond haben Massagefunktion.«

»Toll.«

»Willst du eine andere Lichtfarbe?«

Er wischte über eine Skala auf dem Display, und das Licht wurde blau, rot, gelb, grün und wieder golden.

»Fantastisch«, sagte ich, um mich nicht zu wiederholen.

»Ist allerdings nicht mehr exklusiv. Das haben bald alle. Mal sehen, was das nächste Modell bringt.«

Blödmann, dachte ich. Erst zwingst du mich, in deinen aufgetakelten Luxuskarren zu steigen, dann gibst du mit seinen albernen Extras an. Und ich sitze da und sage »toll« und »fantastisch«. Dabei wäre es eine gute Gelegenheit, mal mit dir zu reden. Dir zu sagen, was du für ein Scheißkerl bist. Was für ein Ekel und Widerling. Was du mir angetan hast. Aber irgendwie ist gerade nicht der richtige Augenblick. Vielleicht wegen Roberts Todestag. Vielleicht, weil es den richtigen Augenblick nicht gibt. Denn wenn wir miteinander reden könnten, wäre das alles vermutlich nicht passiert. Und vielleicht ist es auch einfach Schnee von gestern. Gelaufen. Vorbei. Erledigt. Nichts, worüber zu reden sich noch lohnt.

»Was hast du mit den anderen Blumen und Kränzen gemacht?«, fragte ich.

»Welche anderen Blumen und Kränze?«

»Da müssen noch andere Blumen und Kränze gewesen sein. Es ist Roberts erster Todestag.«

Er schüttelte den Kopf.

»Gar keine?«

»Bestimmt nicht. So was würde ich doch nicht wegräumen.«

»Aber dann ...«

Dann war heute sonst niemand an Roberts Grab, dachte ich. Nur du und ich. Nicht deine Mutter, die ihm ihr Luxusleben verdankt und in den Gesellschaftsnachrichten als seine trauernde Witwe unterwegs ist. Nicht seine Freunde. Keiner von all den Leuten, die er immer so großzügig bewirtet hat. Denen er geholfen hat. Denen er Geld geliehen hat. Oder sein Motorrad. Oder was auch immer. Verdammt.

»Vielleicht waren die anderen ohne Blumen da«, sagte Alex, und ich murmelte etwas Zustimmendes, aber wir wussten beide, dass es nicht so war.

Die Ampel wurde rot, die Schlange verlangsamte sich, wir kamen zum Stehen. Er dimmte das Licht, bis es fast dunkel war im Wagen und nur noch das Display leuchtete.

»Ich werde Vater«, sagte er in das Dunkel hinein. »Meine Freundin ist schwanger. Wir heiraten nächste Woche.«

Er atmete so tief, dass es klang, als seufzte er.

»Und weißt du was? Es bringt mich fast um, dass er nicht mehr da ist. Dass er bei meiner Hochzeit nicht dabei sein kann. Dass er das Baby nicht sieht. Dass er es nie sehen wird.«

»Er hätte sich sehr gefreut.«

»Ja, nicht wahr? Und jetzt weiß er nicht mal, dass es auf die Welt kommt«, sagte er bitter.

Die Ampel wechselte auf Grün, und er fuhr so heftig an, dass es mich tief in den Sitz drückte.

»Sofie redet mit ihm«, sagte ich, als ich wieder richtig saß. »Und dann erzählt sie mir, was er gesagt hat. Es stimmt immer. Es ist immer das, was er wirklich gesagt hätte. Mit mir redet er nicht, aber ich weiß, was er jetzt sagen würde. Er würde sagen: Na endlich. Das wurde aber auch Zeit. Ich war ja schon überfällig als Schwiegervater und Großvater. Gut hast du das gemacht, mein Sohn.«

Er atmete wieder so tief, dass es sich wie ein Seufzer anhörte.

»Genau«, sagte er. »Ganz genau.«

»Sofie sagt, dass er irgendwo ist und auf uns aufpasst. Dass er sieht, was wir tun, und über alles Bescheid weiß. Vielleicht hat sie recht. Vielleicht wissen Kinder so was.«

»Vielleicht«, sagte er, und etwas wie Fröhlichkeit war plötzlich in seiner Stimme. »Das kann sein. Es ist sogar sehr wahrscheinlich. Praktisch sicher. Natürlich! Kinder wissen so was.«

Er fuhr immer schneller, er raste die Weidingerstraße entlang und kam vor dem Friseursalon nur zum Stehen, weil ich »Halt!« schrie.

»Also dann«, sagte ich und öffnete die Tür. »Tschüss.«

Er murmelte auch etwas, aber als ich im Durchgang zum Hof war, kam er hinter mir hergerannt, reichte mir den Schirm, sagte: »Mach's gut, Nina, mach's ganz gut«, wandte sich um, blieb stehen, rief: »Und grüß Sofie von mir!« und lief zurück zum Wagen, und ich hörte, wie er Gas gab und weiterraste.

Fahr vorsichtig, du Ekel, dachte ich. Wegen dir ist es mir egal. Aber wir wollen doch nicht, dass dein unschuldiges Kind Halbwaise wird, noch bevor es auf die Welt kommt. Es ist immerhin Roberts Enkel.

Die Sonne schien in Ulrike Bogners Wohnung und machte das Putzen schwierig, weil in den Lichtstrahlen der Staub zwar überdeutlich flirrte und schwebte, aber sonst schwer zu erkennen war. Irgendwann gab ich es auf, perfekt zu sein, und machte Dienst nach Vorschrift. Was ich nicht erkennen konnte, würde sie auch nicht sehen.

Ich räumte den Staubsauger weg, hängte die Putztücher über das Wäschereck im Bad und ging in der Kanzlei vorbei, um die Märzrechnung auf den Schreibtisch der Sekretärin zu legen. Es war früher Freitagnachmittag und die Kanzlei still und leer.

Nur Ulrike Bogner war noch da und kam aus ihrem Zimmer, als ich in den Flur trat.

»Hallo, Frau Feldmann«, sagte sie auf ihre fröhliche Art. »Wie geht's Ihnen? Wir haben gerade von Ihnen gesprochen. Frau Holtau war da. Der gefällt Ihr Manuskript so gut. Sie dachte, ich hätte es ihr geschickt.«

»Ich habe mir einen von Ihren Umschlägen …«

»Frau Holtau wollte unbedingt mit Ihnen reden, bevor sie nach Australien fliegt. Aber Sie hätten keine Zeit, hat ihre Sekretärin gesagt. Gehen Sie doch kurz zu ihr rüber, sie ist bestimmt noch im Büro.«

Ich drückte ihr die Rechnung in die Hand und rannte die Treppen hinunter und den ganzen Weg zu Svenja Holtaus Agentur. Ich klingelte Sturm, lief die Stufen hinauf, bog um die Ecke und prallte gegen ein streng blickendes Schneewittchen.

»Wir haben nicht mehr geöffnet.«

»Ich muss unbedingt zu Frau Holtau«, keuchte ich.

»Frau Holtau hat jetzt keine Zeit.«

»Wer ist das, Frau Schnitter?«, rief jemand.

»Ich bin's. Nina Feldmann!«, rief ich zurück.

Ich hatte Svenja Holtau bis jetzt nur von fern oder im Vorübergehen gesehen. Wenn man ihr gegenübersaß, waren ihre Augen noch blauer, ihr ebenmäßiges Märchenprinzessinnengesicht noch schöner, ihr Haar noch goldener, ihr Lächeln noch lieblicher.

Sie redete aber wie ein General.

»Finde ich großartig, Frau Feldmann«, sagte sie und legte die Hand auf das Manuskript, das vor ihr lag. »Sauber und präzise erzählt und sehr berührend. Man merkt, dass Sie Journalistin waren. Wenn auch sicher nicht alle Journalisten erzählerisch so sicher unterwegs wären wie Sie. Ich habe ein paar Anmerkungen gemacht, wo ich ändern oder ergänzen würde. Sollte Ihnen was unklar sein, rufen Sie mich an. Ich fliege Sonntagabend. Hier ist die Nummer, unter der Sie mich bis dahin erreichen.«

Sie kritzelte eine Zahlenreihe auf das Deckblatt, auf dem mein Name und der Titel standen, und legte schwungvoll eine Klarsichtfolie mit ein paar vorgedruckten Bögen obendrauf.

»Unser Vertrag. In zwei Ausfertigungen. Lesen Sie ihn gründlich durch, rufen Sie an, wenn Sie Fragen haben, und schicken Sie ihn baldmöglichst unterzeichnet an die Agentur. Und schreiben Sie weiter. Das Buch sollte dreihundert Seiten haben, mehr wären schön, aber ich hätte gern etwa zweihundert, bevor wir es anbieten.«

Sie sah mich fragend an. Ich war fast gelähmt vor Glück, doch ich schaffte ein schwaches Nicken.

»Und es dürfte kein Problem sein, einen Verlag zu finden. Überhaupt keines.«

»O mein Gott«, brachte ich hervor.

Sie lächelte.

»Da greifen Sie zu hoch, Frau Feldmann. Das sind alles ganz irdische Abläufe und Zusammenhänge.«

Sie stand auf und gab mir die Hand.

»Also dann. Alles Gute. Bis bald. Ich melde mich, wenn ich zurück bin. Sie finden alleine hinaus?«

Ich schaffte ein weiteres Nicken und machte mich auf den Weg zum Ausgang. Schneewittchen streckte den Kopf aus dem Sekretariat, als sie mich kommen hörte. Ich schielte sie an, mit nur einem Auge, das konnte ich gut. Es sah wunderbar irre aus, und sie zuckte erschrocken zurück und schlug die Tür zu.

Ich zog den Küchentisch aus, und Sofie legte sorgfältig sechs Sets auf. Susanne kam, brachte einen riesengroßen Blumenstrauß und ein schön verpacktes Geschenk mit, vergaß das Gratulieren, weil sie ungefähr fünfzig Mal sagte: »Siehst du, es hat geklappt mit der Agentur, ich hab's dir gesagt, tu einfach immer, was ich sage«, und deckte den Tisch, während ich Kaffee, Tee und Eier kochte.

Es klingelte, Sofie lief öffnen und kam mit Theo und Mathis zurück. Sie ging dicht neben Mathis und hielt seine Hand mit ihren beiden Händen. Seit sie wusste, dass sie im August wieder nach Köln zog, war ihr Bedürfnis nach seiner Nähe sehr gewachsen, so als wolle sie sich jetzt schon holen, was sie dann nicht mehr bekam. Jedenfalls nicht von ihm.

»Wo ist Wanda?«, fragte ich. »Habt ihr Wanda nicht mitgebracht?«

»Sie war noch nicht fertig«, sagte Theo. »Du sollst kommen. Aber pass auf, was du sagst. Ihr geht's heute richtig gut. Sie schießt auf alles, was sich bewegt.«

Ich schob Brötchen und Croissants in den Herd, schaltete auf Auftauen und ging hinunter.

Wanda war im Schlafzimmer und legte letzte Hand an ihre äußere Erscheinung, die prachtvoll war: ein rotes Kostüm, rote Lackschuhe und jede Menge Goldschmuck mit bunten Edelsteinen von dem französischen Juwelier mit dem italienischen Namen.

»Toll sehen Sie aus.«

Sie verzog ärgerlich das Gesicht, holte einen Seidenschal von der Firma mit den teuren Taschen aus der Schublade, prüfte, ob er passte, und legte ihn hinter den hochgestellten Kostümkragen. Ihre Bewegungen waren ein wenig rascher als sonst, ihr Gesicht straffer.

»Die Krankengymnastik bringt was, oder?«, sagte ich unbedacht.

Sie warf mir einen vernichtenden Blick zu.

»Seien Sie nicht albern. Das ist Zeitverschwendung. Geldverschwendung. Vergebliche Liebesmüh.«

»Hören Sie ja nicht damit auf. Sofie bleibt noch vier Monate. Solange müssen Sie weitermachen, sonst komme ich nicht mehr.«

Dieser Blick war noch vernichtender.

»Aber ja. Was denken Sie? Dass ich mich nicht an Vereinbarungen halte?«

Wir stiegen die Treppe hinauf in den zweiten Stock, und auch das schien ihr leichter zu fallen. Ich klingelte an meiner Tür, und Sofie kam, riss sie auf und rief: »Der Puzzlemann ist da! Der Puzzlemann ist da!«

»Wer?«

»Der Puzzlemann.«

»Das kann nicht sein.«

»Komm und schau.«

In der Küche standen alle um Adrian und den gedeckten Tisch herum. Adrian trug seine rote Daunenjacke, wirkte etwas verwirrt und war auch im Gesicht ganz rot.

»Was machst du denn hier?«, fragte ich.

»Nina Feldmann und ihr Charme«, sagte Susanne. »Weltberühmt und unerreicht. Wenn du den Mann nicht willst, ich nehme ihn. Er gefällt mir.«

»Ist das der Kunde, der dir den Antrag gemacht hat?«, fragte Theo. »War der auch an den Kreislaufstörungen beteiligt, wegen denen du mal so spät gekommen bist?«

»Oh, ich weiß«, sagte Wanda. »Das ist der junge Mann, von dem Sie mir erzählt haben.«

»Nein, nein, nein«, rief Sofie dazwischen. »Das ist der Puzzlemann!«

Es war wie im Irrenhaus.

»Setzt euch und fangt schon an«, sagte ich. »Komm, Adrian.«

Wir gingen ins Wohnzimmer.

»Was war das mit den Kreislaufstörungen? Und was für ein Antrag?«, fragte er.

»Was machst du hier? Wieso rufst du nicht an?«

»Ich hab's versucht. Du bist nicht drangegangen. Und was ich dir sagen will, kann man schlecht auf die Mailbox sprechen.«

»Ja?«

»Heute ist der 16. April. Das erste Jahr ist vorbei. Danach wird's besser, hast du gesagt. Danach kannst du wieder eine Beziehung haben.«

»Aber nicht sofort. Ich meine, ich weiß es nicht. Vielleicht erst im Sommer. Oder im Herbst. Keine Ahnung.«

»Wir finden es raus«, sagte er. »Ich habe mich von Sandra getrennt. Vor zwei Wochen. Nicht wegen dir. Es hatte nur indirekt mit dir zu tun. Jetzt können wir ausprobieren, ob es mit uns geht oder nicht. Und wann.«

»Wirklich? Ist das wahr?«

Er nickte.

Ich riss am Reißverschluss seiner Jacke, schob meine Hände unter seinen Pullover und das Hemd, auf seine warme, feuchte Haut, und drängte mich an ihn.

Er machte sich los.

»Du denkst immer nur an das eine. Ich will das jetzt klären. Ich will eine Beziehung. Was willst du?«

»Lass uns für eine Weile nur ins Bett gehen, und dann …«

»Nein. Das hatten wir lange genug.«

»Wie soll das gehen mit einer Beziehung? Ich bin jetzt neunundvierzig, nächstes Jahr werde ich fünfzig, und du …«

»Hast du heute Geburtstag?«

»Ja. Den letzten habe ich vergessen. Da war Robert gerade gestorben.«

Er küsste mich auf die Wangen. »Herzlichen Glückwunsch. Alles Gute.«

Ich wollte ihn auf den Mund küssen, aber er trat zurück.

»Lenk nicht ab. Also. Du bist neunundvierzig, und ich werde im Mai vierunddreißig. Wo ist das Problem?«

»Du willst doch sicher noch Kinder.«

»Keine Ahnung. Im Zweifel nein. Ich habe schon eines. Aber es geht nicht darum, was ich irgendwann will, sondern was jetzt ist. Und jetzt will ich eine Beziehung mit dir.«

»Wenn wir uns binden und es funktioniert nicht, wird es so schwierig, sich zu trennen. Lass es uns unverbindlich probieren, und wenn wir merken …«

Er wurde wieder ganz rot im Gesicht, zog endlich die Daunenjacke aus und warf sie aufs Sofa.

»Blödsinn. Du redest Blödsinn«, sagte er wütend. »Du hast einfach Angst. Beim letzten Mal ist es schiefgegangen, weil dein Mann gestorben ist, und jetzt traust du dich nicht mehr.«

Auf dem Tisch stand ein Kerzenleuchter. Ich griff danach und warf ihn an die Wand. Er zerbrach mit einem scharfen Klirren, denn er war aus Porzellan. Aus weißem Meißner Porzellan, mit einer einzigen rosa Rose darauf. Sie sah aus wie die Rosen in unserem Garten. Robert hatte ihn mir geschenkt.

Ich ging hin und sah nach den Scherben. Die Rose war heil geblieben. Ich hob die Scherbe mit der Rose auf und drehte mich um.

»Ja, verdammt. Ich habe Angst. Du weißt nicht, wie es ist, wenn man nur noch ein einziger Schmerz ist. Tagelang, wochenlang, monatelang. Weil alles in dir an diesem einen Menschen hängt, der weggegangen ist und nie wiederkommt. Davor habe ich Angst. Das will ich nicht noch mal erleben.«

Meine Hand tat weh und fühlte sich feucht an. Ich öffnete sie. Ich hatte die Scherbe mit der Rose so fest gehalten, dass eine Kante ins Fleisch schnitt und es blutete.

Adrian kam zu mir, schaute nach der Wunde, holte seinen Schal vom Sofa und wickelte ihn um meine Hand. Ich lehnte den Kopf an seine Schulter. Er legte eine Hand auf meinen Rücken. Ich trat näher, bis unsere Körper sich berührten. Er legte auch den anderen Arm um mich. Ich spürte seine Wärme und seinen Atem an meiner Stirn und seinen Herzschlag. Mir wurde ganz leicht, so als ob sich alle Spannung in mir löste, und ich wäre hingefallen, wenn ich nicht die Arme um seinen Rücken geschlungen und mich an ihm festgehalten hätte.

Jemand klopfte, machte eine Pause, klopfte wieder.

Ich hob den Kopf. »Ja?«

Sofie blickte durch den Türspalt, kam mit wichtigem Gesicht herein und stellte sich vor uns auf.

»Wanda sagt, du sollst dich gefälligst um deine Gäste kümmern. Und uns den Herrn mal vorstellen«, trug sie vor.

»Okay. Wir kommen.«

»Ich komme nur mit, wenn du Ja sagst«, sagte Adrian. »Dass wir es probieren. Mit der Beziehung. Sonst gehe ich, und das war's dann.«

»Ja. Ich sage Ja.«

»Versprich es.«

»Ich verspreche es.«

»Sofie, du bist Zeuge«, sagte Adrian. »Sie hat Ja gesagt. Und es versprochen.«

Sofie nickte begeistert.

»Ich bin Zeuge, ich bin Zeuge«, sang sie und hüpfte zurück in die Küche.

Drüben saßen sie um den Küchentisch, den Blick erwartungsvoll Richtung Tür gerichtet.

»Das ist Adrian«, sagte ich. »Wanda. Susanne. Mathis. Theo. Ich bin gleich wieder da.«

»Setzen Sie sich zu mir«, sagte Wanda hoheitsvoll und wies auf den leeren Stuhl neben sich. »Wie war noch mal Ihr Name?«

Ich ging ins Bad und wickelte den Schal von meiner Hand. Es war nur eine kleine Wunde, aber sie blutete stark. Ich klebte ein weißes Pflaster darauf. Es war gerade noch eines in der Schachtel. Ich hatte sie im Herbst vor einem

Jahr gekauft, im letzten Herbst mit Robert, als er mit dem Rad gestürzt war und sich wie ein kleiner Junge die Knie aufgeschlagen hatte. Und in den Tagen nach dem Umzug hatte ich welche gebraucht, weil ich auf dem Balkon gehockt und den Kopf an das Geländer gedrückt und danach eine blutende Wunde auf der Stirn gehabt hatte.

Ich sah auf die Schachtel. Ich konnte mich gut erinnern, wie der Apotheker sie aus einer seiner Schubladen genommen und auf den Tresen gelegt hatte. »Antiseptische Wundpflaster. Das sollte genügen. Aber wenn was ist, Frau Feldmann, einfach anrufen. Auch nach Geschäftsschluss. Sie haben ja meine Privatnummer.« Zu Hause hatte Robert auf einem Liegestuhl in der Nachmittagssonne gelegen, ich hatte seine Knie verpflastert und uns einen Campari geholt, und wir hatten auf der Terrasse gesessen, bis es Abend wurde.

Es schien so lange her zu sein. Und so weit entfernt.

Optimale Wundversorgung und gute Heilung stand auf der Schachtel.

Ja, dachte ich. Die Wunde ist versorgt und heilt. Der Albtraum ist vorbei. Was immer jetzt kommt, der Albtraum ist vorbei. Ich habe mein Leben wieder. Es ist nicht mehr das alte, es ist ein neues, und ich weiß noch nicht, wie es funktionieren wird, aber es fängt schon mal gut an.

Jemand kam in den Flur und rief: »Nina?«

»Ich bin im Bad.«

Susanne schaute herein. »Was tust du hier?«

Ich zeigte ihr meine Hand. »Ich habe mich geschnitten.«

»Schlimm?«

»Nein.«

»Kommst du? Sofie will unbedingt die Geburtstagsgeschenke auspacken. Dieser nette Mann wird unruhig, weil Wanda ihn nach allen Regeln der Kunst verhört. Wer er ist und was er macht und wie er sich seine Zukunft vorstellt und so. Du musst ihn befreien. Und Theo fragt, wo der Champagner ist. Es sollte doch ein Champagnergeburtstagsfrühstück sein.«

Ich warf die leere Schachtel in den Papierkorb und stand auf.

»Ich komme.«